D1719827

Ilse Kleberger   Die Vertreibung der Götter

Ilse Kleberger

Die Vertreibung der Götter

Roman aus dem alten Ägypten

CORNELIA GOETHE
LITERATURVERLAG
IM GROSSEN HIRSCHGRABEN ZU
FRANKFURT A/M

Bibliographische Information Der Deutschen Bibliothek
Die Deutsche Bibliothek verzeichnet diese Publikation in der Deutschen
Nationalbibliographie; detaillierte bibliographische Daten sind im Internet über
http://dnb.ddb.de abrufbar.

Autorin und Verlag unterstützen das Albert-Schweitzer-Kinderdorf in Hessen e.V.,
das verlassenen Kindern und Jugendlichen ein Zuhause gibt.
Wenn Sie sich als Leser an dieser Förderung beteiligen möchten, überweisen Sie bitte
einen – auch gern geringen – Betrag an die Sparkasse Hanau, Kto. 19380, BLZ 506 500 23,
mit dem Stichwort »Literatur verbindet«, Autorin und Verlag danken Ihnen dafür!

©2003 CORNELIA GOETHE LITERATURVERLAG FRANKFURT AM MAIN
EIN IMPRINTVERLAG DER FRANKFURTER VERLAGSGRUPPE DR. HÄNSEL-HOHENHAUSEN AG
HANAUER LANDSTRASSE 338   D-60314 FRANKFURT AM MAIN
TEL. 069-40894-0   FAX 069-40894-194

ISBN 3-8267-5337-2
2003

Lektorat: Dagmar Gild-Kristen

Printed in Germany

Zur Erinnerung an Ebbo Kleberger und Bill Brashear,
ohne die dieses Buch nicht hätte entstehen können.

I.

Stadt der Sonne

1. Kapitel

An einem Tag im Juni trat der Bauer Seneb bei Sonnenaufgang aus der Tür seines Lehmhauses. Er blieb stehen, kratzte sich den nackten Bauch über dem kurzen Lendenschurz, seufzte und starrte mit gerunzelter Stirn unter struppigen, schwarzen Haarfransen zum Fluß hinunter. Wieder nichts! Wie ein magerer alter Mann lag der Hapi da, schien in die Sonnenstrahlen zu blinzeln, die rasch ihre zarte Röte verloren, gelb wurden, grell und gewalttätig. Der Hapi, den die Vornehmen »Nil« nannten, wollte nicht dick und lebendig werden, überschäumen und Fruchtbarkeit bringen. An jedem Morgen trat Seneb jetzt aus der Tür und hoffte, daß der Fluß endlich seine Pflicht erfüllte, wie es um diese Zeit üblich und notwendig war. Man mußte etwas tun, daß Hapi sich besinnt! Seneb wußte, was man hätte tun können, aber er durfte es nicht. Er schielte grimmig zu den Mauern der Residenz hinüber, die stolz und abweisend auf dem Hügel stand, vom König »Achetaton« genannt. Des Pharaos Verbot, dem Nilgott zu opfern, welcher seit uralten Zeiten neben dem Flußmesser am Ufer angebracht war, war hart. Dort an der Mauer, wo man an Strichen den Wasserstand ablesen konnte, war in den Stein auch der Gott eingeritzt, kniete dickbäuchig vor einem Tisch, welcher mit Wasserkrügen und Lotosblüten in Vasen bestellt war und an dem mehrere verschlungene Henkelkreuze, Zeichen des Lebens, hingen. Der König hatte den Nilgott nicht beseitigen lassen, aber jedermann wurde streng bestraft, der vor ihm Opfergaben niederlegte. Der Pharao betete zu einem anderen Gott, nur einem einzigen. Seneb schüttelte irritiert den Kopf. Was hielten wohl die übrigen Götter davon, Isis und Osiris, Horus, Anubis und vor allem der Götterkönig Amun-Re? Der Pharao gab nur dem Sonnengott Aton die Ehre, dem Gott, der so unbarmherzig alles zerstören konnte. Die Ernte im April dieses Jahres war nicht allzureichlich gewesen, weil der Sonnengott stärker war als Hapi. Die Speicher waren nur halbvoll, und man würde dem Pharao kaum die fälligen Steuern zahlen können. Der Steuereinnehmer, der während der Ernte seine scharfen Augen hatte schweifen lassen, war ungerecht gewesen zum

Vorteil des Königs. Wenn jetzt nicht die Überschwemmung kam und man im Oktober in den fetten Nilschlamm Weizen und Gerste säen konnte, mußte man die Steuern schuldig bleiben und statt dessen beim Pharao Frondienste leisten. Vor allem aber würde wieder einmal der Hunger Männer, Frauen und Kinder quälen. Besorgt blickte Seneb über sein Land und versuchte, aus einem Tierbalg, der in einem Akazienbaum hing und mit Trinkwasser gefüllt sein sollte, ein paar schlaffe Salatpflänzchen zu gießen, doch er konnte nur einige Tröpfchen herauspressen ...

Bei Sonnenaufgang legte der König von Ober- und Unterägypten als Hohepriester dem Gott Aton im Tempel seine Opfergaben auf den Altar. Als erste Strahlen den grauen Stein streiften, schienen sich die vielen kleinen Hände, die von der Sonnenscheibe herabreichten, dem Pharao entgegenzustrecken. Dann leuchtete mit einem Schlag der weite Tempelhof honigbraun unter dem einbrechenden Licht auf. Der Gott hatte seinem Diener Echnaton Gunst gezeigt, und der Tag konnte beginnen.

Als der Pharao aus dem hohen Tempeltor trat, winkte er den Soldaten der nubisch-syrischen Leibwache und den Wedelträgern ungeduldig zu, sie sollten sich entfernen. Er wollte allein zum Palast zurückkehren, etwas, das er sich in der alten Metropole Theben nie hätte leisten können. Aber hier in Achetaton war alles anders. Das war seine Stadt, in der er tun und lassen konnte, was er wollte, unabhängig von Traditionen, die die Priester in Theben und Memphis eifersüchtig bewahrten, unabhängig auch vom Diktat der vielen Götter mit ihren sehr menschlichen Bedürfnissen. Für ihn stand es fest, daß diese Götter Hirngespinste waren. Und dennoch hatten sie viel Macht, weil das unvernünftige Volk sich nicht von ihnen trennen wollte und weil die Priester mit ihnen ihre eigene Macht ausüben konnten. Doch mit der Zeit würde Echnaton seine Überzeugung durchsetzen, daß es nur einen einzigen wirklichen Gott gab, den Sonnengott Aton, für den der König der erste Diener und der einzige Vermittler war. Diesem Gott ganz ergeben, hatte der Pharao auch seinen Namen geändert. Er nannte sich nicht mehr

»Amenophis« wie sein Vater, sondern »Echnaton«: »dem Gott Aton wohlgefällig«. Sein Vater Amenophis war noch als ein Gott verehrt worden, doch er selber meinte, daß kein Mensch ein Gott sein könne, nur erster und einziger Vermittler eines solchen.

Der König schlenderte durch den Park, dessen üppig grüner Rasen und seine Blumenbeete, Büsche und Bäume gerade von nackten, dunkelhäutigen Sklaven bewässert wurden. In langer Kette kamen sie vom Fluß herauf mit Traghölzern über den Schultern, an denen Eimer hingen, mit denen sie unten Wasser aus dem Fluß geschöpft hatten. Der Pharao blieb stehen und blickte auf den Nil hinab. Er kniff die Augen zusammen. Der Fluß war mager geworden, die Ufer verdorrten. Wann kam endlich die Flut? Würde Gott Aton Echnatons Gebet im Tempel erhört haben, würde er seine allzuheißen Hände vom Nil nehmen, dem Fluß erlauben, anzuschwellen, zu gurgeln, zu strömen und die Ufer mit nährendem Schlamm zu bedecken?

Als der König sich nachdenklich das lange Kinn strich, spürte er eine zarte, kleine Feder, die ihm vom Opfern einer jungen Wildente an der Hand hängengeblieben war. Vorsichtig hielt er sie in seinen langen, dünnen Fingern und betrachtete sie. Ihre Zartheit erinnerte ihn an eine andere Berührung, die ebenso zart war, an diejenige vom natürlichen Haar seiner Gattin, der schönsten der schönen Königinnen – Nofretete. Sie lag jetzt noch im Palast im Bett, das Haupt in die hölzerne Kopfstütze geschmiegt, und schlief. Die dünnen Leintücher über ihrem Leib waren gewölbt, denn sie trug des Pharaos fünftes Kind. Ob es diesmal der ersehnte Knabe sein würde? Vier Mädchen hatte die Königin bis jetzt das Leben geschenkt, eines war gestorben, drei lebten. Noch konnte Echnaton über das Fehlen eines Erben nicht allzutraurig sein. Die Prinzessinnen waren bezaubernd, fast so schön wie ihre Mutter – fast, denn niemand konnte Nofretete das Wasser reichen. Irgendwann würde die fruchtbare Wunderschöne ihm auch den Thronfolger schenken, und die Mädchen würde man zu dynastischen Zwecken nutzen können. Fürs erste genoß der Pharao die Lieblichkeit seiner Töchter. Wie Musik klangen ihre Namen. Er sang sie beim Weiterschreiten leise vor sich hin: »Meritaton, Maketaton, Anchesenpaaton!« Alle drei trugen den göttlichen Namen in ihrem eigenen verwoben. Der König wußte, daß Aton ihn dafür belohnen würde. Heute mittag sollten die drei Prinzessinnen beim üblichen Gottesdienst im Tempel zu den Gebeten und Opfertaten, die er und die Königin vornehmen wollten, musizieren. Es würde in Nofretetes kleinem Haustempel geschehen, der den Namen »Sonnenschatten« erhalten hatte, damit die Zarte und kostbar Belastete nicht den weiten Weg zu einem der Haupttempel zurücklegen mußte.

Obgleich nicht aus königlichem Geblüt, was in Theben einst bei der Eheschließung großen Ärger hervorgerufen hatte, war sie nun vom Pharao nicht nur zur Gemahlin, sondern auch zur Hohepriesterin ernannt worden. Es war für eine Frau erstmalig und würde die Priester in Theben bis zur Weißglut empören. Aber Nofretete hatte es verdient. Sie war nicht nur eine zauberhafte Bettgenossin und liebevolle Mutter, sondern auch Echnatons neuen Erkenntnissen um die Einmaligkeit des Göttlichen aufgeschlossen.

Nachdem der Pharao von Theben hierher übergesiedelt war, was fast eine Flucht bedeutete, und diese wunderbare Stadt für den großen Gott gründete, fühlte er sich glücklich. Noch war Achetaton nicht vollendet, noch wurde gebaut. Er blieb stehen und sah Arbeitern zu, die Lehmziegel für die Villa eines Hofbeamten aufeinanderschichteten. Das Haus daneben war schon fertig, mit bunten Holzsäulen am Portikus und einer Dachterrasse, auf die gerade eine Sklavin einen Stuhl stellte. Im Hof des Hauses lag ein noch leeres Badebecken, im Hintergrund waren Stallgebäude, niedrige Dienerwohnungen und Hütten für Sklaven. Eine geordnete Welt! Der Pharao war zufrieden. Diese Stadt würde geordnet unter der heiligen Herrschaft des Aton liegen, und der Gott würde bald zum Dank mit dem Nil den fruchtbaren Schlamm schicken.

Bei Sonnenaufgang schlief die Prinzessin Anchesenpaaton, die ihre Schwestern »Anchi« nannten, noch fest, in die Kissen ihres löwenfüßigen Bettes gewühlt. Auch die im Raum umherhuschenden Diener und Sklaven störten sie nicht im gesunden Schlaf der Jugend den ganzen Vormittag über. Endlich rüttelte ihre ehemalige Amme Tiji sie energisch am Arm. Als die Prinzessin benommen die Augen öffnete, fiel Tiji, wie es Sitte war, vor dem Bett auf die Knie, doch unter Gähnen mauzte Anchi: »Tiji, steh auf!«

Nur zu bereitwillig erhob sich die Amme und murrte: »Will Ihre Hoheit, die jüngste Prinzessin in Ägypten, sich nicht endlich erheben? Ihre Schwestern, die ehrenwerten älteren Prinzessinnen, sind schon längst gebadet, gekleidet und geschmückt für den Tempelgang!«

Anchi lachte und blinzelte die Amme an: »Warum sind sie so dumm? Schlafen ist das beste auf der Welt!«

Dann warf sie die Leinentücher von sich und sprang aus dem Bett auf den mit einer Schilflandschaft und flatternden Enten bemalten Fußboden. Sie dehnte sich wohlig im Licht, das durch die Fenster hoch oben am Mauerrand hereinströmte. Das Bad im Wasser eines Marmorbeckens, das nach Lilien duftete, genoß sie, strampelte mit den Beinen und baute aus Blütenblättern, die an der Oberfläche schwammen, Schiffchen. Sie zog eine Grimasse, als Tiji sie zu der ermüdend langweiligen Prozedur des Schminkens und Ankleidens holte. Angenehm war noch, daß eine Sklavin den Körper der Prinzessin mit parfümiertem Öl einrieb, doch danach kam wieder Tiji mit entschlossenem Gesicht und ließ sich nicht davon abhalten, Anchis Augenbrauen mit einer Pinzette auszuzupfen.

»Au!« schrie die Prinzessin. »Hör auf! Bin ich eine Gans, die gerupft werden soll? Ich befehle dir, damit aufzuhören!«

Ungerührt zupfte Tiji weiter. »Die jüngste Prinzessin hat einen Urwald als Augenbrauen. So kann ihre Hoheit nicht herumlaufen. Will sie nicht so schön sein wie die Mama?«

»Ich werde nie so schön sein«, seufzte Anchi. Aber sie ließ sich nun widerstandslos schminken, dunkelgrüne Farbe auf die Augenlider malen und mit einem feinen Pinsel Wangenpuder und Lippenrot auftragen. Sie schaute auf die kleine, braune, nackte Sklavin hinab, die vor dem Stuhl, auf dem die Prinzessin saß, kniete und der Amme aus dem mit Elfenbein und Perlmutt eingelegten Holzkasten Fayencetöpfe mit Schminke, Puder und Öl zureichte. All die Mühen des

Ankleidens brauchte die kleine Nubierin nicht über sich ergehen zu lassen! Aber es erschien Anchi doch nicht erstrebenswert, vor anderen Menschen niederzuknien, um sie zu bedienen. Die Sklavin huschte fort und brachte einen neuen, größeren Kasten, aus dem sie vorsichtig und bewundernd das hauchdünne, weiße Kleid hob. Die Amme nahm es ihr ab, schüttelte es ein wenig und streifte es der Prinzessin über den Kopf. Es war faltenreich, aber so durchscheinend, daß der kindliche Körper mit all seinen Formen zu sehen war. Einen dritten Kasten schleppte die Nubierin herbei, Anchis Lieblingskasten. Tiji hob den Deckel, und nun schimmerte das Gold, strahlte das noch kostbarere Silber, leuchteten bunte Edelsteine und Perlen. Anchi griff nach einem schweren Brustschmuck aus Silber und Emaille, der mit einem Skarabäus und dem Horusauge besetzt war, die böse Geister abwehren sollten. Aber Tiji nahm ihn ihr aus der Hand und legte ihn wieder zurück: »Zu prächtig für einen Tempelgang!«

Sie wählte ein Kollier, bei dem in mehreren Reihen übereinander Perlen aus Feldspat und Karneol gefädelt waren. Es lag auf dem weißen Stoff des Kleides wie ein starrer, rot-grüner Kragen, der den schmalen Hals einschloß. Ein paar Perlenohrringe durfte Anchi selber aussuchen. Über den noch kahlrasierten Schädel mit der Kinderlocke über der Schläfe stülpte Tiji eine kunstvolle Perücke mit Zöpfen und Locken. Die Prinzessin wußte, daß es ihr darunter heiß würde, aber sie genoß es doch, als Tiji ihr goldene Plättchen in die Zöpfe steckte. Sie betrachtete sich im Handspiegel und fand sich hübsch – wenn auch nicht so schön wie Mama! Ganz nüchtern sagte sie sich, daß sie zu viel vom Papa geerbt hatte, sein langes Kinn zum Beispiel. Sie begann daran herumzukneten, aber Tiji schüttelte den Kopf: »Das nutzt Ihrer Hoheit, der jüngsten Prinzessin, gar nichts. Sie wird nie wie eine Blume auf dem Lotosstengel aussehen, wie die allerschönste und gnädigste Königin, die große Nofretete!«

Dabei fiel Tiji wieder auf die Knie. Anchesenpaaton, etwas eifersüchtig, drängte ungeduldig: »Wir müssen gehen!«

Bald darauf schritt sie, vorbei an den niedergeduckten Arbeitern und Sklaven, hocherhobenen Hauptes durch den Garten, hinter sich die Amme, die zwei Brote für die Opferhandlungen und die Rohrflöte, auf der die Prinzessin musizieren würde, trug. Tiji konnte nicht umhin, die Würde der kleinen Person zu bewundern. Darin schien sie wohl doch etwas von der Mutter geerbt zu haben.

2. Kapitel

Nach dem Mittagsgottesdienst war Nofretete erschöpft. Der Pharao entließ das Gefolge von adeligen Damen und Herren und führte seine Frau in den Park. Einem dickbäuchigen, negroiden Zwerg, der vor ihnen herlief, befahl er, sorgfältig alle Steine aus dem Weg zu räumen. Behutsam geleitete er die schöne Hochschwangere zu einem Pavillon mit Blick auf den Nil, in der Hoffnung, daß vom trägen Fluß doch etwas Kühlung heraufwehte. Echnaton bestand darauf, daß sie sich nicht, wie sonst üblich, auf einem einfachen Klappstuhl niederließ, sondern auf dem eigentlich für den Pharao bestimmten offiziellen Sessel, dessen Lehne mit den verschiedenen Wappenpflanzen von Ober- und Unterägypten, Papyrus und Lilien, in Gold geschmückt, und der weich gepolstert war. Noch trugen König und Königin die zeremoniellen hohen blauen Kronen. Echnaton schickte alle Diener fort bis auf den Zwerg, der sich demütig an einen Baum in der Nähe hockte, und den Wedelträger, damit er der Königin die Fliegen verscheuche. Ein Zusammensein mit der Familie wollte der Pharao möglichst ohne viele neugierige Domestikenaugen und -ohren verbringen, wie ein ganz normaler ägyptischer Bürger.

Eben kamen die drei Töchter über den Rasen herbeigelaufen. Wie reizend die Mädchen aussahen! Meritaton war schon fast eine junge Frau mit festen kleinen Brüsten unter dem dünnen Leinen und langen Locken der Perücke, die ihr von den Schläfen her über die zarten Schultern fielen. Sie hatte das ebenmäßige, elfenbeinfarbene Gesicht der Mutter geerbt, nicht so vollendet edel, aber lieblich. Sie hielt die Hand auf der Schulter der Jüngsten. Anchesenpaaton war nicht so hübsch wie die Ältere. Etwas irritiert stellte Echnaton fest, daß sie das lange Kinn, den allzuvollen Mund und die schrägen, unter schweren Oberlidern liegenden Augen wie er selber besaß. Auch im Wesen war sie am ehesten seine Tochter, was ihn oft amüsierte und häufig ärgerte. Wie sie jetzt auf die ruhig zuhörende Schwester einschwatzte! Immer mußte sie etwas erzählen, bereden, bewundern, verlästern, belachen, kritisieren. Die zweite Tochter, Maketaton, hatte am Wegrand Blumen gepflückt. Als sie Nofretete den Strauß in den Schoß legte, fand Echnaton auch hier große Ähnlichkeit mit der Mutter. Aber die Prinzessin hatte nicht die Elastizität und Gesundheit Nofretetes geerbt, mit der diese immer neue Schwangerschaften ertrug. Maketaton wirkte zerbrechlich, war empfindlich und häufig krank.

Meritaton setzte sich zu Füßen des Pharaos auf die Stufen des Pavillons nieder. Er beugte sich hinab und küßte seiner Lieblingstochter die Stirn. Ihre ruhige, sanfte Art gefiel ihm. Maketaton war in die Wiese gelaufen, um Blumen für einen Kranz zu sammeln. Anchi versuchte der Mutter auf den Schoß zu klettern, drängte sich neben den runden Bauch, umarmte und küßte Nofretete stürmisch. »Anchesenpaaton«, rief Echnaton streng, »laß die Königin in Ruhe. Siehst du nicht, daß du sie quälst!«

Anchi warf die Lippen auf: »Ich bin genauso ihr Kind wie das da!« Und sie tupfte mit ihrem Zeigefinger auf Nofretetes Nabel, der unter dem dünnen Gewand deutlich vorgewölbt war.

Der Pharao fuhr auf: »Du sollst das lassen! Du bist kein Kleinkind mehr und mußt endlich vernünftig werden. Geh der Königin sofort vom Schoß!« Sein anfängliches Murren hatte sich zum zornigen Geschrei gesteigert.

Nofretete machte eine abwehrende Bewegung und seufzte: »Ach, ich bin so müde!«

Anchi rutschte von ihrem Schoß: »Ich weiß, der König und die Königin lieben die anderen beiden Prinzessinnen mehr als mich – ich weiß!« Sie stampfte mit dem Fuß auf, sprang dann die Stufen hinab und stürmte mit flatterndem Rock und schiefgerutschter Perücke davon.

Der Pharao runzelte die Stirn. Welchen Abstand hatte er in seiner Jugend zum Vater gehabt! Man lehrte ihn, vor einem Gottkönig zu stehen, dem ein Widerspruch nicht zuzumuten war. Wie hatte den Prinzen manchmal der Rücken geschmerzt vom ständigen Verbeugen, wie taten die Beine oft weh vom gehorsamen Kniefall! Echnaton war nun überzeugt, als König kein Gott zu sein. Als alleinigem Vermittler zum Allerheiligsten waren die devoten Verbeugungen und Kniefälle seiner Untergebenen angemessen, aber seinen Kindern wollte er ein durchaus menschlicher Vater sein. Mußte er das ändern? Schoß Anchesenpaaton in ihrem Freiheitsbedürfnis nicht übers Ziel?

Das Mädchen lief quer durch den Park. Ihr Ärger verrauchte im Nu, als sie Diener beobachtete, die dressierte Affen Datteln ernten ließen. Die Tiere hockten auf Palmen und warfen die gepflückten Früchte hinunter auf den Boden, wo die Männer sie in Körbe sammelten. Ab und zu ließen sie sich auch eine Dattel schmecken, obgleich die Sklaven mit langen Stangen versuchten, es zu verhindern, was nicht gelang. Die Prinzessin lachte laut auf, als einer der Paviane plötzlich von der Palme sprang, einen mit Früchten gefüllten Korb ergriff und mit langen Sprüngen davoneilte. Ein Diener lief schreiend, fluchend und mit dem Stock fuchtelnd hinter ihm her. Doch der Affe entwischte auf einen hohen Baum, hockte sich dort in der Krone hin, langte in den Korb und fing behaglich an zu schmausen. Vergnügt lief Anchi weiter.

Östlich der Hauptstraße war das elegante Viertel, wo die Villen der führenden Hofbeamten standen, stattliche Häuser aus Ziegeln und Holz. Eins der schönsten war die Villa von Eje, dem königlichen Sekretär und Befehlshaber der Streitwagentruppen, der den Ehrennamen »Festleiter der Neuheit« vom Pharao erhalten hatte. Er war einer der einflußreichsten Männer im Lande. Vor den grün und rot bemalten Holzsäulen am Eingang saß ein kleiner, brauner Hund, der bei Anchis Anblick freudig mit dem Schwanz wedelte. Zwischen Palmen und Blumenrabatten lag ein Schwimmbecken, in dem sich die nackten Enkelkinder des Sekretärs schreiend und lachend tummelten. Die Prinzessin blieb stehen und schaute ihnen beim Schwimmen, Tauchen und Spritzen etwas neidisch zu. Vor noch gar nicht langer Zeit war sie auch so nackt ins Wasser gesprungen. Doch sie wurde langsam erwachsen, und in ihrem Alter durften nur Kinder von Sklaven nackt herumlaufen, welche Anchi nun wirklich nicht beneiden konnte. Kleidung zeigte an, daß man mächtig war, und besonders eine so kostbare Kleidung, wie sie Anchi trug.

Sie sprang die Stufen des Hauses hinauf: »Tija«, rief sie, »wo bist du, Tija!«

Vom Dachgarten her ertönte eine Frauenstimme, ein Sklave im Lendenschurz erschien und fiel vor ihr auf die Knie. Er berührte mit der Stirn den Fußboden, doch die Prinzessin herrschte ihn an: »Wo ist deine Herrin? Führe mich zu ihr!«

Der Mann erhob sich und stieg vor ihr die Treppe hinauf. Auf dem Dach des Hauses saß die Frau des Sekretärs, eine füllige, ältere Dame im roten Kleid mit einer schwarzen Perücke über dem runden Gesicht. Ein etwa zwölfjähriger, dunkler Junge fächelte ihr mit Straußenfedern Luft zu. »Prinzessin Anchesenpaaton«, rief die Dame erfreut, »Jüngste der Pharaonentöchter und mein Herzenskind! Wo kommst du her – und bist du noch die Jüngste, oder? Ist meine süße Milchtochter schon in die Wehen gekommen? Bist du deshalb hier, um mir das mitzuteilen?« Als die Prinzessin den Kopf schüttelte, fuhr sie fort:« Du weißt, daß ich als Amme deiner Mutter, der herrlichen Königin Nofretete, mit ihr genauso leide, als würde ich wieder selber ein Kind gebären – obgleich die Götter mir das jetzt ja gar nicht mehr gestatten, natürlich nicht, bei meinem Alter! Aber du ahnst nicht, wie eine Frau, die einem Kind einmal die Brust gegeben hat wie ich deiner Mutter, mit ihm fühlt, auch wenn es schließlich erwachsen ist. Milch bindet wie Blut! Wie geht es der Königin, sag mir zuallererst, wie es ihr geht!« Endlich stoppte der Wortschwall.

»Ach, gut«, sagte Anchi, »so wie immer. Der König hofft, daß es ein Junge wird, aber mir ist es egal und Mutter, glaube ich, auch!«

»Kommst du vom Gottesdienst?« fragte die Amme und schob grimmig die Unterlippe vor. »Natürlich hat er wieder verlangt, daß die Königin in ihrem schwangeren Zustand als Hohepriesterin vor dem Altar niederkniet!« Sie schnaufte verächtlich auf. »Auch so eine neumodische Art, daß man eine Königin zum Hohepriester macht! Den alten Göttern hätte das nicht gefallen!«

Sie erhob sich schwerfällig und schob den Wedelträger beiseite. »Geh, Junge, lauf zum Weingarten und hol ein paar besonders schöne Trauben für die Prinzessin. Und du, Herzenskind, komm mit in den Wohnraum. Die Köchin hat kleine Kuchen gebacken, die werden dir schmecken. Hier ist es sowieso zu heiß, kein Lüftchen, schon seit Tagen nicht. Und überall liegt Wüstenstaub auf Kleidern und Möbeln, und der Haushofmeister sagt, daß niemand ihm Fische verkaufen will, weil der Nil austrocknet. – Und der Sekretär ißt doch am liebsten Fisch! Ach, ja.« Sie seufzte und seufzte weiter, als sie unter ihrem erheblichen Gewicht knarrende Treppenstufen hinabstieg.

Im behaglichen Wohnraum, der kühl war, weil die kleinen Fenster ganz hoch oben zwischen Wand und Decke angebracht waren, ließ sich Tija in einen bequemen Stuhl fallen, der eine breite Sitzfläche und kurze Beine hatte. Die Prinzessin hockte sich daneben auf ein buntes Sitzkissen. Sie liebte diesen Raum mit der bemalten Ledertapete, den Truhen an den Wänden voller Kleider und Gerät, die manchmal offen standen, den wie Blumen geformten Öllampen, den Tontöpfen voller Bier und Wein, die unten spitz zulaufend auf hölzernen Ständern thronten. Es war hier nicht so ordentlich wie im Palast. Immer lag irgend etwas herum, ein buntes Tuch oder ein Spiegel, eine Palette mit Schminkzeug oder eine zerzauste Perücke. Aber sah es im Harim stets so aus, als erwarte man den Pharao, so wirkte das Durcheinander hier menschlicher und gemütlicher.

Anchi riß ihre Perücke vom Kopf und schlüpfte aus den Ledersandalen. Sie spürte an ihren Zehen die angenehme Glätte und Kühle des geflochtenen Schilfteppichs. Eine Dienerin trat ein und stellte ein Tischchen mit einer Schale voller Weintrauben, Feigen und Nüssen, einen Teller voller kleiner Kuchen, einen Krug, der mit verdünntem Wein gefüllt war, und zwei buntglasierte Keramikbecher vor sie hin. »Iß, Prinzeßchen, und trink!« forderte die Amme, noch immer schwer atmend, Anchi auf und griff selber nicht ohne Gier nach den heißen Kuchen. Auch Anchi ließ es sich schmecken. Bei der langen Zeremonie im Tempel vorhin war sie hungrig geworden.

»Nun, wie war es heute?« fragte Tija lauernd.

»Langweilig.«

Die Amme nickte befriedigt. »Dachte ich mir's doch. Was ist schon diese Sonnenscheibe mit den vielen Händen gegen die Welt der alten Götter!«

»Erzähl von den alten Göttern!«

Die Amme schüttelte den Kopf: »Das ist verboten, das weißt du wohl, Prinzeßchen. Der Pharao will nichts von den alten Göttern wissen. In dieser neuen und zugegeben schönen Stadt Achetaton will er keinen der alten Götter sehen. Deshalb hat er die Priester, die an ihnen hängen, in Theben gelassen, will hier selber der oberste Priester sein und hat Männer um sich, die auch nur diesem Aton dienen wollen!«

Anchi tippte der Frau auf das Knie und sagte verschmitzt: »Und was ist mit deinen alten Göttern?«

Tija schaute schuldbewußt zu einer Nische hin, die in die Zimmerwand eingelassen war und wo kleine Figuren standen, Tiere aus Holz und Keramik, so der Horusfalke, der schwarz-weiße Apisstier, ein Nilpferd, das die Göttin Thoéris repräsentierte, welche angeblich die Wöchnerinnen schützte. Auch hockte dort der Heilgott Sched, ein kleines, dickes, bewaffnetes Kind, und der Bes, der Garant für häusliche Harmonie. Ihn ließ sich Anchi von einem Sklaven herabholen und nahm den krummbeinigen, bärtigen Zwerg wie eine Puppe in den Arm.

Tija war noch immer etwas beklommen. Ihr breites Gesicht mit den Hängebacken hatte sich gerötet. Mit einem verlegenen Lächeln murmelte sie: »Nun ja, ich hänge an meinen kleinen Hausgöttern!« Nach einem kurzen Schweigen flüsterte sie der Prinzessin ins Ohr: »Der Pharao weiß es, aber er schaut drüber weg, weil er mich mag.

Er ist ein seltsamer, aber kein böser Mann, dein Vater, der große König von Ober- und Unterägypten, Amenophis – nein, natürlich Echnaton!« Mühsam ächzend versuchte sie sich zu verbeugen, was ihr ausladender Busen erschwerte.

Unbeeindruckt forderte Anchi sie wieder auf: »Erzähl von den Göttern!« Und als die Amme den Kopf schüttelte, trommelte sie ihr mit den kleinen Fäusten auf das Knie: »Du sollst mir von Isis und Osiris erzählen – ich will es! Ich befehle es!«

Tija kicherte: »Du wildes, kleines Eselsfohlen! Nun ja, wenn die jüngste Prinzessin des hohen königlichen Hauses befiehlt, muß ich wohl gehorchen. Aber«, sie schaute Anchi beschwörend an, »nichts dem großen König erzählen und nichts meinem süßen Milchkind, der lieblichen Nofretete!«

Die Prinzessin nickte ungeduldig: »Nun fang schon an!«

Ähnliches spielte sich oft zwischen ihnen ab, aber sie liebten beide das Ritual, übten es immer wieder mit Leidenschaft aus. Die Geschichten der alten Götter wurde die Prinzessin nie müde anzuhören und die Amme, sie zu erzählen. Sie lehnte sich bequem im Stuhl zurück und begann: »Schu, die uralte Göttin der Luft, und Tefnut, der Gott der Feuchtigkeit, hatten zwei Kinder: Geb, den Erdgott, und Nut, die Himmelsgöttin. Nut wurde von Geb befruchtet und gebar vier Kinder, gute und böse. Gut waren die wunderschöne Muttergöttin Isis und der edle Osiris, welche einander heirateten. Böse war der Gott der Wüste, Seth, der seine Schwester Nephthys heiraten mußte. Aber Seth war eifersüchtig auf Osiris, weil er ebenfalls die schöne Isis liebte.«

Tija schwieg und nahm bedächtig einen Schluck aus dem Becher mit Wein.

»Und dann?« rief Anchi. »Was passierte dann? Erzähl weiter!« Sie kannte die Geschichten, wollte sie aber immer wieder hören.

»Dann? Laß mich nachdenken!« Die Amme wußte genau, wie man Spannung erregt. Sie seufzte tief auf: »Jetzt fällt mir das Schreckliche wieder ein. Der böse Seth ermordete den edlen Osiris und warf ihn in den Fluß. Er glaubte, daß der Gott versinken und für alle Zeiten verschwinden würde. Doch die schöne Leiche stieg

21

wieder an die Oberfläche und verfing sich in einem Tamariskenbaum am Ufer. Isis holte den Gatten heim. Aber Seth stahl den Toten wieder, und um ihn endgültig zu vernichten, zerstückelte er ihn in vierzehn Teile, die er überall im Lande versteckte. Isis weinte heiße Tränen um den verschwundenen Geliebten und begann ihn zu suchen. Ihre Schwester und beste Freundin Nephthys half ihr dabei. Zu ihrem Kummer, aber auch zu ihrer Befriedigung fanden sie schließlich die einzelnen Teile, und Isis in ihrer Göttermacht setzte sie wieder zusammen, die schönen Glieder, den Leib und den herrlichen Kopf. So viel Leben flößte sie dem Toten ein, daß sie mit ihm ein nächtliches Liebeslager erleben konnte, bei dem sie ihren Sohn Horus empfing. Aber des Gottes Erweckung war nur vorübergehend. Osiris muß seitdem im Totenreich bleiben, und sein Amt ist, die Verstorbenen zu empfangen. Seine Tempel dürfen kein Licht haben, und nur ganz selten bringt man seine heilige Statue zur Erholung für kurze Zeit hinaus unter die Strahlen der Sonne.«

Die Prinzessin hatte die Füße auf den Sitz gezogen und saß, die Knie von den Armen umschlungen. Atemlos flüsterte sie: »Aber der böse Seth – was wurde aus ihm?«

»Das Kind von Isis und Osiris aus jener Nacht war der falkenköpfige Horus. Um seinen Vater zu rächen, kämpfte er mit Seth und verlor dabei ein Auge. Seth klagte vor einem Göttergericht, daß er der Herrscher Ägyptens sein wollte, aber das Gericht entschied sich für Horus, der deshalb der Urvater der Pharaonen ist.«

Doch Tija war zum Schluß der Erzählung nicht mehr ganz bei der Sache gewesen. Schuldbewußt horchte sie nach draußen, wo ein atemloser Läufer den Torsklaven beschwor, rasch, rasch die Prinzessin Anchesenpaaton zu informieren, daß der Sprachlehrer auf sie warte. Nicht allzu schnell machte sich das Mädchen auf den Weg. Die Beamten des Hofes waren es gewohnt, auf Mitglieder der königlichen Familie zu warten.

Tija fächelte sich mit einem Tuch Luft zu. Sie hatte ein schlechtes Gewissen, daß sie der Prinzessin immer wieder von den alten Göttern erzählte. Doch Anchi bestand darauf. Und war es nicht auch wichtig, daß die Seligen nicht vergessen wurden? Ihren Groll gegen den König verbarg Tija mühsam vor der Prinzessin. Aber wie konnte der Pharao nur die Götter vertreiben, obgleich der falkenköpfige Horus sein eigener Urahne war? Wie konnte er einen einzigen Gott, den Sonnengott Aton, zum alleinigen Herrn über Himmel und Erde erklären? Ob die anderen Götter ihn einmal dafür bestrafen würden?

Sie zuckte zusammen, denn sie hörte die Stimme des Sekretärs im Vorraum. Eje durfte keinesfalls erfahren, daß sie der Prinzessin von den Göttern erzählt hatte und was für Gedanken sie selber bewegten. Er war ein allzu loyaler Diener seines Herren.

3. Kapitel

Den Nachmittag verbrachte Prinzessin Anchesenpaaton im Harim mit Schreiben. Wie vor ihr der Lehrer, allerdings auf einem erhöhten Podest, kniete sie und hatte auf den Oberschenkeln auf fester Unterlage ein Papyrus ausgebreitet. Neugierig drehte sie es um und schaute, was auf die Rückseite geschrieben war, denn die zum Üben benutzten Blätter waren schon einmal gebraucht worden. Zu ihrer Enttäuschung war es nur eine Getreiderechnung. Sie tauchte nun einen schräggekappten Binsenhalm ins Wasser und löste damit etwas von der harten Tinte auf – schwarze, aus Ruß hergestellte und ockerrote –, die in eingelassenen Rundungen als Plättchen auf einer Palette lag. Während ihre Zunge über die Lippen spielte, begann sie zu schreiben:

O, möge er leben
O, möge sie leben
O, mögest du leben
O, mögen sie leben
O, mögen wir leben
O, mögest du leben

23

Sie reichte dem Lehrer die fertige Übung, und er betrachtete die sauber geschriebenen Hieroglyphen lange. Schließlich verbeugte er sich: »Gut, ehrenwerte jüngste Prinzessin, vorzüglich! Nur – warum haben Sie zwar, wie es Sitte ist, die Übung in schwarzer Schrift geschrieben, aber das ›wir‹ in roter? Wissen Sie nicht, daß man die rote Schrift nur für ganz wichtige Dinge benutzt?«

Anchesenpaaton reckte sich, zog ihren dünnen Hals so sehr sie konnte in die Höhe und sagte von oben herab: »Nun, Lehrer, ich frage Sie: Ist es nicht wichtig, daß wir, die Mitglieder der königlichen Familie, leben?«

Der Lehrer verbeugte sich so tief, daß seine Stirn auf dem Fußboden lag, wohl auch, um sein Schmunzeln zu verbergen.

Er war mit seiner Schülerin zufrieden. Sie lernte rasch lesen und schreiben, rascher als die beiden anderen Prinzessinnen. Meritaton allerdings war viel fleißiger als Anchesenpaaton und hatte es zu einem beträchtlichen Wissen gebracht. Auch konnte sie fließend Babylonisch sprechen, wie auch die Sprache der Mitanni.

Prinzessin Maketaton dagegen hatte keine Lust zu den Wissenschaften. Im Lesen und Schreiben war sie nicht sehr weit gekommen, auch nicht im Erlernen fremder Sprachen. Der Lehrer verachtete im geheimen die zweite Prinzessin, denn ihre Begabung für Musik und ihre Kenntnisse in der Botanik fand er höchst überflüssig. Sein Liebling war Anchesenpaaton, obgleich sie ihn manchmal sehr hochmütig behandelte. Doch sie wollte möglichst alles lernen, alles wissen, und zwar rasch, rasch. Sie fragte ihn ständig nach Neuem aus, verstand sofort, was er ihr erklärte, und behielt es im Sinn. Über die vergangenen Ägyptischen Reiche wollte sie Bescheid wissen, über deren Könige und über die Könige der heutigen Nachbarländer. Sie wollte erfahren, wo der Nil, die Lebensader Ägyptens, herkam und hinfloß. Sie wollte die Sternbilder kennenlernen und mathematische Winkelsummen berechnen, wie die Erbauer der Pyramiden es gekonnt hatten. Sie wollte viele, viele andere Sprachen lernen. Anchesenpaaton kam dem Lehrer vor wie die Wasseruhr, die in der Ecke stand und ein Loch im Boden hatte, durch welches das Wasser, die Zeit anzeigend, allmählich absickerte. Wie man

Wasser im Gefäß ständig nachfüllte, mußte er die Prinzessin ständig neu mit Wissen auffüllen.

In einem anderen Raum im Harim saß Meritaton auf einem Ruhebett und las neue Gesetzesbestimmungen, die ihr Vater vor kurzem herausgegeben hatte. Sie interessierte sich sehr für die Staatsgeschäfte, hob den Papyrus dicht an die Augen, weil sie etwas kurzsichtig war, und murmelte den Text mit.

Maketaton weilte nicht in ihrem Zimmer. Sie war in den Palast zur Mutter hinübergelaufen, um deren Räume mit Blumen zu schmücken. Alle drei Prinzessinnen wohnten im Harim, der in der Stadtmitte an der Hauptstraße lag. Außer ihnen lebten dort Hofdamen, Tänzerinnen, Musikantinnen und die Nebenfrau des Königs, Tadusheba, eine Mitanniprinzessin. Nicht mehr jung und auch nicht besonders schön, war sie aus dynastischen Gründen vom alten Amenophis geheiratet und nach des Vaters Tod von Echnaton übernommen worden. Der Pharao schlief nur selten mit ihr, denn ihr anspruchsvolles, etwas zänkisches Wesen störte ihn. Aber um den König des wichtigen Nachbarlandes Mitanni nicht zu verletzen, kam er ab und zu seinen Pflichten nach. Eine große, schöne Zimmerflucht im Harim stand noch frei. Der König plante, als zweite Nebenfrau eine libysche Prinzessin zu heiraten.

Doch seine erste und wirkliche Gattin, die Königin seines Herzens und Landes, der er Staats- und Priesterrechte zugestanden hatte, wie sie nie eine ägyptische Monarchin besaß, war die wunderschöne und fruchtbare Nofretete. Er bereute es nie, daß er nicht, wie es eigentlich üblich war, seine königliche Schwester Satamun geheiratet hatte, um im doppelten Sinne die Dynastie weiterzuführen. Obgleich nicht aus königlichem Hause, war Nofretete hoheitsvoller als ihre Schwägerin, schöner und klüger. Wieder war ihr Leib gesegnet. Bald würde das neue Kind das Licht des Aton erblicken. Noch war es in der feuchten Dunkelheit geborgen. Aber es meldete sich schon ungebärdig mit Fußtritten gegen die zarte Decke des mütterlichen Leibes.

25

Nofretete lachte und zeigte auf das Wogen unter ihrem dünnen Leinenkleid, als Tija wieder einmal nach der bald Gebärenden schaute und neben dem Lager der Königin im bequemen Sessel lehnte. Die Amme schnaufte: »Was für ein Wildfang, und was macht er meinem lieben Milchkind zu schaffen! Ich will ihn beruhigen, wenn die hohe Königin bitte den Leib freimachen möchte!«

Sie zog ein kleines Tongefäß aus der Tasche. Nofretete nahm es ihr aus der Hand und betrachtete es. Es bestand aus einer knienden Frau, die ein Wickelkind auf dem Schoß hielt, hinter deren Kopf Krugöffnung und Henkel ragten. »Was willst du mit der Ammenflasche?« fragte Nofretete.

Tija nickte stolz: »Ganz recht«, antwortete sie, »als Ihr, mein Milchkind, die spätere hohe Frau und Königin, geboren ward, habe ich damals die überschießende Muttermilch stets abgepreßt und in dieses Gefäß gefüllt, um immer für den Hunger des Kindchens bereit zu sein.

»Aber Tija, Liebe«, die Königin streichelte den Arm der Frau, »du wirst es nicht mehr ... du kannst es nicht mehr mit Muttermilch füllen!«

»Das weiß ich wohl«, sagte die Amme gekränkt, »aber der Krug kann auch nützlich für anderes sein. So habe ich ihn jetzt mit duftendem und besänftigendem Öl gefüllt, womit ich den königlichen Leib einreiben werde, damit der kleine Prinz sich beruhigt.«

»Ach, Amme, immer sprichst du von einem Prinzen!« sagte Nofretete etwas ungeduldig, während sie den Leib freimachte. »Aber salbe nur, auch einer unruhigen Prinzessin wird es vielleicht guttun!«

Als Tija den Leib der Schwangeren sorgfältig eingerieben hatte, griff sie wieder in ihre Tasche und zog hastig den Gott Bes hervor, den Prinzessin Anchesenpaaton so sehr liebte. Sie drückte ihn Nofretete in die Hand: »Nehmen Sie ihn, meine Königin, und verstecken Sie ihn, wenn der Pharao ihn nicht sehen soll!«

Nofretete schaute kurz die kleine Figur an und warf sie dann der Amme angewidert in den Schoß: »Bring das Ding fort – ich will es nicht haben!«

Tija wurde rot und runzelte die Stirn: »Aber er hilft bei Schwangerschaften, sorgt dafür, daß die Geburt leicht vonstatten geht«, sagte sie dickköpfig und fügte hastig hinzu: »Und er kann auch ein Fürsprecher sein, damit der hohe Leib endlich einen Knaben ausstößt!«

Nofretete setzte sich auf und funkelte die Amme mit blitzenden Augen zornig an: »Schweig, Tija, ich will davon nichts hören! Wie der Pharao, mein hoher Gemahl, glaube ich ebenfalls nicht an die Macht der Haus- und Hofgötter. Und wenn du es auch nicht wahrhaben willst: Es gibt nur einen einzigen Gott – Aton, die herrliche Sonnenscheibe, dessen Hohepriesterin ich bin. Darum geh, nimm das Ding mit, und bring es mir niemals wieder vor die Augen!«

Ihr Ton war so abweisend, daß die Amme keine Erwiderung wagte. Sie verbeugte sich mühsam und schlurfte, die Schultern hochgezogen und den Kopf im Groll gesenkt, aus dem Raum.

Nofretete legte sich in die Kissen zurück. Ihr schönes, meist so belebtes Gesicht war starr wie das einer Statue. Nicht nur der Ärger über die alte, beschränkte Amme belastete sie, sondern der Vorfall hatte ihr wieder einmal gezeigt, wie wenig sich die Bevölkerung im geheimen mit der neuen Religion abfinden konnte. Selbst hier, in der schönen Stadt, die der König zu Atons Ehren gebaut hatte, mit ihrem gewaltigen, der Sonne geöffneten Tempel, waren in dunklen Ecken und Kellern der Häuser die alten Götter noch existent und schienen im Bewußtsein der Menschen fortzuleben. Sie selber wollte aber nur dem strahlenden Aton dienen, vor allem deshalb, weil ihr empfindsamer, schwieriger Pharao an diesen Gott glaubte. Das Zentrum ihres Lebens war Echnaton, sein häßliches, kluges, großflächiges Gesicht, die langfingrigen, sensiblen Hände an mageren Armen. War der Körper des Königs auch seltsam unproportioniert, so hatte er außerordentlich schöne, feingliedrige Füße, die leicht dahergingen, meist so rasch, daß das Gefolge kaum Schritt halten konnte. Sie liebte ihn und bemühte sich, seinen Ideen zu folgen, und sie war glücklich, ihm ohne Schwierigkeiten immer neue Kinder zu schenken. So heftig und herrisch Echnaton seinen Beamten gegenüber oft war, zeigte er Nofretete nur Liebe und Zärtlichkeit.

Sie schaute sich im Raum um, den der König ganz nach seinen Ideen für sie eingerichtet hatte: Fußboden und Decke waren mit Gemälden verziert, auf denen Pflanzen grünten und Enten flogen. Niedrige Tische und mit Kissen belegte Sessel standen umher, Truhen und Dreifußlampen und Henkelvasen aus durchscheinendem Alabaster. Räucherschalen waren mit Lavendel und Weihrauch gefüllt, dessen blauer Rauch den Raum mit Duft erfüllte. Das Liegebett der Königin stand in einem überdachten Alkoven, dessen mit goldenen Bienen bestickter Vorhang beiseitegeschoben war. Nofretete nahm eine kostbare silberne Vase in der Form eines Granatapfels in die Hand und strich über die kühle Rundung. Echnaton hatte sie ihr heute durch einen Diener bringen lassen als Entschuldigung für seine Abwesenheit. Staatsgeschäfte hielten ihn ab, seine allerschönste Königin selber zu besuchen. Nofretete würde Maketaton bitten, ihr aus dem Garten eine besonders schöne Blüte für die Vase zu holen. Sie schaute durch die offene Tür auf den Hof, der mit üppigen Blumenbeeten eingerahmt war und in dessen Mitte Wasser in einem Becken schimmerte, aus dem sich auf langen Stengeln blaue Lotosblüten hoben, eine geöffnete und zwei Knospen.

Der Pharao ging unterdessen seinen herrscherlichen Aufgaben nach. Er saß in den Amtsräumen des Regierungspalastes auf goldenem Thronsessel unter einem Baldachin, dessen Säulen ebenfalls mit Gold und bunten Steinen belegt waren. Er trug die blaue Königskrone auf dem Kopf, an deren Stirnseite sich die Uräusschlange als Zeichen seiner Macht krümmte. Auf den bis vor kurzem üblichen künstlichen Königsbart und den Schakalschwanz verzichtete Echnaton zum Entsetzen mancher Hofbeamten. Er nannte beides »unnützen alten Kram – für ein Maskenfest, nicht für ernste Königsgeschäfte angemessen«. Doch nach alter Sitte hielt er Geißel und Krummhaken in den Händen. Beide waren einstmals in Urzeiten in primitiver Form die Werkzeuge der Hirten gewesen, und der Pharao wollte der Hirte seines Volkes sein.

Kaum einer der Beamten, die rechts und links an des Königs Thron standen, mißbilligte Echnatons neue Sitten, wie es in Theben und Memphis in hohem Maße der Fall war. Fast alle hier waren erst vor kurzem in ihre Ämter befördert worden und stammten nicht aus der alten Beamtenschaft. Die meisten kamen aus einfacheren Bevölkerungsschichten oder waren Ausländer. Ihre unerwartete Erhöhung hatte sie zu sehr loyalen Staatsdienern gemacht. Einer der wenigen älteren Beamten, die Echnaton aus Theben mitgebracht hatte, war der Befehlshaber der Streitwagentruppen Eje, der schon zur Zeit des alten Amenophis dem König und dem Kronprinzen verbunden gewesen war. Eje hatte sich zögernd zu des Pharaos neuen Ideen bekehrt, doch der Namenswechsel des Königs machte ihm immer noch Schwierigkeiten.

Zuerst empfing der Pharao heute eine Delegation aus Libyen, dunkelhäutige Männer in seltsamen, bunten Kleidern, die sich vor dem Thron niederwarfen, so tief, daß die Spitzbärte und langen Haare den Fußboden streiften. Er sagte: »Im Namen des ägyptischen Volkes begrüße ich, Echnaton, der König von Ober- und Unterägypten, euch, Gesandte meines hohen Bruders, des Königs von Libyen – und nun erhebt euch!«

Der Sprecher der Gruppe begann in holprigem Ägyptisch eine langatmige Begrüßungsrede mit vielen schmeichelnden Lobeshymnen, das Land Ägypten, das ägyptische Volk und vor allem die Person des Pharaos betreffend. Der König stöhnte innerlich über die blumigen Worte und endlos langen umwundenen Sätze, lächelte aber höflich. Er wollte die Libyer bei guter Stimmung halten, um das Ziel der Begegnung nicht zu gefährden. Das Ziel war eine zweite Nebenfrau, eine Tochter des libyschen Königs. Hauptsächlich würde die Heirat aus politischen Gründen geschehen und sollte Spannungen zwischen Libyen und Ägypten beheben. Aber Echnaton hatte durch einen Kundschafter erfahren, daß die Prinzessin jung und schön sei – sechzehnjährig, mit einem kräftigen, schlanken Körper unterm bunten Kleid, schwarzen, krausen Locken, einer Haut dunkel wie Ebenholz und Augen wie die einer Bergziege. Echnaton mochte Ziegen und hatte Lust auf die Libyerin. Sicher war seine allerliebste Bettgenossin niemand anders als die zauberhafte Nofretete. Aber da sie zu seinem Glück immer neue Frucht trug, gab es Zeiten, in denen der geschwollene Leib einen Beischlaf verbot. Ein junges Mädchen mit einer Ebenholzhaut konnte ein guter Ersatz sein. Und sollte es das Schicksal wollen, daß Nofretete ihm immer nur Töchter schenkte, so würde vielleicht aus den dunklen libyschen Lenden ein Sohn geboren, der allerdings nur König werden konnte, wenn er eine der Prinzessinnen der legalen Königin heiratete. Doch bis dahin war noch viel Zeit, Gedanken darüber waren verschwendet. Erst einmal stellte sich der Pharao in seiner Phantasie die zukünftige neue Prinzessin am Hofe vor. Sie würde ein wenig zu wild für die verfeinerte Gesellschaft sein, aber Nofretete würde die junge Frau zähmen, sie statt des allzu bunten Kleides in eines aus dem feinen, weißen ägyptischen Leinen kleiden, würde den Dienerinnen befehlen, ihre Haare zu glätten und zu ordnen, die Ebenholzhaut mit duftenden Ölen zu salben und die schönen Ziegenaugen durch umgebende Kosmetik noch ausdrucksstärker werden zu lassen. Echnaton konnte sich auf die Königin verlassen.

Als der Wortführer der Libyer endlich mit seiner Begrüßungsrede fertig war, wurden die nüchternen Details des Abkommens besprochen, Mitgiftfragen und zu verbriefende Rechte der jungen Frau, das Heiratsdatum und die Anzahl an Dienerschaft, die sie mitbringen würde. Wieder warfen sich danach die Libyer auf den Boden, wurden in Gnaden entlassen und wollten nun die der Prinzessin zugedachten Wohnräume begutachten.

Die einzelnen Hofbeamten traten jetzt vor den Pharao, um aus ihrem Ressort zu berichten und Fragen mit ihm zu besprechen. Echnaton ließ ihnen viel freie Hand, achtete die Meinung von Fachleuten, wollte aber doch immer das letzte Wort haben. Das war um so eher möglich, weil er sich mit allen Staatsanliegen auch im Fachlichen gründlich beschäftigte.

Der erste, der sich vor dem Thron tief verbeugte, war der Truchseß Parennefer. Er hatte einige Mühe, sich auf den Wink des Königs hin wieder zu erheben, weil sein dicker Bauch ihn zu Boden ziehen wollte. Schließlich stand er mit Hilfe eines Sklaven wieder auf den stämmigen Beinen, mit rotem Kopf und etwas schnaufend. Kurzatmig nannte er die Anzahl der Tempel im Lande und die Menge an Getreide, die ihm zur Verfügung stand, um sie an die Heiligtümer zu verteilen. Der Pharao runzelte die Stirn und befahl, daß einige Tempel, welche gegen das Verbot auch anderen Göttern als dem Aton huldigten, die Ration gekürzt werden sollte. Der Truchseß nickte, watschelte an seinen Platz zurück und übernahm vom Sklaven wieder den Wedel, das Zeichen der Würde eines Hofbeamten.

Als nächster trat Panhesi vor, der »Vorsteher der Rinder des Aton«, ein magerer Mann mit glühenden Augen. Eifrig brachte er mit einem bäuerlichen Akzent seine Vorschläge an, wie viele und welche Rinder zum Opfer für den alleinigen Gott Aton bestimmt werden sollten. Er war einst ein einfacher Bauer gewesen, der durch gute Kenntnisse und Zuverlässigkeit Echnatons Gunst errungen hatte.

Nun kam der Palastvorsteher Ipj mit einem besonderen Anliegen. Er wollte für den Zoo im Harim einen nubischen Löwen anschaffen. »Die Prinzessinnen – besonders eine der ehrenwerten hohen Damen – würden sicher ihren Spaß daran haben!«

Die Augen des hübschen, jungen Mannes funkelten vergnügt. Er war Anchis spezieller Freund, und Echnaton mußte ein Lächeln unterdrücken, weil er genau wußte, welche »ehrenwerte hohe Dame« diesen Wunsch geäußert hatte. Er nickte gnädig. Ipj war wie Eje einer der Beamten, die der Pharao aus Theben mit nach Achetaton genommen hatte, weil er ihn für loyal hielt und sein fröhliches Wesen den König erheiterte.

Jetzt trat ein stattlicher Mann mit einem klugen Gesicht von fremdländischen Zügen vor den Thron, der Syrer Tutu. Echnaton schätzte ihn besonders und hatte ihm eine erstaunliche Machtfülle zugewiesen. Er war Kammerherr, Finanzminister, »Oberster Mund des ganzen Landes« und Oberbaumeister. Vor allem auf diesem Gebiet achtete der König ihn seiner Kenntnisse und baulichen Visionen wegen hoch. Auch heute ging es um Echnatons Lieblingsthema. Er wollte neue Grenzstelen und kleine Tempel in der Stadt errichten lassen. Der Pharao liebte den kleinen Sonnenschattentempel, den er in der Nähe des Palastes für Nofretete bauen ließ, und wollte ähnliche Tempelchen über das ganze Stadtgebiet verstreuen. Er gab einem Beamten die Königsinsignien zu halten und trat an einen Tisch, auf dem Tutu Stadt- und Baupläne ausbreitete. Seine schmale Hand fuhr hoch, und der extrem dünne Zeigefinger schlängelte sich hierhin und dorthin. Im westlichen Park hinter dem Harim sollte ein Tempelchen stehen und ein anderes im Süden der Stadt, in der Nähe des Viertels der Beamtenvillen. Eines sollte für die Königsmutter Teje gebaut werden und ein zweites für die Lieblingstochter Meritaton.

Er blieb gleich am Tisch stehen, als das Gespräch sich neuen Grenzstelen zuwandte, die rund um die Stadt errichtet waren und in Bild und Schrift, in den Stein graviert, die Grenzen von Achetaton, die Geschichte seiner Gründung und die Errichtung der Stelen unter Aufsicht des Königspaares beschrieben. Die vorhandenen sollten durch zwei weitere Stelen ergänzt werden. An welchem Ort sie aufgestellt würden, war schon früher besprochen worden, nun wurde erwogen, welche Beschriftung sie tragen sollten. Echnaton wußte, daß der Syrer des Wortes mächtig war, und hatte ihm den Auftrag gegeben, auf der Stele den König selber sprechen zu lassen. »Lies, was du entworfen hast!« befahl er.

Tutu verbeugte sich tief: »Ganz wie du befiehlst, Herr dessen, was die Sonne umkreist!« antwortete er feierlich und begann dann selbstsicher einen langen Sermon vorzutragen, in dem er vorgab, der Pharao selber habe das Wort ergriffen.

Echnaton war damit höchst zufrieden, besonders über den Schluß: »Das innere Gebiet dieser Stelen – vom Ostberg bis zum Westberg – das ist das eigentliche Achetaton, das meinem Vater, der Leben gibt in immer unendlicher Dauer, gehört mit Bergen, Wüsten, Feldern, mit neuem Land, Hochland und frischem Land, mit Äckern, mit Wasser und mit Ortschaften, mit Uferland, mit Menschen und Vieh, mit Bäumen und mit allen anderen Dingen – die Aton, mein Vater, entstehen läßt bis in alle Ewigkeit.«

Der König nickte: »Es ist gut – sehr gut! Aber weiter soll es heißen: ›Ich werde diesen Eid nicht brechen, den ich Aton, meinem

Vater, geschworen habe – für immer und ewig –, sondern er dauert fort auf der steinernen Stele an der südöstlichen Grenze, ebenso wie auf der nordöstlichen Grenze von Achetaton. Ebenso dauert er fort auf der steinernen Stele an der südwestlichen Grenze und ebenso an der nordwestlichen Grenze von Achetaton.‹«

Der Pharao entließ Tutu äußerst gnädig. Der Syrer war ganz nach seinem Herzen, wie Echnaton selber fast ein Künstler. Erfrischt und erheitert bestieg er wieder den Thron. Als letzter Vortragender trat der Sekretär Eje vor ihn hin. Der stattliche, ernste Mann hatte unter dem altmodischen schwarzen Kopftuch ein sorgenvolles Gesicht. Es ängstigte ihn, was er bei einem Verwandtenbesuch in Memphis gehört hatte. Die Stimmung im Lande war nicht gut. Die Priesterschaft grollte dem König wegen seiner religiösen Ideen. Auch das Volk wollte sich seine geliebten vielen Götter nicht nehmen lassen. Dazu kam, daß der Nil nicht schwellen und überfließen wollte. Hungersnot drohte, und viele hielten es für eine Strafe, die die Götter dem Lande für ihre Verbannung auferlegten. Durch falsche Orakel versuchten die Priester die Unruhe zu schüren. Sie erklärten, der Nilgott habe verkündet, er würde den Fluß völlig abfließen lassen, wenn man ihm nicht opfere, und die verstoßenen Götter wollten dem Lande Seuchen und Kriege schicken. Das Volk ängstigte sich und begann zu murren. Eine Revolution schien nicht ausgeschlossen zu sein.

Eje schlug vor, die bewaffneten Streitwagen nach Theben und Memphis zu schicken, aber der König winkte ab: »Warten wir noch ein paar Tage!« Er haßte kriegerisches Geschehen und war sich auch der ägyptischen Soldaten nicht ganz sicher.

Auf dem Rückweg zum Palast war er wieder allein, weil er die Wachen in die Kasernen geschickt hatte. Die Luft war drückend schwül und der Abendhimmel von einem fast giftigen Blaurot. Echnaton sah besorgt auf den Nil hinab, der nur noch ein schmales Rinnsal besaß. Am Ufer saß ein Fischer, dessen Papyrusboot auf dem Trocknen lag und dem es nicht zu lohnen schien, einen Fischzug vorzunehmen. Heute mittag hatte sich der Pharao wieder einmal dem Volk von Achetaton im »Erscheinungsfenster« gezeigt, einer

Loggia aus bunten Lotosblütensäulen, die am Scheitel der Brücke lag, welche die Hauptstraße der Stadt überquerte. Es war ihm vorgekommen, als wenn der Jubel der Menge nicht so herzlich war wie sonst, sondern leiser und unechter. Wurde selbst das sonst so zufriedene Volk dieser Stadt in seiner Sorge um den Fluß unruhig?

4. Kapitel

Der Fischer Huy sprang mit seinen krummen Beinen so schnell er konnte den Hügel hinan, auf dem das Haus des Seneb stand. Der Bauer trat gerade aus der Tür und blinzelte träge in die milchige Morgensonne. Erstaunt schaute er auf den dünnen, kleinen Mann, der mit fuchtelnden Armen, rotem Gesicht und atemlos auf ihn zulief. »Was willst du?«

Huy verdrehte die Augen, rang nach Luft und gab piepsende Laute von sich. Hatten die Götter ihm den Geist gestohlen? Endlich fand der Fischer genug Atem für die Worte: »Der Hapi schwillt!«

Nun verlor auch Seneb seine Morgenmüdigkeit. Bald standen die beiden Männer am Ufer und blickten auf den noch schmalen Fluß hinab. Zuerst meinte der Bauer keine Veränderung zu bemerken, doch der Fischer rief: »Sieh doch da, der Stein stand gestern noch ganz im Trocknen und das Schilf drüben auch – und die Strömung, siehst du nicht, wie die Strömung zunimmt? Paß auf!« Er warf ein paar Strohhalme ins Wasser, und nun mußte auch Seneb zugeben, daß sie erst langsam, dann immer schneller davongetragen wurden.

Er seufzte befreit auf: »Dem Nilgott sei Dank. Er hat uns nicht vergessen!«

Der Fischer stieß ihn an: »Nicht so laut – wenn der Pharao uns hört!«

Der Bauer lachte höhnisch: »Wie kann er mich hören? Wo ist der König – steht er hinter uns? Ich seh ihn nicht! Außerdem – auch er wird sich freuen, wenn der Hapi einen dicken Bauch bekommt!«

»Bald werden wieder Fische in seinem Bauch sein«, jubelte Huy, »Meeräschen und Welse und Barsche und ab und zu ein fetter Hecht. Ich werde gleich den Jungen wecken, den faulen Bengel, der immer schlafen will. Aber er muß mir helfen, die beiden Papyrusboote zu reparieren und das Netz, damit wir es zwischen ihnen ausspannen können, um die vielen Fische zu fangen!«

Seneb grinste: »He, was du für Ideen hast! Es wird noch eine ganze Weile dauern, bis der Hapi dir Fische ins Netz schickt. Und vielleicht sind es auch nur wenige, wenn er dieses Jahr gar nicht so viel Wasser bringt, weil der Nilgott genau so faul ist wie dein Junge und lieber schlafen möchte!«

Huy sah ihn besorgt an, doch Seneb hatte sich schon umgedreht und kletterte mit unterdrücktem Kichern den Hügel hinan. Zu gerne ärgerte er den kleinen Fischer. Aber nun hatte er an Wichtigeres zu denken. Auch er mußte Handwerkszeug reparieren, zum Beispiel den hölzernen Pflug. Außerdem wollte er zwischen seinen Feldern einen neuen Graben anlegen, in den das Nilwasser rinnen konnte, um das Land zu bewässern und mit fruchtbarem Schlamm zu versorgen.

Huy hatte sich auf dem Wall niedergehockt, streckte die Hände über den Fluß und flüsterte, wie sein Vater es einst getan hatte, dem Nilgott zu: »Schreite weit aus!«

Zur gleichen Zeit lief der Pharao im Amtszimmer seines Regierungspalastes unruhig hin und her. Als er heute morgen die liebliche Schwangere besuchen wollte, hatte man ihn verscheucht. Von Frauen umhuscht, ging sie wieder einmal an ihr Werk, dem König ein Kind zu gebären. Die Hebamme hatte erklärt, daß es diesmal nicht so glatt wie gewohnt vorangehen würde, weil das Kind bis jetzt nicht bereit gewesen war, die erforderliche Lage einzunehmen. Echnaton ängstigte sich, daß der so sehr Geliebten etwas geschehen könnte, daß sie ihm ins Totenreich vorangehen würde. Schon jetzt spürte er einen rasenden Schmerz, wenn er daran dachte. Er versuchte sich auf politische Fragen zu konzentrieren, aber auch sie beunruhigten ihn. Er war ehrlich genug zuzugeben, daß im Volk

Strömungen herrschten, die seine staatspolitischen und vor allem religiösen Aktionen mißbilligten. Die Menschen sorgten sich, daß seiner neuen Ideen wegen die alten Götter zur Strafe Hungersnöte schicken könnten. Kundschafter hatten ihm mitgeteilt, daß auf den Märkten gemurrt wurde, weil Brot und Bier knapp waren.

Er trat auf die Terrasse, um nach der Sonne Ausschau zu halten und Aton ein Gebet um Hilfe zuzurufen. Der Himmel war jetzt bleiern grau. Keine tröstenden Strahlen durchbrachen die Wolken. Doch da sah er aus verschiedenen Richtungen zwei Läufer herbeieilen, und er wußte, daß sie gute oder schlechte Nachrichten bringen würden. Der erste stürmte schon die Treppe herauf, warf sich vor ihm nieder, rang nach Atem. Ungeduldig befahl ihm der Pharao, aufzustehen und seine Botschaft mitzuteilen. Die Königin hatte entbunden und war heil und gesund. Die momentane Irritation, daß es wieder ein Mädchen war, verdrängte Echnaton rasch. Nofretete war noch jung, und nach zärtlichen und berauschenden Nächten würde endlich ein Knabe in ihrem Leib reifen.

Er wandte sich dem zweiten Boten zu, der abwartend an der Tür auf dem Boden kniete, die Stirn auf den Fußboden gesenkt. Der Pharao winkte ihn näher und ließ ihn aufstehen, einen schönen, jungen nubischen Sklaven, gut gebaut, schwarzlockig und mit großen, schwermütigen Augen, der feierlich mitteilte, daß der Nil zu steigen begann. Der Palastvorsteher hatte mit gutem Gespür für Echnatons ästhetische Bedürfnisse den richtigen Boten gesandt. Der König bedeutete den Männern, sich zu entfernen, und rückwärtsgehend verschwanden beide durch die Tür.

Echnaton atmete tief. Aton hatte ihm im doppelten Sinne Gnade geschenkt und seinen ersten Diener wieder einmal nicht verlassen. Die Welt war heil und forderte Taten. Er schickte nach dem Brunnenfachmann, lief mit ihm zusammen zum Nilmesser, an dessen Skala das Wasser sichtbar gestiegen war, und übersah gnädig die Schale mit Opferreis, die zu Füßen des fetten Hapigottes an der Wand stand. Wie der Fischer Huy mit dem Bauern Seneb schaute er dann zusammen mit dem Beamten vom Uferwall aus auf den Fluß hinab. »Wir müssen neue Schaduts bauen!«

Auf diese Schöpfbrunnen, die aus einem hohen Gestell mit Stangen bestanden, an deren Enden Kübel in den Fluß gehängt und mit Wasser gefüllt wieder hochgezogen wurden, war er stolz. Sie waren eine neue Erfindung. Wie mühsam war es für die Sklaven noch vor kurzem gewesen, zum Fluß hinabzusteigen, Wasser zu schöpfen und die schwere Last wieder hinaufzutragen. Der König runzelte die Stirn: »Aber es muß uns auch gelingen, Wasser für längere Zeit aufzubewahren und zu speichern, wie wir Korn speichern. Die Trockenzeiten könnten wir damit überbrücken. Hast du eine Idee? Oder schick mir Tutu. Vielleicht fällt meinem klugen Baumeister etwas ein!«

Der Brunnenbauer machte sich auf den Weg, widerwillig und murrend, nachdem der König ihn nicht mehr hören konnte. Seine Eifersucht auf Tutu war groß.

In den folgenden Tagen und Wochen stieg der Nil allmählich zum Uferwall hinauf, legte Äste und Steine dort ab und überspülte ihn schließlich. Gierig nach mehr Wasser sahen ihm die Menschen vom Ufer aus zu. Würde er weiter steigen oder keine Lust haben, die Felder zu nässen und zu düngen? Der Fluß brachte nicht nur Ersehntes mit. Ab und zu schwamm ein Kadaver im Wasser, ein Schaf oder ein Rind, das am oberen Fluß zu dicht am Ufer geweidet hatte und von den Fluten mitgerissen worden war. Eines der toten Tiere hatte sich unterhalb des Hauses von Seneb, häßlich aufgequollen, im Ufergestrüpp verfangen und schickte üblen Gestank zu ihm herauf. Der Bauer hatte Mühe, zusammen mit seinem jungen Sohn das Aas mit Stangen aus dem Schilf zu befreien und es weiterzubefördern auf seiner Flußreise in das Totenreich.

Vom Nil her kamen auch Wolken von schwarzen, buntschillernden Fliegen, die aus dem Schlammwasser aufstiegen und Tiere und Menschen quälten. Seneb schickte die uralte Großmutter, die vor der Tür hockte, ins Innere des Hauses, weil sie nicht mehr viel Kraft hatte, die Fliegen aus dem Gesicht zu wedeln. Seneb erschien es, als wenn die Fliegen Boten von bösen Dämonen waren, ausgeschickt, um Menschen und Tiere zu peinigen mit ihrem widerlichen Krabbeln und mit Stichen. Brachten sie vielleicht sogar Krankheiten mit – Bauchschmerzen und Hautjucken und Blindheit – als Strafe für böse Taten? Aber der Großvater, der blind war und nur dumpf vor sich hinbrütend in der Ecke der Küche saß, war eigentlich nie böse gewesen.

Nach und nach füllten sich die ausgetrockneten kleinen Seen am Ufer mit Wasser, der Papyrus, die Weiden und Tamarisken auf dem Wall begrünten sich frisch. Der Fischer Huy holte ab und zu mit der Angel einen dickeren Fisch aus dem Fluß. Außer dem Grün und den Fischen kehrten auch die Vögel wieder, die Enten und Wasserhühner, eine Schar von bunten, laut schnatternden Nilgänsen, die Fischreiher und die weißen und schwarzen Ibisse, heilige Vögel, hatten sie doch in alten Zeiten den Beginn des Kalenderjahres angekündigt, das mit der Überschwemmung des Flusses anfing. Die selbstbewußten Könige des Neuen Reiches dagegen begannen das Jahr nun aber mit dem Datum des Anfangs ihrer Regierungszeit.

Gab das Benehmen des Flusses anfänglich Anlaß zur Hoffnung auf Fruchtbarkeit, änderte sich das. Ein paar Wochen lang im August schien der Nil nicht mehr zu steigen. In den Dörfern und im Palast breitete sich Angst aus, daß er sich wieder zurückziehen und den Feldern das Wasser nicht gönnen würde. In einer sternenlosen Nacht wälzte sich der Pharao schlaflos auf seinem Lager. In den Straßen der Stadt hörte er das Volk unruhig wandeln und beisammenstehen. Es waren keine fröhlichen Geräusche, sondern besorgtes Gemurmel, ab und zu ein grelles Lachen, ein zorniger Ausruf oder ein Streit. War die Hoffnung auf den Fluß doch umsonst gewesen?

Spät fiel Echnaton in einen dumpfen Schlaf, aus dem er widerwillig aufwachte, als er dicht an seinem Ohr eine flüsternde Stimme hörte. Ein Wächter kniete dort, versuchte, wie es geboten war, mit ruhiger Stimme zu sprechen, was ihm nicht gelang. Die Worte purzelten ihm aus dem Mund und verwirrten sich vor lauter Aufregung. Der Pharao richtete sich auf: »Was willst du?«

Der junge Mann hob den Kopf und sah ihn mit strahlenden Augen an: »Die Flut kommt, die Flut ist auf den Feldern!«

Der König sprang aus dem Bett, ließ sich vom herbeieilenden Sklaven den plissierten Rock umbinden, einen wärmenden Umhang aus schwerem grauen Leinen umhängen und schlüpfte in die Sandalen. Beim Hinausstürmen befahl er: »Der Kammerherr Tutu und der Palastvorsteher Ipj sollen sofort zu mir an den Fluß kommen, auch der Brunnenfachmann und der Truchseß – und gebt im Haupttempel Bescheid, daß sie einen Gottesdienst vorbereiten!«

Vom kleinen Pavillon auf dem Gartenhügel aus sah er dann im Morgendämmer, daß der Fluß mächtig über die Ufer getreten war. Dunkles, schlammiges Wasser wälzte sich auf das Land, bedeckte die Felder, strudelte, gurgelte und schmatzte, drängte weiter bis an den Fuß des Hügels, auf dem das Dorf stand. Die Bauern und Fischer hüpften vor ihren Häusern lachend und jubelnd umher. Auch aus der Stadt hinter den Bäumen hörte Echnaton Jauchzen und Singen.

Die Hochflut hatte eingesetzt, würde dem Land Korn, Wein, Früchte, kurz Nahrung für Mensch und Vieh schenken. Jetzt brach die Sonne durch die dunklen Wolken, und weil heute morgen Tau gefallen war, glitzerten die Tropfen in den Tamarisken wie Edelsteine. Lichter tanzten auf den schwarzen Wasserfluten des Nils, die Sonnenstrahlen vergoldeten das lehmbraune Dorf auf dem Hügel, als wäre es etwas Kostbares, ließen den Garten des Pharaos bunt aufleuchten, die vielfarbigen Blumen, die grünen Wedel der Palmen, das blasse Silber der Ölbäume. Ein Keil von Gänsen zog über den Himmel. Ihre schrillen, wilden Schreie waren wie ein Gruß an die Sonne. Der Pharao hob dankbar die Hände den Strahlen Atons entgegen.

5. Kapitel

Zwei Tage, nachdem die Hochflut eingesetzt hatte, fand der große Dankgottesdienst im Tempel statt. Von ihm sah die Bevölkerung nichts, denn neben den Priestern war nur die königliche Familie zugelassen. Doch anschließend wollte der Pharao zum Besuch der Stelen aufbrechen und dabei dem Nil seinen Dank bekunden. Die Stadt- und Dorfbewohner fieberten diesem Ereignis entgegen. Zwei Tage lang hatten sie nichts anderes getan als getanzt, Bier getrunken und waren nun erschöpft. Etwas, bei dem sie nur zuschauen und staunen mußten, kam ihnen gelegen.

Noch lag der Bauer Seneb in schwerem Schlaf auf dem Strohlager. Seine Frau Hemet war dabei, neues Bier zu brauen, damit ihr Ehemann bald wieder die beglückende Trunkenheit genießen konnte. In einem großen Tontopf befand sich die schon seit einiger Zeit im Wasser schwimmende Gerste. Hemet nahm einen schwach gebackenen Brotlaib in die Hand, zerkrümelte ihn und ließ die Brocken in den Topf fallen. »Mach eine gute Gärung!« murmelte sie beschwörend, denn Seneb war kritisch und ärgerlich, wenn sein Lieblingsgetränk nicht so gelungen war, wie er es wünschte. Hemet war eine liebende Ehefrau und deshalb zufrieden, als sie in einen zweiten Topf die Arme bis zum Ellbogen steckte und die klumpige, sämige Masse auf der Haut spürte. Diese hatte die notwendige Gärung schon hinter sich und genau die richtige Konsistenz. Die Frau rührte mit den Händen im Brei herum, lief dann in die Küche und holte ein Sieb, um die festen Bestandteile zu entfernen. In einen bereitgestellten kleineren Krug füllte sie das immer noch dickflüssige Gebräu und legte über die Öffnung ein Blatt und einen Lehmklumpen als Verschluß. Plötzlich spürte sie, daß jemand sie am Gewand zupfte. Der Fischer Huy stand hinter ihr und murmelte versonnen: »Du hast neues Bier?«

Hemet nickte: »Ja, aber noch nicht für dich und auch nicht für Seneb. Es muß noch ruhen. Und euch beiden wird es gut tun, ein paar Tage lang nicht betrunken zu sein!«

Huy sagte hastig: »Aber ja, Frau meines Freundes, du hast ganz recht. Mein Kopf schmerzt immer noch grausam, obgleich die Trunkenheit göttlich war – und zu Ehren von Hapi muß man sich ja auch betrinken, oder nicht? Ihr Frauen könnt tanzen, ohne viel zu trinken, aber wir Männer kommen nur in Schwung, wenn uns der herrliche Rausch umherwirbelt. Und tanzen muß man doch auch zu Ehren des Hapi, oder nicht?«

Hemet runzelte die Stirn: »Nennst du es ›tanzen‹, wenn ihr schließlich stocksteif im Stroh liegt, nur grunzt und schnarcht wie die Schweine und zu nichts nutze seid, weder zum Tanzen noch zu anderen wichtigen und nützlichen Taten?«

Huy senkte beschämt den Kopf. Hatte er doch eben gerade zu Hause eine ganz ähnliche Strafrede über sich ergehen lassen müssen. Doch dann richtete er sich auf und meinte triumphierend: »Heute brauchen wir nicht zu tanzen und nicht zu trinken, heute wollen wir nur dem Pharao bei seiner Ausfahrt zu den Stelen zuschauen!«

Hemet nahm die Arme aus dem Brei und trocknete sie an ihrem Gewand ab. »So«, sagte sie, und ihre Wangen röteten sich vor Aufregung. »Na, dann weck den Bauern und geht beide los!«

Als Huy ins Haus geschlüpft war, goß sie hastig den Rest des Bieres in einen zweiten Krug. Sie würde sich waschen, ihr bestes Kleid anziehen und zur Hütte des Huy laufen, um dessen Frau Nofretka abzuholen. Es war besser, mit einer Frau als mit einem Mann zusammen den Königszug anzusehen. Mit ihr konnte man über die Kleider der Prinzessinnen und Hofdamen schwatzen, deren Schmuck neidisch bewundern und sich über die hübschen Burschen der königlichen Leibwache austauschen, etwas, wobei Seneb, wenn er zugegen wäre, doch nur eifersüchtig wurde.

Nachdem Huy seinen Freund wachgerüttelt und der seinen Kopf in eine Schüssel mit Wasser gesteckt hatte, liefen die beiden Männer die Straße zum großen Tempel hinauf zwischen aufgeregtem und erwartungsfrohem Volk, das lachte, sang und lärmte. Die großen Tempeltüren waren noch geschlossen, und aus dem Inneren hörte man leise Musik. Die Menge vor dem Gebäude war jetzt still, murmelte nur und beobachtete die Soldaten der Leibwache in ihren kurzen Röcken, die mit muskulösen Beinen hin- und herstapften und drohende Blicke warfen.

Die Soldaten wurden besonders von den Kindern beachtet. Der elfjährige Tenti, Sohn des Seneb, boxte seinen Freund Dersened, den Sohn des Huy, in die Seite: »Ich werde auch mal ein Soldat mit einem langen Speer!«

»Vergiß das Schild nicht!« grinste der ältere Dersened.

»Was brauche ich ein Schild, wenn ich immer zuerst angreife?« meinte Tenti hochmütig.

Doch dann hörten die beiden Jungen auf zu streiten und sperrten staunend die Augen auf, als ein neu angeworbener Trupp nubischer Bogenschützen um die Ecke des Tempels bog. Die dunkelhäutigen Männer waren fast nackt, trugen nur schmale Lendentücher, deren Schärpen ihnen bis an die Knie baumelten. Als Waffen hatten sie große Bogen in den Händen und gebündelte Pfeile an die Hüften geschnallt. Unter zotteligen schwarzen Ponyhaaren blickten sie betont gleichgültig in die Menge.

»Ein ägyptischer Soldat würde die doch schnell erledigen!« sagte Tenti verächtlich.

Dersened schüttelte den Kopf: »Das denkst du! Aber mein Vater sagt, daß der Ledermacher, der Sandalen für die Soldaten macht, sagt, daß der Schloßhauptmann sagt, daß die Bogenschützen viel gefährlicher sind als unsere Soldaten. Er sagt, daß sie geschwind und gefährlich sind wie die Schlangen, und er sagt, daß die Pfeile vergiftet sind und daß sie sie abschießen, bevor der Gegner seinen Speer geworfen hat, und er sagt, daß sie über Stock und Stein springen können. Und dabei brauchen sie keine Sandalen, weil ihre Füße eine dicke Hornhaut haben, sagt er. Und das sieht man ja auch, daß sie keine Sandalen tragen.«

»Dann will ich ein Bogenschütze werden!« erklärte Tenti.

Dersened zog wichtig die Augenbrauen hoch: »Dazu muß man geboren sein, sagt mein Vater, und in Ägypten sind keine Frauen, die ein Bogenschützenkind kriegen können!«

Aber nun vergaßen die Jungen die Nubier, weil sich mit kreischendem Ton die riesigen Türen öffneten und die Hofleute, die im Tempelvorhof gewartet hatten, herausströmten. Sie bildeten eine Gasse am Tor, während die Soldaten die Menge zurückdrängten. Nach kurzer Stille ertönte mehrfach der Ruf: »Gib Obacht!«, und leicht bekleidete Läufer stürmten aus dem Tor. Ihre Rufe wurden übertönt vom Trommelwirbel und dem schmetternden, grellen Klang der Langtrompeten. Die Musikanten, begleitet von Männern, die Weihrauchgefäße schwenkten, gingen als Spitze des Zuges langsam die Straße entlang, die zur Stele auf dem östlichen Kliff hinführte. Würdig ausschreitende Hofbeamte mit ihren Frauen in weißen Gewändern, die Gold und Edelsteinschmuck trugen, folgten. Noch Vornehmere und Hochstehendere fuhren im Wagen, von Rassepferden gezogen. Die Menge starrte schweigend, doch ging ein Raunen durch die Reihen, als der erste Wagen der königlichen Familie erschien. In ihm saß neben der ältesten Enkelin Meritaton die Mutter des Königs und frühere Königin Teje, die von ihrem Witwensitz Gurob her zu Besuch gekommen war. Das kluge, dunkelhäutige Gesicht unter der prachtvollen Geierhaube aus Gold war starr, die schräg geschnittenen Augen blickten hochmütig. Sie wischte ärgerlich eine Feder fort, die ihr vom Scheitel her auf die schmale Nase hing.

Ein zweiter Wagen folgte mit den Prinzessinnen Maketaton und Anchesenpaaton. Die jüngere rief dem hübschen Wagenlenker etwas zu, aber die ältere zischte ärgerlich ein paar Worte, worauf Anchi sich schmollend in ihren Sitz zurücklehnte.

Wieder folgte ein Trupp von Schildträgern und Leibwachen, die mit stämmigen Beinen Staub aufwirbelten. Nach einer Atempause mit erwartungsvoller Stille und nachdem sich der Staub wieder gelegt hatte, geschah das sehnsüchtig Erwartete: Unter den mittäglichen Glutstrahlen der Sonne rollte der Pharao in seinem Wagen langsam aus dem Tor. Die Menge schrie auf und warf sich zu Boden. So viel Glanz war aber auch kaum zu ertragen! Wände und Deichsel des Wagens waren in Gold getrieben und hatten Bilder aus dem Leben des Königs eingeritzt: Der Pharao beim Regieren, mit der Familie im Garten, beim Opfern im Tempel – sogar, wie er im Kampf reihenweise Feinde tötete. Zwar hatte Echnaton nie an einem Krieg teilgenommen – der Landeroberer war sein Vater gewesen –, doch sollte er hier symbolisch als Herrscher über viele fremde Völker gefeiert werden. Der Wagen wurde von den edelsten Pferden des königlichen Stalles gezogen. Sie trugen Federkronen und goldene

Brustschilde, die Mähnen waren geflochten. Der Pharao stand hochaufgerichtet im Wagen, hielt in der rechten Hand Geißel und Krummstab und lenkte mit der linken die Pferde am Zügel. Tatsächlich aber wurden die nervösen Rappen von einem jungen Pferdeburschen geführt, der neben ihnen herlief. Echnaton sah unter seiner blauen Krone glücklich aus. Als er den Kopf drehte, um sein dankbares und ergebenes Volk zu betrachten, glitzerte die goldene Uräusschlange an seiner Stirn in der Sonne auf, als wenn Aton dem König damit seine besondere Gunst erweisen wollte.

Hinter dem Gefährt des Königs liefen Schild- und Wedelträger, die nubischen Bogenschützen und Soldaten mit Standarten und Streitäxten. In ihrer Mitte fuhr ein hoher Offizier in einem mit rotem Leder bespannten Wagen. Den Schluß bildete der endlose Zug der lachenden und tanzenden Volksmenge.

Als der König die östliche Stele erreicht hatte, legte er vor ihr Opfergaben nieder und blickte dann vom Kliff herab auf den gurgelnden, sprudelnden Fluß, der seine schlammigen Fluten über den Uferwall schwappen ließ. So war es gut und richtig. Mit hallender Stimme rief der Pharao dem Aton in seiner Sonnengestalt zu: »Ich danke dir, großer und wunderbarer Gott, du Herr, der du durch deine Geschenke Menschen, Tiere und Pflanzen am Leben erhältst, indem du die Felder befeuchtest, wie sie es brauchen, und dein strahlendes Licht schickst, damit alles wächst und gedeiht. Einzig bist du, Herr aller Dinge!« Echnaton fiel auf die Knie, hob die Arme zum Himmel, und die Hofbeamten machten es ihm nach. Dann ließen Priester vier dem Nil gehörende bunte Gänse in alle vier Himmelsrichtungen fliegen. Trompeten schmetterten, Trommeln wirbelten, und der Zug setzte sich wieder in Bewegung.

Der Bauer Seneb blickte noch einmal zum Fluß hinunter und murrte: »Armer kleiner Hapi, armer Nilgott, dich hat er vergessen. Und dabei hast du doch auch dein Teil getan. Denn du sitzt da unten im Feuchten, der Sonnengott aber ist hoch oben. Wie kann er wissen, was die Felder brauchen?«

Huy stieß ihn in die Seite: »Willst du wohl deinen dummen, vorlauten Mund halten«, flüsterte er, »oder willst du vielleicht, daß die Wachen dich packen und zur Strafe mit Stockhieben traktieren?«

Langsam schlängelte sich der endlose Wurm mit Menschen, Pferden und Wagen weiter zu den westlichen Stelen. Sie lagen in der Nähe der Felder, die zum königlichen Palast gehörten. Hier stieg Echnaton aus dem Wagen, ließ sich eine goldene Hacke geben und öffnete damit das Ende eines neuen Kanals, wodurch das Wasser nun sprudelnd auf den Acker rauschte. Ein dichtes Netz dieser Kanäle überzog die Felder. Das Volk jubelte und klatschte, doch Seneb flüsterte dem Huy zu: »Hast du die dünnen Arme gesehen? Wenn er den ganzen Kanal hätte graben müssen, wäre er tot umgefallen.«

Huy nickte, sah aber besorgt aus, weil sein Freund das lose Mundwerk nicht zügeln konnte.

6. Kapitel

Gegen Abend hatte der Pharao zum Fest in seinen Palast eingeladen. Die gehobenen Schichten der Stadt, Hofbeamte, reiche Kaufleute und Künstler strömten mit ihren geschmückten Frauen durch das Eingangstor in den großen Festsaal. Manche hatten ihre Kinder mitgebracht, andere sogar Haustiere, Hunde, Katzen und Vögel. Einige Damen trugen Äffchen auf den Schultern, wohl um durch den Unterschied die Lieblichkeit des eigenen Gesichtes hervorzuheben. Das größte Aufsehen erregte der dicke, eunuchoide Dichter Petamenophis, hinter dem eine wohlgenährte Gans watschelte, die er an einer goldnen Leine führte.

Die Gäste setzten sich auf niedrige Stühle, verzierte Klapphokker und bunte Sitzkissen. In einer Ecke spielte eine Kapelle von jungen Mädchen auf Flöten, Lauten und Lyra eine leise Musik, welche die Gespräche der Gäste nicht störte. Gutgewachsene Diener und Dienerinnen, noch halbe Kinder, brachten Blumengirlanden und Blütenkragen, bekränzten die Herren und Damen und boten Parfums an, womit man sich die Schläfen betupfte. Sklaven trugen kleine Tische herein, auf denen erlesene Speisen serviert wurden: Taubenbrüste, Enten- und Gänsekeulen, eben aus dem Nil geholter frischer Fisch und auf Holzkohlen gegrilltes Hirsch- und Rindfleisch, das kräftig mit Knoblauch gewürzt war. Als Beilagen gab es feines, weißes, mit Honig gesüßtes Brot, Gurken, Erbsen, Linsen, Zwiebeln und Kopfsalat, als Nachtisch blaue und grüne Weintrauben, Datteln, Feigen und Granatäpfel. Die Schüsseln und Teller mit den Speisen waren kunstvoll mit Blumen garniert. In Schalen wurde Wein gereicht oder Bier in Bechern. Man aß mit den Händen, trank, schwatzte, lachte und flüsterte sich Stadtklatsch zu. Die Damen begutachteten kritisch die Kleider der anderen Frauen. Nach neuester Mode waren die Gewänder sehr faltenreich und individuell gewickelt. Ein Schal, über die Schulter gelegt, wurde zum Beispiel mit dem anderen Ende unter der Brust verknotet. Durch das raffinierte Faltenspiel kam ein schöner Busen gut zur Geltung.

Die Röcke fielen bis auf die Füße, die Stoffe waren hauchdünn. Mancher Körper war dadurch vorteilhaft zu sehen. Aber auch die Alten und Dicken machten diese Mode mit. So wogten die gewaltigen Rundungen der Frau des Eje, der stattliche Busen und das Hinterteil allzu sichtbar unter dem Flor, und die Hängebrüste der ältlichen, dürren Hauptfrau des Vorstehers der Rinder waren auch kein schöner Anblick. Doch niemand entzog sich dieser Mode. Sie war ein Privileg. Eine Kleiderordnung erlaubte nur Hochgestellten, solche Gewänder zu tragen, wie auch den kostbaren Schmuck aus Gold, Emaille und Edelsteinen. Doch die hier Anwesenden zeigten reichlich Broschen, Ketten und Agraffen, Armreifen und so viele Ringe an den Fingern, daß manche Hand Schwierigkeiten beim Essen bekam. Die komplizierten Frisuren der Frauen waren mit Bienenwachs fixiert, oder man trug Perücken aus Menschenhaar.

Die Kinder liefen zwischen den Tischen umher, spielten Fangen und ärgerten die Tiere. Es gab Geschrei, als ein Dreijähriger von der Gans gebissen wurde, weil er versucht hatte, sie am Schwanz zu ziehen. Doch bei der Ankündigung, daß die königliche Familie nun den Saal betreten würde, fing man, wenn irgend möglich, Kinder und Tiere ein und zischte sie zur Ruhe.

Als die hintere Saaltür sich öffnete und der Pharao mit Wedelträgern hereinkam, herrschte Stille. Die Gäste erhoben und verbeugten sich tief, die Diener und Sklaven fielen auf die Knie. Mit seinem raschen, leichten Schritt stieg Echnaton die Stufen hinauf, die zu einer Empore führten, auf der Stühle für die königliche Familie aufgestellt waren. Er ging nie langsam, auch nicht wenn er repräsentieren mußte. So baumelten die Fransen seines hemdartigen Gewandes hin und her. Mit einer ungeduldigen Geste nahm er den Schal ab, den er um die Schultern getragen hatte, und entblößte einen Brustschmuck, auf dem in kostbarem Goldfiligran der Horusfalke thronte. Wie die Uräusschlange unter dem Königskopftuch an der Stirn Echnatons war er von der Tilgung der Götter verschont geblieben. Der Pharao betrachtete den Vogel als ein Symbol der Sonne, weil er wie sie über den Himmel zog.

Der König ließ sich in den größten der Sessel aus mit Gold beschlagenem Olivenholz fallen und verbeugte sich im Sitzen, als die Königsmutter Teje, von einem Diener sorgsam am Ellbogen unterstützt, die Treppen hinauftrippelte.

Die Tür wurde noch einmal weit aufgerissen, und ein Raunen ging durch den Raum. Nofretete, die erst vor wenigen Tagen entbunden hatte, betrat den Saal. Echnaton mußte seine hochmütige Königsmiene wahren, um nicht die Erregung zu zeigen, die er stets bei Nofretetes Anblick spürte. Ihr Name bedeutete zu recht »Die Schöne ist gekommen«. Sie war wunderschön, wie sie dort einen Augenblick lang allein in der Tür stand und sich der stützenden Berührung ihrer Schwester Mutbeneret entzogen hatte, schlank, edel, der Kopf wie eine Blume auf dem langen Stengel des Halses schwebend. Mit den mandelförmigen Augen schaute sie gelassen über die Menge, die sich wieder demütig verbeugte. Mit den drei Töchtern im Gefolge stieg sie zu ihrem etwas kleineren Thronsessel hinauf. Nun stolperte eine dicke Person auf die Empore, welche gar nicht königlich wirkte. Doch an ihren runden Busen gepresst lag das jüngste Kind des Pharaos und der Nofretete. Echnaton nahm

47

der Amme das Brustkind ab und hob es hoch, um es der Menge zu zeigen. Er verkündete, daß diese geliebte Tochter den Namen »Neferneferuaton Tascheri« erhalten sollte.

Die Damen und Herren im Saal sahen sich bedeutsam an, Augenbrauen wurden gehoben, Köpfe bedauernd geschüttelt. Wieder ein Mädchen, und was für ein winziges, schrumpliges, rotgesichtiges Püppchen! Konnte der Pharao nie einen Sohn vorweisen, der sein Nachfolger werden würde? War der überlange, schwergewichtige Name der Kleinen eine trotzige Anrufung des Aton? Doch wenigstens durften jetzt alle Gäste zusammen mit der Königsfamilie auf das Wohl der jüngsten Prinzessin ihre Schalen mit Wein leeren.

Das strenge Protokoll der Festveranstaltung setzte sich noch eine Weile fort. Überschwengliche Reden wurden gehalten, vom Kammerherrn Tutu auf den großen König Echnaton, von Sekretär Eje auf die prachtvolle Stadt Achetaton, vom Palastvorsteher Ipj auf die königliche Familie. Dessen ekstatische Bewunderung des jüngsten Sprößlings als »schöne kleine Lichtgestalt« rief unterdrücktes Kichern hervor, weil das schrumplige, krebsrote Geschöpfchen so gar nichts Göttergleiches zeigte. Zu allem Unglück fing es nun auch noch an, jämmerlich zu greinen, so daß die Königin, die das Kind im Arm gehalten hatte, es hastig der Amme übergab. Die preßte es an ihren Busen und eilte mit flatternden Röcken aus der Tür. Nofretete erhob sich und ging, von ihrer Schwester begleitet, zurück in die Wöchnerinnenstube.

Der Pharao verkündete nun als »Festleiter des Aton«, daß von jetzt an Musik und Fröhlichkeit ihr Recht haben sollten. Die Gäste atmeten auf. In der letzten Stunde hatten sie sich gelangweilt. Auch war es im Raum stickig-heiß geworden, und man begrüßte, daß Sklaven die Türen öffneten, um die frische Nachtluft hereinzulassen. Junge Dienerinnen mit Salbkegeln erschienen, die sie vor allem den Damen auf das Haupt setzten, damit die kühlende, duftende Salbe beim Herabrinnen Erfrischung brachte. Die neben der Königinmutter Teje sitzenden Prinzessinnen Meritaton und Maketaton lehnten die Kegel vornehm ab, doch Anchesenpaaton ließ sich von der jungen Dienerin einen auf den Scheitel setzen, verlangte auch noch, eine Lotosblüte hineinzustecken, welche dann über dem Diadem auf ihrer Stirn bis zum Näschen herabhing. Vergnügt wackelte sie mit dem Kopf, um die Blüte hin- und herbaumeln zu lassen. Maketaton warf Anchi zornige Blicke zu, und Meritaton legte ihr die Hand auf die Schulter: »Denk dran, daß dich die Leute im Saal anschauen!«

Anchesenpaaton seufzte. Wie langweilig war es auf der Empore! Wie gut hatten es die Menschen dort unten im Saal, die jetzt lachten und schwatzten, Wein und Bier tranken, Mandeln knabberten und fadenziehende Süßigkeiten aßen, welche Anchi liebte, die ihr aber hier, der Würde wegen, verboten waren. Immerhin geschah jetzt allerhand Unterhaltsames. Die Musikkapelle hatte sich vergrößert. Neben den Flöten und Klarinetten gab es nun Trompeten und Hörner, Trommeln, Lauten, Leiern und gleich mehrere Harfen. Die Tonfolgen verloren ihre Feierlichkeit und wurden bewegter. Dann huschten die schon sehnsüchtig erwarteten Tänzerinnen aus dem Harim herein. Zuerst übten sie die traditionellen Formen des Tanzes aus, ein ruhiges Schreiten in Reihen mit langsamen Bewegungen, sie hoben die Arme, bogen die Körper in den fußlangen Schleiergewändern. Die Gruppe fügte sich schließlich zum Kreis und drehte sich, die blumengeschmückten Köpfe in den Nacken gelegt.

Viele der Zuschauer waren enttäuscht. Hatte man doch hier die moderne Version des Tanzes erwartet. Doch schon stürmte eine zweite Gruppe von Tänzerinnen herein, Tamburins und Kastagnetten in den Händen. Heiterer war der Tanz jetzt, graziöser, geschmeidiger. Die Mädchen trippelten spielerisch umeinander, die Hände auf den Hüften. Plötzlich stand eine Solotänzerin in ihrer Mitte. Sie war als einzige nackt, trug nur einen schmalen Gürtel um die Taille gebunden. Ihr schöner Körper bog und wiegte sich im Rhythmus des Tamburin- und Katagnetterngeklappers ihrer Genossinnen. Leicht wie eine Feder sprang sie in die Luft und drehte sich dabei, kam wieder zu Boden, blieb einen Moment stehen, um nur Arme und Hände zu bewegen, um dann wieder mit anmutigen Sprüngen in die Luft zu schnellen. Die Zuschauer klatschten den Takt dazu.

Die Königsmutter Teje saß unbeweglich wie eine Statue, aber ihre orientalisch geschnittenen Augen kniffen sich ein wenig zusammen. Irritiert überlegte sie, daß zu Zeiten ihres Ehemannes, des großen Königs Amenophis, eine solche Veranstaltung nicht möglich gewesen wäre. Tanz sollte stets ein Lob für die Götter sein, nicht etwas durchaus Irdisches wie hier. Als die Gruppe verschwunden war, erhob sie sich, nickte ihrem Sohn zu und ließ sich von einem Diener die Treppe hinab und aus der Tür geleiten.

Es war auch gut so, denn sicher hätte die nächste Veranstaltung noch weniger ihren Beifall gefunden. Eine dunkelhäutige Sklavin mit einem breiten, etwas finsteren Gesicht betrat langsam den Tanzboden. Der derbe, muskulöse Körper war nackt bis auf ein schmales, buntes Hüfttuch. Sie zelebrierte einen Tanz ihres Heimatlandes, der rauschhaft und ekstatisch war mit hohen Sprüngen, wildem Drehen, akrobatischem Heben der Beine und Stampfen der Füße. Die vollen Brüste bebten, der Bauch wogte, Schweiß glitzerte auf der Haut. Die breiten Hüften erregten das Wohlgefallen manchen Mannes. Sie waren so anders als die der meisten Ägypterinnen, deren allzu schmale Becken oft Probleme bei den Entbindungen brachten. Der Tanz der Fremden wurde immer artistischer im Rückwärtsbeugen bis zur Brücke, Verschlingen der Glieder, im Handstand und Salto, ohne Musik, nur begleitet vom Händeklatschen. Die Gäste waren animiert und erheitert. Sie ahnten nicht, daß auch dieser Tanz eine Anrufung der Götter bedeutete.

Anchi hatte kaum noch stillsitzen können. Sie wippte mit den Beinen, nickte im Takt mit dem Kopf, wiegte sich hin und her. Maketaton zischte zornig: »Sitz ruhig, du bist doch schließlich eine Königstochter!«

Anchi warf die Lippen auf: »Ach, du hast Grund, so etwas zu sagen – gerade du, wo du den ganzen Abend schon den Hauptmann Heka anstarrst!«

Maketaton wurde rot. Tatsächlich hatte sie dem jungen Offizier mit dem schönen, männlichen Gesicht, dem kräftigen Körper und den braunen Beinen unter dem kurzen Rock manchen Blick zugeworfen. Sie nahm mühsam die Augen fort und schaute in ihren

Schoß. Anchi saß nun still, aber der heftige Wunsch, auch zu tanzen, ließ sich nicht verdrängen. Sie dachte an den Freudentanz der Dörfler, den sie heute mittag gesehen hatte, als sie von der Ausfahrt heimkehrten. Nach einer derben, lustigen Musik von Sackpfeifen und Schwirrhölzern waren die Menschen vergnügt umhergehüpft, hatten sich an den Händen gefaßt und wild gedreht. Sie hatten gelacht und geschrien und Papyruspflanzen geschwenkt. Am liebsten wäre Anchi dazwischengesprungen und hätte mitgetanzt.

Die dunkelhäutige Tänzerin hatte den Saal verlassen, und wieder wurde es langweiliger, weil Dichter poetische Verse vortrugen, die alle nichts anderes zum Inhalt hatten als überschwengliches Lob für die Stadt Achetaton und ihren großen Pharao. Eine kleine Aufheiterung brachte der Vortrag des dicken Petamenophis. Seine quiekende Fistelstimme ließ die Zuhörer heimlich kichern. Aber sein Auftritt wurde schließlich unvergeßlich, als er durch lautes Gebell und Geschnatter unterbrochen wurde. Des Dicken Gans und ein Hund waren in einen heftigen Kampf verwickelt. Federn flogen, und der Dicke stürzte angstvoll herbei, um sein geliebtes Federvieh zu retten. Schallendes Gelächter ertönte, und selbst Echnaton konnte ein Schmunzeln nicht unterdrücken.

Doch nun betrat ein blinder Sänger den Raum. Sein ernstes Greisengesicht war voller Würde. Er kniete vor dem Pharao nieder, ließ sich von dem Jungen, der ihn geführt hatte, die große, aufrechtstehende Harfe reichen und begann mit voller, klarer Stimme zu singen:
»Preis Dir, Nil,
der Du aus der Erde entspringst,
hervorkommst, um Ägypten mit Leben zu begaben,
Du Verborgener, der dunkel aus der Tiefe kommt,
Du Schlamm Oberägyptens, der die Sümpfe tränkt,
vom Sonnengott erschaffen, um alle Durstigen zu erquicken,
der auch die Wüsten sättigt, die fern sind von deinem Lauf,
nämlich als Tau, der vom Himmel fällt,
Du Herr der Fische, der dem Flug der Zugvögel
stromauf die Richtung weist –

und kein Vogel kommt unzeitgemäß –,
der Gerste schafft und Weizen wachsen läßt,
der die Tempel festlich ausstattet.
Man stimmt dir ein Lied mit der Harfe an,
man singt dir mit Mund und Hand,
Jugend und Kinder jubeln Dir zu,
man richtet Dir ein Fest.

7. Kapitel

Echnaton sann dem Sänger und seinem Lied nach, als er das Fest verlassen hatte und den Weg durch den Park zur Königsmutter ging, der er noch einen Nachtbesuch abstatten wollte. Wenn sie von ihrem Witwensitz für ein paar Tage zu Besuch nach Achetaton kam, tat er das an jedem Abend. Teje ging sehr spät zu Bett. Im Alter, meinte sie, dürfe man sich nur selten vom Leben zum Schlafen davonschleichen. Es hieße die irdische Welt noch zu erleben und zu begreifen, denn das Totenreich würde schließlich eine ganz andere Existenz bedeuten. So blickte sie erfreut auf, als Echnaton das Zimmer betrat. Offiziell saß der Pharao jetzt stets höher als die Königswitwe. Nun aber hockte er sich vor ihren Stuhl auf ein Sitzkissen – der Sohn vor seine Mutter –, nahm ihre Hand und küßte sie. Die Hand war klein wie eine Kinderhand und konnte doch kräftig zupacken. Die ganze Person der Teje war klein, zierlich, schmal, auch das braunhäutige Gesicht unter dem goldenen Stirnband mit klugen, orientalisch geschnittenen Augen unter gewölbten Brauen, kurzem spitzen Kinn und einem Mund, der viel zu groß für das Gesicht war und den Echnaton geerbt hatte.

»Ist der König von Ober- und Unterägypten zufrieden mit seinem Jubelfest?« fragte sie mit leichter Ironie.

»Ich weiß«, sagte Echnaton etwas beklommen, »du fandest es allzu irdisch, allzu wenig ein Dank an Gott, weil er uns den Nil wieder lebendig gemacht hat! Aber ganz zum Schluß, das Lied des blinden Sängers, das du nicht mehr gehört hast, war ein Gottesdienst!«

Sein vorzügliches Gedächtnis machte es ihm möglich, der Mutter die Verse fast vollständig zu rezitieren. Doch die erfreute Reaktion blieb aus. Teje sah ihn nachdenklich an: »Er sprach vom Sonnengott?«

»Ja.«

»Er sprach von Aton?«

»Nein, aber das ist doch das gleiche!«

»Bist du sicher? Könnte er nicht auch den Gott Amun-Re gemeint haben?«

Echnaton fuhr auf, als er den verhaßten Namen hörte, den er, wenn irgend möglich, überall im Lande hatte aus dem Stein kratzen lassen. Er sagte heiser: »Alle wissen heute, daß es nur einen einzigen Gott gibt, der als Sonne lebt, nur Aton!«

»Du sprichst von ›wissen‹, meinst aber ›glauben‹. Du glaubst an den alleinigen Gott Aton, aber glauben die anderen auch daran?«

Echnaton war aufgesprungen und lief im Zimmer unruhig hin und her: »Die anderen auch? Natürlich nicht die rückständigen und reaktionären Priester in Memphis und Theben, aber doch meine Priester in Achetaton und meine Staatsdiener!«

Teje hob die rechte Hand und machte eine Bewegung, als wolle sie etwas wegwischen. »Meinst du nicht«, fragte sie spöttisch, »daß viele von denen hauptsächlich der guten Posten wegen deine Form der Gottesverehrung bejahen?«

»Nein, aber nein!« rief der König heftig. »Hast du denn nicht das Volk gesehen, heute bei der Ausfahrt, wie es dem Aton dankbar zugejubelt hat?«

»Ach«, sagte Teje, »ich habe auch die Opfergaben vor dem Bild des Nilgottes Hapi gesehen!« Sie nahm die Hand des Sohnes, der sich wieder vor ihr auf das Kissen gesetzt hatte. Er versuchte sie ihr zu entziehen, aber sie hielt sie fest. »Hör zu«, meinte sie energisch, »deine Idee, daß es nur einen einzigen Gott gibt, der körperlos, ja eigentlich nur eine Gottseele ist, erscheint mir klug und glaubwürdig zu sein. Ich meine sie zu teilen. Aber das einfache Volk braucht etwas Körperliches, es braucht Götter in Menschen- oder Tiergestalt, die Erlebnisse, Charaktere und Familiengeschichten haben wie die Menschen auch, mit denen man einen Handel abschließen und vertraulich reden kann, zum Beispiel so: ›Nepre, du wirst mir doch das Korn gut wachsen lassen, wenn ich dir ein Opfer bringe‹ oder ›Verhilfst du mir zu einem Kind, Isis, die du ja selbst eine liebende Mutter bist?‹ oder ›Osiris, wenn ich in deinem dunklen Todestempel Weihrauch brenne, wirst du mir den kranken Geliebten doch wieder ins Sonnenlicht entlassen und ihn nicht ins Jenseits führen?‹«

Als Echnaton den Kopf schüttelte, fuhr sie fort: »Auch du bringst deinem Gott Opfer, um etwas von ihm zu erreichen, obgleich er so körperlos ist. Du spürst trotzdem, daß er dich erhört, was dem einfachen Volk aber nicht gelingt.«

Der Pharao war aufgestanden und lehnte, wie zur Flucht bereit, an der Tür: »Ich muß jetzt gehen«, sagte er etwas mühsam, »muß noch meine Königin besuchen, wie ich es ihr versprochen habe. Aber schlaf gut, hohe Königinwitwe und Mutter!«

Er ging. Teje sah ihm nach. »Er ist unbelehrbar«, flüsterte sie und mußte an ihren verstorbenen Mann, den König Amenophis, denken, der nachgiebiger gewesen war als sein Sohn. Er ließ sich meist von ihren Ansichten überzeugen. Wie oft hatte sie statt seiner im Staatswesen die Zügel in der Hand gehabt!

Die Hochstimmung, die Echnaton den ganzen Tag über empfunden hatte, war nach dem Gespräch mit der Mutter verschwunden. Er kannte das. Wie oft hatte die nüchterne Realistin seine Träume zerstört! Aber dieser Traum vom alleinigen Gott Aton, dem großen Geist des Himmels, durfte nicht zerstört werden. Er war ja auch gar kein Traum, er war Realität. Die Menschen mußten das begreifen. Auch das einfache Volk würde es lernen.

Und doch war Echnatons Miene noch nicht entspannt und heiter, als er zur ersten ersehnten Liebesnacht nach der Entbindung Nofretetes Zimmer betrat. So sehr ihn der schöne Raum mit seinen Decken- und Fußbodengemälden, den zierlichen Tischen und Ses-

seln, den mit Lotos gefüllten Vasen, zwitschernden Vögeln in goldenen Käfigen, den Becken, aus denen der Duft von Weihrauch und
Myrrhe aufstieg, sonst beglückte, blieb seine Miene nun verdüstert,
als er sich auf den Rand von Nofretetes Lager setzte. Sie fragte erstaunt: »Was quält den großen König von Ober- und Unterägypten
nach diesem wunderbaren Tag?«

Er blickte schweigend in das gelbe Licht der Alabasterlampe
neben dem Bett, doch Nofretetes Hand lenkte seinen Kopf zärtlich,
so daß er sie anblicken mußte. Er berichtete vom Gespräch mit der
Mutter. Nofretetes leises Lachen erstaunte ihn. Sie sagte ein wenig
hochmütig: »Die ehrenwerte Königsmutter und ehemalige Königin
des Herrschers Amenophis, die große Teje«, die lange Titulatur
begleitete sie mit einer spöttischen kleinen Verbeugung, »die große
Teje steht allzu fest auf dem Erdboden, um die Wirklichkeit der
Träume ihres Sohnes zu begreifen!«

Halb beruhigt, halb unsicher meinte Echnaton: »Aber vielleicht
hat sie recht, vielleicht sehnt sich das Volk nach den alten Göttern
zurück!«

Nofretete schüttelte den Kopf: »Die ganze Stadt war heute
angefüllt mit Jubel und Danksagung für den Sonnengott Aton,
Reiche und Arme tanzten zu seinen Ehren. Niemand fragte nach
Isis, Osiris und Amun-Re. Und wenn es tatsächlich Menschen gibt,
die Atons Wirklichkeit noch nicht begriffen haben, werden wir sie
überzeugen!«

Sie kniete vor Echnaton in den Kissen, nahm seine beiden
Hände und sagte fest: »Morgen werden wir im großen Tempel dem
Sonnengott Opfer bringen, Opfer an Stieren, Lämmern, Vögeln,
Brot, Blumen und Räucherwerk, damit er uns beisteht bei diesem
großen Werk!«

Sie zog den Pharao in die Kissen und schloß den Vorhang mit
den Goldbienen. »Aber jetzt bleibt die Welt draußen ohne uns,
ohne den König und die Königin, jetzt ist Echnatons und Nofretetes
Welt nur dieses Bett.«

Alle bedrückenden Gedanken lösten sich auf im Gefühl der weichen Glieder, die sich um ihn schlangen, der Küsse und der langentbehrten Ekstase.

8. Kapitel

Östlich der Hauptstraße gab es zwei weitere breite Straßen. An der einen lagen die Häuser der führenden Beamten und Würdenträger, an der zweiten wohnten die Künstler. Dort stand in seinem Atelier der Oberbildhauer Thutmosis, vom Steinstaub umwölkt, und schlug mit dem Breitbeil Stücke von einem dunklen Granit ab, um die grobe Form eines Kopfes zu erhalten, dessen Anlage mit schwarzen Strichen auf den Stein skizziert war. Danach setzte er vorsichtig den Kupfermeißel an, um eine Augenhöhle zu graben. Immer wieder fiel sein Blick dabei auf ein Kalksteinmodell, welches den Kopf der Königin Nofretete darstellte. Es war schon bemalt und sehr lebensecht, obgleich nur eins der schönen, mandelförmigen Augen gestaltet war. Aber die Mühe, das zweite Auge auch mit Emaille auszulegen, hatte sich der Bildhauer erspart. Zeigte doch die Königin im Ebenmaß ihres Gesichtes auch ein Gleichmaß der Augen. Portraits von Nofretete nach dem Modell zu schaffen, war für den Künstler stets eine Freude. Von der Tradition her an eine Stilisierung in Form einer Verschönerung von Gesichtern gewöhnt, konnte er hier, wie befohlen, der Wirklichkeit gehorchen und doch, wie früher, der absoluten Schönheit ihr Recht geben. Wieviel schwieriger war es, Portraits der übrigen königlichen Familie zu gestalten! Auch die hübschen Prinzessinnen zeigten nicht das Ebenmaß der Mutter. Und Echnatons unregelmäßige Gesichtszüge und seltsame Körperformen brachten Thutmosis echte Probleme.

Er zuckte zusammen, als in diesem Augenblick der König das Atelier betrat. Echnaton winkte, daß sich der Bildhauer und der Geselle von Verbeugung und Kniefall erheben sollten. »Macht weiter!« befahl er und setzte sich wie irgendein gewöhnlicher Besucher auf einen Klapphocker in der Ecke. Der Bildhauer nahm wieder den Meißel in die Hand, legte ihn nach kurzer Zeit beiseite und griff nach Feuersteinsplittern, mit denen er die Augenhöhlen der Figur ausrieb. Er war, im Gegensatz zu dem jungen Gesellen, nervös. Der Bursche saß an seinem Werktisch und polierte mit nassem Quarzsand geschickt zwei zierliche Kalksteinhändchen, die später der Figur einer der Prinzessinnen angesetzt werden sollten. Der Pharao schaute den beiden Arbeitenden eine Weile schweigend zu. Dann nickte er: »Die Königin schaffst du stets vollendet, Thutmosis, ganz wie ich es von dir erwarte, nur will dir dein König nicht recht gelingen!«

Der Bildhauer wurde blaß und verbeugte sich, ohne etwas zu sagen.

»Ach, mein Lieber«, fuhr Echnaton mit leichtem Ärger fort, »kannst du mir nicht erklären, warum wir bei meinen Portraits in unseren Vorstellungen immer so verschiedener Meinung sind?« Und als der Mann weiter schwieg, rief er ungeduldig: »Nun sprich doch, du kannst mir doch sagen, was du denkst und empfindest. Ich werde dich sicher nicht ins Gefängnis werfen, wenn du andere Ansichten hast als ich!«

Thutmosis drehte zögernd den Meißel in seiner Hand, legte ihn schließlich beiseite und kreuzte die Arme über der Brust, als wolle er sich an seinem Gewand festhalten.

»Sprich!« befahl der Pharao noch einmal, nun begütigend.

»Hoher Pharao, großer König von Ober- und Unterägypten«, sagte der Bildhauer heiser, »ich war es immer gewohnt, Könige als Götterbilder darzustellen – auch beim hehren Königsvater Amenophis. Ich habe an den Ungleichmäßigkeiten eines Gesichtes vorbeigesehen, damit das Portrait eine göttliche Schönheit und überzeitliche Gültigkeit erhielt.« Er schwieg und verbeugte sich wieder.

Echnaton seufzte: »Guter Thutmosis, kannst du es denn nicht begreifen, daß ich kein Gott bin?« Der Bildhauer schüttelte irritiert den Kopf, doch der Pharao fuhr fort: »Du mußt es aber begreifen, wenn du weiter für mich arbeiten willst Ich bin ein Mensch – zwar der Hochgestellteste, weil ich ein Vermittler zwischen dem Volk und dem großen Aton bin. Ich sah heute im Tempelhof die erste deiner Pfeilerfiguren, die mich darstellen soll. Sie ist nicht schlecht, doch du mußt sie ändern. Du sollst mich dort als Kolossalstatue hinstellen, mich, nicht ein überirdisches Wesen, sondern einen Menschen – einen Menschen, der nicht schön ist, das weiß ich wohl. Diesen Pharao Echnaton sollst du in seiner Wirklichkeit zeigen! Gelingt es, kannst du an jeden Pfeiler einen Echnaton stellen – achtundzwanzigmal. Willst du es nicht versuchen?«

Thutmosis verbeugte sich tief: »Wenn der hohe Pharao es verlangt!«

Echnaton nickte: »Ja, ich verlange es von dir, denn du bist der beste Bildhauer in Achetaton. – Und nun sieh mich an!«

Thutmosis hob zögernd die Augen: »Ich bin nicht gewohnt, einen König ansehen zu dürfen!«

Echnaton lachte: »Du darfst es, und du wirst es lernen, denn es sind andere Zeiten heute, neue Zeiten!«

Er winkte Thutmosis weiterzuarbeiten, stand auf und schlenderte durch das Atelier. Er war gerne hier und atmete mit Behagen den Geruch des Steinstaubs und der Farben ein. Er betrachtete die Statuette eines hockenden Schreibers, streichelte eine Bronzekatze, schaute erfreut ein kleines Relief an, auf dem das königliche Paar im Garten mit drei Töchtern spielte. Neben dem jungen Gesellen blieb er stehen und beobachtete ihn bei der Arbeit. »Wie heißt du?«

Der Junge wollte auf die Knie fallen, aber der König hielt ihn an der Schulter zurück: »Ich will wissen, wie du heißt!«

»Intef – mein großer Pharao!«

»Du machst deine Arbeit gut, Intef. Ich erkenne die Händchen genau, zupackende Hände, wenig prinzessinnenhaft, eher die eines Jungen. Es sind die Hände meiner königlichen Tochter, der Prinzessin Anchesenpaaton, stimmt's?«

Der Junge errötete und nickte. Echnaton nahm eine Scherbe hoch, die auf dem Werktisch lag und auf der ein Pferdekopf abgebildet war. Wohlgefällig strich er mit dem Zeigefinger darüber hin. »Gut, sehr gut!« murmelte er.

»Es ist nur ein Übungsstück«, sagte der Geselle leise.

Der König drehte die Tonscherbe um. Auf der Rückseite war skizzenhaft das Köpfchen eines Mädchens zu sehen, die Jugendflechte über dem Ohr, mit keckem Näschen und mandelförmigen Augen. Echnaton lachte: »Und wieder Anchesenpaaton. – Ich weiß, daß du noch lernen mußt, Intef, und doch möchte ich dir schon einen Auftrag geben: Du sollst ein Portrait meiner eigenwilligen Tochter machen. Anchesenpaaton wird dir Modell sitzen!«

Thutmosis hatte zu arbeiten aufgehört und die Stirn gerunzelt. »Aber er ist noch ein Lernender, noch nicht fähig, ein Mitglied der hohen Königsfamilie abzubilden. Die Skizze auf dem Ton hat noch Fehler. Der Hinterkopf ist viel zu lang.«

Der König winkte ab: »Gerade das gefällt mir. In dem lebenden Kopf der Prinzessin steckt so viel Eigenwille und Trotz, sind so viele Ideen. Ein Hinterkopf wie dieser könnte ihr guttun, um alles unterzubringen. Ich möchte, Intef, daß du sie mit dem gleichen etwas zu langen Hinterkopf formst.«

Der Lehrling rutschte nun doch vom Stuhl und fiel auf die Knie. Echnaton wandte sich Thutmosis zu, sah dessen unwilliges, grimmiges Gesicht und legte ihm die Hand auf die Schulter: »Du bist ein guter Lehrer, mein Thutmosis. Du hast Intef eine Menge beigebracht. Ich möchte, daß wir eine Schule für Bildhauer aufmachen, in der du dein Können an viele Jungen weitergeben kannst, damit ihr gemeinsam meine wunderbare Stadt verschönt. Was meinst du dazu?«

Der Bildhauer atmete auf und vergaß sofort den Ärger und die leichte Eifersucht. Sein Können an andere weiterzugeben war etwas, das ihm sehr behagte. Mit Verbeugungen geleitete er den Pharao zur Tür hinaus. Echnaton blieb vor dem Haus stehen und betrachtete eine große Steinplatte, ein Relief, das an die Wand gelehnt war. Ein Geselle arbeitete daran. Es war für den Tempel bestimmt. Darauf sollte ein Zug der Königsfamilie zum Gottesdienst dargestellt werden. Bis jetzt waren erst Höflinge in plissierten Gewändern, gebückte Diener, welche Papyruspflanzen schwenkten, und Pferde vor einem Wagen fertiggestellt. Die Gruppe der Pferde war besonders gut gelungen, vor allem ein Hengst, der nervös den Kopf gebogen hatte und ungeduldig mit den Hufen im Sand zu scharren schien. Der Pharao nickte befriedigt. »Das ist meisterhaft gelungen!«

Im Gegensatz zu dem größten Teil des Reliefs, der im Schatten lag, wurde diese Ecke von der Sonne beschienen, und die dunklen Linien des Tiefreliefs markierten die braungoldenen Tierkörper. Echnaton bevorzugte das Tiefrelief vor dem Hochrelief, weil er möglichst viele Kunstwerke der Sonne aussetzen wollte, und durch das Spiel von Schattenlinien und Licht erhielten die Bilder erst ihre stärkste Wirkung. Aton sollte seine Strahlenhände selber auf den Stein legen dürfen.

Auch diesmal war der Pharao auf dem Heimweg in Hochstimmung, wie fast immer, wenn er vom Besuch der Ateliers kam. Durch die Künstler schien Achetaton erst seine wahre Weihe zu erhalten.

Thutmosis arbeitete unterdessen weiter am Kopf der Königin. Des schönen farbigen Steins wegen würde er das Gesicht nicht bemalen, nur Augen und Brauen aus Emaille einlegen und auf den Zapfen am Scheitel die blaue Krone aus Fayence fügen. Am morgigen Vormittag wollte er im Tempelvorraum an der riesigen Statue des Königs arbeiten. Er seufzte, während er an die schwierige Aufgabe dachte. Oh ja, er hatte wie befohlen seinen König angesehen, mit kurzen, schüchternen Blicken, und alles in sich aufgenommen: die dreieckige Gesichtsform, das hängende Kinn, die Augen unter schweren Oberlidern, die lange Nase mit geblähten Nasenflügeln, von denen aus zwei strenge Falten zu den Mundwinkeln führten, die sinnlichen Lippen, die zu voll waren für das schmale Gesicht. Und er dachte irritiert an den Körper, an den langen, dünnen Hals, die hängenden Schultern, den über dem Rock vorgewölbten Bauch, die vollen Hüften, das starke Gesäß, die zu kräftigen Oberschenkel im Verhältnis zu den dünnen Waden. Es war eine Gestalt ohne ausgewogene Proportionen. Ein Gerücht behauptete, daß eine Kinderkrankheit den einst schönen Knaben so verändert habe. Schön waren jetzt allein die schmalen, langen Hände mit beweglichen Fingern und die wohlgebildeten Füße, die so rasch und leicht schritten und liefen. Thutmosis würde seinen König darstellen, wie dieser es wollte, auch gegen sein innerliches Widerstreben. Aber würde ihm auch gelingen, die trotz allem vorhandene eindrucksvolle Würde Echnatons zu zeigen?

9. Kapitel

Der Tag war gut gewesen, und doch wachte Echnaton mitten in der Nacht auf, von einer ihm zuerst unverständlichen Unruhe getrieben. Gesprächsfetzen stürzten über ihn her wie bösartig hackende Vögel: der Dialog mit Thutmosis, dessen innerer Widerstand gegen seine künstlerischen Ideen dem Pharao nur allzu klar war, Gespräche mit der Königsmutter Teje, deren Ironie und Skepsis an seinem Selbstbewußtsein nagten. Irrte er sich? War seine Idee vom einzigen und alleinigen Gott falsch? Er sehnte sich danach zu beten, aber Aton war ein Gott des Tages, ein Gott des Lichtes. In der Nacht war er nicht erreichbar.

Das erste Mal spürte der König seine Einsamkeit als Panik. Die Nacht schien ihm etwas Furchtbares zu sein. Sie war nötig, um Ruhe und Schlaf zu bringen, damit der Körper sich wieder regenerierte, aber wenn man mitten in ihr erwachte, merkte man, daß sie eine Schwester des Todes war. Das Grauen vor dem Tod überwältigte Echnaton. Seine Vorfahren hatten geglaubt, daß sie im Totenreich von Göttern empfangen und liebevoll geleitet wurden, doch sein Totenreich kannte keine Götter. Er würde ohne Geleit gehen müssen, denn Aton konnte nicht aus seiner leuchtenden Tageswelt heraus mit dem Pharao zusammen in die Dunkelheit hinabsteigen. Er sprang aus dem Bett und lief im Raum hastig hin und her. An einem niedrigen Tisch blieb er stehen, auf dem ein paar Papyri lagen, die gestern beschrieben worden waren mit zwei Strophen eines innigen Liedes an Aton. Echnaton hatte sie seinem Schreiber diktiert, aber nun hockte er sich nieder, nahm selbst ein leeres Blatt zur Hand und redete mit schon gezeichneten Hieroglyphen seinen abwesenden Gott an:

»Gehst du zur Rüste im westlichen Lichtorte,

so ist die Welt in Finsternis wie im Tode.
Die Schläfer sind in der Kammer, die Häupter verhüllt,
nicht kann ein Auge das andere sehn.
Die Welt liegt in Stille ...«

Er war erschöpft, legte Pinsel und Papyrus fort, stieg ins Bett und
sank in einen dumpfen Schlaf.

Als der Pharao am anderen Morgen erwachte, las er die Zeilen, die
er in der Nacht geschrieben hatte. Er wollte, nein er mußte das Gedicht heute vollenden. Nur so würde er zur Ruhe kommen. Er ließ
den Schreiber rufen, der mit einer Papyrusrolle und Schreibmaterial
erschien, sich tief verbeugte, in die Knie sank und ein Blatt Papyrus
auf dem Schoß bereitlegte. Echnaton diktierte, unterbrochen von
kurzen Erfrischungspausen, den ganzen Tag über. Nachdem er am
Abend den Schreiber schließlich entlassen hatte, griff er nach den
Papyri, las und rollte die Blätter zusammen. Mit raschem Schritt eilte er in den Palast der Nofretete. Sie saß in der Tür zum Garten und
blickte in den goldroten Himmel. Noch war Aton zugegen und die
Spiegelung seines Abendlichtes im Papyrusteich wie ein Lächeln.
Echnaton lief im Raum hin und her und begann dabei laut zu lesen.
Er las noch, nachdem die Nacht hereingefallen war. Der Himmel
hatte sich bewölkt und war ohne Sterne. Die Diener zündeten
Öllampen an, um den Tag noch etwas zu bewahren. Echnaton zog
eine der Alabasterlampen näher, um besser sehen zu können, und
setzte sich. Nofretete, in einen Sessel gelehnt, den Kopf in die Hand
gestützt, hörte ihm bewegungslos zu. Es war kein Gedicht, was er
las, es war ein Gebet:

Der Sonnengesang des Echnaton

Du erscheinst so schön im Lichtort des Himmels,
du lebendige Sonne, die zuerst zu leben anfing!
Du bist aufgeleuchtet im östlichen Lichtorte

und hast alle Lande mit deiner Schönheit erfüllt.
Du bist schön und groß, glänzend und hoch über allen Landen.
Deine Strahlen umfassen die Länder bis zum Ende
alles dessen, was du geschaffen hast.
Du bist die Sonne und dringst eben deshalb
an ihr äußerstes Ende.
Du bändigst sie deinem geliebten Sohne.
Du bist fern, und doch sind deine Strahlen auf der Erde,
du bist im Angesicht der Menschen,
und doch kennt man deinen Weg nicht.
Gehst du zur Rüste im westlichen Lichtorte,
so ist die Welt in Finsternis wie im Tode.
Die Schläfer sind in der Kammer, die Häupter verhüllt,
nicht kann ein Auge das andere sehen.
Gestohlen werden alle ihre Sachen,
während sie unter ihren Häuptern liegen.
Sie merken es nicht.
Jedwedes Raubzeug kommt hervor aus seiner Höhle,
alles Gewürm beißt.
Die Finsternis ist für sie verlockend
wie für andere eine Feuerstatt.
Die Welt liegt in Stille, denn der sie schuf,
ist zur Rüste gegangen in seinem Lichtorte.
Im Morgengrauen leuchtest du wieder auf
und glänzest aufs neue als Sonne am Tage.
Du vertreibst die Finsternis,
sobald du deine Strahlen spendest.
Die beiden Länder sind in Festesstimmung.
Die Menschen erwachen und stellen sich auf die Füße,
Du hast sie sich erheben lassen.
Gewaschen wird ihr Leib, sie nehmen die Kleidung,
ihre Arme erheben sich in Anbetung,
weil du erschienen bist.
Die ganze Welt tut ihre Arbeit.
Alles Vieh befriedigt sich an seinem Kraute.

Bäume und Kräuter grünen.
Die Vögel fliegen auf aus ihrem Neste,
ihre Flügel erheben sich in Anbetung zu dir.
Alle Welt hüpft auf den Füßen,
alles, was da fleucht und kreucht,
lebt, weil du wieder aufgeleuchtet bist.
Die Schiffe fahren stromauf und stromab.
Jeder Weg ist wieder geöffnet, weil du erschienen bist.
Die Fische im Strom springen vor deinem Angesichte.
Deine Strahlen dringen bis ins Innere des Meeres.
Der du den Samen sich entwickeln läßt in den Weibern,
der du Wasser zu Menschen machst,
der du den Sohn am Leben erhältst im Leib seiner Mutter,
der du ihn beruhigst, so daß seine Tränen aufhören.
Amme des Kindes im Mutterleib!
Der da Luft spendet, um am Leben zu erhalten
jedes seiner Geschöpfe.
Steigt es aus dem Leib der Mutter herab,
um zu atmen am Tag seiner Geburt,
so öffnest du alsbald seinen Mund vollkommen
und sorgst für seine Bedürfnisse.
Das Vögelchen im Ei spricht ja schon im Stein:
Du gibst ihm Luft in seinem Innern,
um es am Leben zu erhalten.
Du hast ihm im Ei seine Frist gesetzt, es zu zerbrechen.
Es kommt hervor aus dem Ei,
um zu sprechen zu seiner Frist,
es geht auf seinen Füßen, sobald es aus ihm hervorkommt.
Wie zahlreich sind doch deine Werke!
Sie sind verborgen dem Gesicht der Menschen,
du einziger Gott, außer dem es keinen anderen gibt!
Du hast die Erde geschaffen nach deinem Herzen,
du einzig und allein,
mit Menschen, Rinderherden und allem anderen Getier.
Alles, was da ist auf der Erde, gehend auf Füßen,

was da ist in der Höhe, fliegend mit ihren Flügeln,
die Gebirgsländer Syrien und Nubien
und das Flachland Ägypten.
Du setzt jeden Menschen an seine Stelle;
du sorgst für seine Bedürfnisse;
ein jeder hat sein Essen,
berechnet ist seine Lebenszeit.
Die Zungen der Menschen sind geschieden im Sprechen,
ihre Art desgleichen,
ihre Haut ist unterschieden.
Unterschieden hast du auch sonst die Völker.
Du schaffst den Nil in der Unterwelt,
du holst ihn herbei nach deinem Belieben,
um das Volk der Ägypter am Leben zu erhalten,
wie du sie dir geschaffen hast,
du, ihr aller Herr,
der sich abmüht an ihnen,
du Herr aller Lande,
der ihnen wieder aufleuchtet am Morgen.
Du Sonne des Tages, groß an Ansehen,
alle Gebirgsländer in der Ferne,
du sorgst für ihren Lebensunterhalt.
Du gabst einen Nil an den Himmel;
er steigt zu ihnen herab
und schafft Wasserfluten auf den Bergen,
ihre Felder zu netzen gebührend.
Wie wohltätig sind doch deine Pläne, du Herr der Ewigkeit!
Der Nil am Himmel,
er ist deine Gabe an die fremden Völker
und alles Wild im Gebirge, so da auf Füßen geht;
der wahre Nil aber, er kommt
aus der Unterwelt für Ägypten.
Deine Strahlen ernähren nach Ammenweise
alle Pflanzungen.
Wenn du aufleuchtest, so leben und wachsen sie für dich.

Du machst die Jahreszeiten,
um sich entwickeln zu lassen alle deine Geschöpfe,
den Winter, um sie zu kühlen,
die Glut des Sommers, damit sie dich kosten.
Du hast den Himmel gemacht fern von der Erde,
um an ihm aufzuleuchten,
um alles, was du – einzig und allein du – geschaffen hast,
zu sehen,
wenn du aufgeleuchtet bist in deiner Gestalt
als lebendige Sonne,
erschienen und glänzend, fern und doch nah.
Du machst Millionen von Gestalten aus dir, dem Einen,
Städte, Dörfer, Äcker, Weg und Strom.
Alle Augen erblicken dich sich gegenüber,
indem du die Sonne des Tages bist über der Erde.
Wenn du davongegangen bist
und wenn alle Augen, deren Gesicht
du geschaffen hast, schlummern,
damit du nicht mehr allein dich selbst sähest
und nicht einer mehr sieht, was du geschaffen hast,
so bist du doch noch in meinem Herzen.
Es gibt keinen anderen, der dich wirklich kennt,
außer deinem Sohn König Echnaton,
du läßt ihn kundig sein deiner Pläne und deiner Macht.
Die Welt befindet sich auf deiner Hand,
wie du sie geschaffen hast.
Wenn du aufgeleuchtet bist, lebt sie,
wenn du zur Rüste gehst, stirbt sie.
Du bist die Lebenszeit selbst, man lebt in dir.
Die Augen schauen Schönheit, bis du zur Rüste gehst.
Niedergelegt werden alle Arbeiten,
sobald du zur Ruhe gehst zur Rechten.
Wenn du wieder aufleuchtest, so läßt du
jeden Arm sich rühren für den König,
und Eile ist in jedem Beine,

seit du die Welt gegründet hast.
Du erhebst sie wieder für deinen Sohn,
der aus deinem Leibe hervorgekommen ist,
König Echnaton
und die Königin Neferneferuaton-Nofretete.

10. Kapitel

Nach jener Nacht der Ängste tauchte der Gedanke an den Tod beim König immer wieder auf. War bis jetzt die Gestaltung der wunderbaren Stadt und ihrer Heiligtümer sein Hauptanliegen, ihre lebensvolle Alltagswirklichkeit ein ständiger Quell des Glücks, so wurde ihm plötzlich bewußt, daß der Tod nicht allzu fern war. Ein Menschenleben dauerte nur eine kurze Spanne Zeit. Er würde, wie alle anderen, eines Tages ins Reich der Schatten wandern müssen, vielleicht erst in vielen Jahren, vielleicht aber auch bald.

Ein dramatisches Geschehen gab ihm noch einen besonderen Grund zu dieser Sorge. An einem frühen Morgen schleppte man vor ihn als den obersten Richter zwei Gefangene, einen jungen Ägypter und einen Nubier. Soldaten der Leibwache trieben die beiden mit Peitschenhieben vor Echnatons Thron und warfen die Gefesselten dort nieder. Sie berichteten, daß man die Männer dabei erwischt hatte, als sie eine der Stelen am Stadtrand umwarfen und versuchten, den Namen Atons aus dem Stein zu kratzen. Der Pharao sprang auf. Empörung ließ ihm das Blut ins Gesicht schießen. Er hatte Mühe, ein sachliches Verhör einzuleiten.

»Warum habt ihr das gemacht?« Seine Stimme war heiser vor Erregung.

Die Gefangenen antworteten nicht.

»Sprecht!«

Als sie immer noch schwiegen, nickte er den Soldaten zu, welche nun zu Knüppeln griffen und auf die Männer einschlugen. Der

Ägypter hatte die Augen geschlossen und ließ die Tortur mit stoischer Miene über sich ergehen. Der Nubier schrie und jammerte.

»Sprecht!« forderte der Pharao noch einmal. Wieder Schweigen und wieder Schläge. Doch je härter die Knüppel auf die gepeinigten Körper prallten, als Blut rann und Knochen knirschend brachen, schien der Ägypter immer mehr zu versteinern, die Lippen fest zusammengepreßt. Der Nubier dagegen stöhnte, kreischte, jammerte und gab schließlich auf. Er hob das tränenfeuchte Gesicht zum König und beantwortete dessen Fragen. Es war ein Bericht, der Echnaton erschreckte: Die beiden Männer kamen aus Theben. Priester vom Tempel des Amun-Re hatten sie geschickt mit dem Befehl, die Stelen umzustürzen und Atons und Echnatons Namen zu tilgen.

Der Ägypter war ein junger Offizier der Tempelgarde, der Nubier beteuerte weinend, er sei nur dessen Diener und hätte ihm gehorchen müssen. »Stimmt das?« fragte Echnaton, aber der ägyptische Gefangene antwortete nicht, obgleich die Schläge immer brutaler wurden. Der König wandte sich wieder dem Nubier zu: »Ist das alles, was euch aufgetragen wurde?«

Der Nubier, der zitternd und blutend vor ihm hockte, küßte seine Füße und flüsterte: »Sie wollten, daß wir den großen König von Ober- und Unterägypten ermorden!«

Minutenlang herrschte lähmendes Schweigen. Dann hoben die Soldaten die Knüppel und blickten den König an, gierig auf den Befehl, die Gefangenen totzuprügeln. Aber plötzlich spürte Echnaton keinen Zorn mehr, nur verzweifelte Hilflosigkeit und Ekel vor Grausamkeit und Demütigung, vor dem Geruch von Männerschweiß, Blut und Urin, denn der Nubier hatte sich gehenlassen. »Laßt sie leben«, sagte er angewidert, »und werft sie aus der Stadt!«

Mißmutig gehorchten die Wachen und schleppten die beiden fort, den kläglich jammernden Nubier und den blutenden, halbtoten Offizier.

Echnaton floh aus der dumpfen Luft im Raum auf die Terrasse, lehnte sich an die Brüstung und atmete tief die Abendluft ein, den Geruch von Bäumen und Blumen, nasser Erde – denn die Sklaven hatten gegossen – und den schlammigen Ausdünstungen des Nils.

Er blickte hoch und suchte den tröstlichen Glanz des Aton, aber die Sonne war hinter Wolken verschwunden. Plötzlich war die Angst der Gefangenen wie eine ansteckende Krankheit, die ihn packte und schüttelte. Etwas, das er vorher im Zorn überhört hatte, wurde ihm nun bewußt: Es waren Bürger von Achetaton, die die Männer nachts heimlich in die Stadt gelassen hatten. Es gab Feinde im eigenen Nest!

In den Tagen darauf erkannte der Pharao, daß er vorbereitet sein und für sich und die Seinen den Eintritt in die finstere Welt bereit und würdig machen mußte. Immer noch hatte er das Bedürfnis, die Gedanken um das kaum begreifliche Geschehen des Sterbens zu verdrängen und sich den munteren Tagesereignissen zuzuwenden, aber er zwang sich dazu, den Tod nicht aus dem Sinn zu verlieren.

Eines Tages, während er vom Erscheinungsfenster aus auf die Hauptstraße hinabblickte, sah er den blinden Sänger, von seinem Knaben geführt, den Gehweg hinablaufen. Der Junge schleppte schwer an der großen Harfe. Als er erschöpft stehenblieb, legte der Blinde ihm begütigend die Hand auf den Kopf. Echnaton schickte einen Sklaven hinab und lud den Sänger in den Palast ein. Dort bat er ihn, das Lied vom Nil noch einmal zu singen. Nachdem der Mann dem entsprochen hatte, fragte der König: »Kennst du auch ein Lied vom Tode?«

Der Alte nickte, stimmte die Harfe neu, spielte ein paar schwermütige Akkorde und begann:

»Der Tod steht heute vor mir
wie die Genesung eines Kranken,
wie wenn man nach einem Leiden wieder ausgeht.

Der Tod steht heute vor mir
wie der Duft von Myrrhen,
wie wenn man an windigem Tage unterm Segel sitzt.

Der Tod steht heute vor mir
wie das Ende eines Unwetters,

wie wenn ein Mann vom Kriege nach Hause kommt.

Der Tod steht heute vor mir
wie eine Entwölkung des Himmels,
wie wenn einer begreift, was ihm bisher ein Rätsel war.

Der Tod steht heute vor mir
wie die Sehnsucht eines Mannes, sein Heim wiederzusehen,
nachdem er viele Jahre in Gefangenschaft verbracht hat.

Der Pharao, der anfänglich während des Gesanges unruhig im Zimmer hin- und hergelaufen war, blieb stehen und sah nachdenklich auf den Knienden hinab. Nachdem dieser sein Lied beendet hatte, herrschte eine Weile Schweigen, dann fragte Echnaton leise: »Du sehnst dich nach dem Tode?«

Der Blinde verbeugte sich tief: »Ja, großer Herr der beiden Länder, ich sehne mich danach, denn die Last des Irdischen liegt schwer auf meinen alten Schultern.« Nach einem Zögern fuhr er fort: »Nur eine Sorge habe ich: Was wird, wenn ich ins Schattenreich gegangen bin, aus meinem Knaben?« Er seufzte und strich dem Kind, das dicht neben ihm hockte, über die Schulter.

Echnaton war an die Tür getreten und hatte eine Weile in den blühenden Garten geblickt. Schließlich wandte er sich um: »Ich möchte, daß du ein Mitglied der königlichen Musiktruppe wirst und dort in deren Haus auch wohnst. Einmal in der Woche sollst du zu mir kommen und mir das Lied vom Tode singen, solange ich es dir befehle.« Als der Alte sich überrascht und erfreut verbeugte, fügte Echnaton hinzu: »Dein Knabe kann dort ein Instrument lernen!«

Ein Diener brachte den Sänger und den Knaben in das Quartier. Der König saß, den Kopf in die Hand gestützt, lange da. Das Lied hatte ihn ergriffen. Würde es ihm, wenn er es öfter hörte, Genesung von der Krankheit der Todesfurcht bringen?

Am nächsten Tag fuhr der Pharao zusammen mit dem Baumeister Tutu in die Wüste südlich der Stadt. Die Pferde hatten Mühe, den Wagen durch den Sand zu ziehen, doch änderte sich das, als

Felsengebirge ihre Ausläufer unter dem Sand ausstreckten. Schließlich ragte ein graues Kliff aus der gelben Eintönigkeit. Der König
ließ den Wagen anhalten, saß lange und starrte auf die Steine mit
ihren Spitzen, Ecken und Kanten. Wieviel lieber hätte er sich eine
Pyramide erbaut wie die Urväter! Welch würdiger Totenschrein war
das, seine Architektur vom Sonnengott und dem Sternenhimmel
diktiert, mit Begräbnistempeln, Taltempeln und Steinwegen versehen, auf denen der erhabene Leichnam in prächtiger Prozession
transportiert wurde!

Doch hatte die Ruhe der Toten meist nicht lange gedauert.
Grabräuber entdeckten bald die inneren Gemächer der Pyramiden
und entwendeten alle Kostbarkeiten, die die Verstorbenen auf ihrer
Reise ins Jenseits dringend benötigten. Seit langem schon legte
man deshalb auch die Könige in Felsgrabkammern, die leichter zu
verschließen und zu bewachen waren. Echnaton dachte an das Tal
in Theben, wo der Vater Amenophis in einem solchen steinernen
Grab seine letzte Ruhe gefunden hatte.

Hier würde der Pharao nun ein neues Gräbertal beginnen, zu
Anfang mit einem Grab für die Königsfamilie, das später umgeben
sein würde von Begräbnisstätten der hochgestellten Beamten von
Achetaton.

Schneller würden die Toten hier ihre Heimstatt finden als in den
Pyramiden. An der Cheops-Pyramide zum Beispiel hatten 100 000
Menschen etwa zwanzig Jahre lang gearbeitet. Die Kosten waren
unglaublich hoch gewesen. Echnaton konnte und wollte sie nicht in
solchem Maße Achetaton entziehen. Der Aufbau von Tempeln und
Wohnhäusern in seiner schönen Stadt hatte Vorrang. Auch wollte
er die Räumlichkeiten noch sehen können, in denen einst seine
königliche Mumie liegen würde. Sein Grab würde einfacher sein als
das in einer Pyramide, aber es sollte nun begonnen werden.

»Zuerst müssen wir eine Straße hierher führen«, wandte er sich
an Tutu, »und dort, im Schatten der Felsen, soll das Dorf errichtet
werden für die Arbeiter!«

Der Baumeister nahm einige Gesteinsproben mit, um festzustel-
len, ob der Fels auch die nötige Härte für den Bau besaß.

11. Kapitel

Seneb stieg vom Feld aus zu seinem Hof auf dem Hügel hinauf. Er hatte den Kopf gesenkt, und sein Gesicht war finster. Er lehnte die Hacke, mit der er Unkraut gejätet hatte, an die Wand des Kuhstalls und streute Körner durch das Gatter, hinter dem zwei Gänse und ein Storch zur Mast gehalten wurden. Mißmutig schüttelte er den Kopf, als er den Storch betrachtete. Er war jung und kräftig gewesen, als er ihn im Netz gefangen hatte. Doch jetzt wollte er nicht fressen, sah elend und mager aus und verlor Federn. Seneb würde ihn wohl doch wieder in die Freiheit entlassen müssen. Nun ja, überlegte er, das zähe Fleisch der Störche schmeckte nicht besonders gut, allzusehr nach fauligem Schlamm, wenn es auch die ewige Gemüsenahrung etwas aufgewertet hätte.

Im Hof stand seine Frau Hemet an der Feuerstelle und rührte in einem großen Tontopf. Es roch nach Erbsen und Knoblauch. Eben lief Tenti herbei mit einem Trockenfisch in der Hand. Er reichte ihn der Mutter, und sie bröselte ihn in den Gemüsebrei. Seneb sah den Sohn an, der an der Hauswand lehnte und der Mutter lachend zurief: »Der Fisch stinkt schon jetzt grausam, und auch, wenn er im Topf ist!«

»Aber beim Essen bist du dann trotzdem gierig!« antwortete Hemet.

Seneb konnte die Augen nicht von dem Zwölfjährigen lassen, der dort schlank und hübsch stand, eine Hand in die schmalen Hüften gestemmt und den Kopf mit den dunklen Locken zurückgeworfen. Tenti war der Liebling Senebs in der Schar seiner Kinder. Der älteste Sohn, der den Hof erben würde und gerade dabei war, auf dem Feld einen neuen Kanal zu bauen, hatte nicht den hellen Geist Tentis. Der zweite Sohn war eigenwillig und hatte sich schon lange von der Familie getrennt, um im Garten des Pharaos zu arbeiten. Die vier Kleinen – zwei Knaben und zwei Mädchen – konnte Seneb kaum unterscheiden und hatte Mühe, sich an ihre Namen zu erinnern. Der dreijährige Jüngste wurde noch von der Mutter gestillt.

Tenti war und blieb sein Lieblingssohn – und doch war Senebs Stirn umwölkt, als er den Jungen betrachtete.

Hemet hatte seine Verdüsterung bemerkt. Sie hielt im Rühren inne und fragte besorgt: »Bauer, was hast du?«

Seneb schüttelte nur den Kopf und ging ins Haus.

»Das Essen ist gleich fertig!« rief sie ihm nach.

Bald darauf, nachdem die Kinder die Großeltern herbeigeführt hatten, hockte die ganze Familie im Schatten der Stallwand um den großen Topf herum und tauchte Brot in den Gemüsebrei. Der Vater, die Mutter und die beiden Alten tranken Bier und die Kinder Wasser. Der blinde, taube Großvater wurde von einer der Enkelinnen gefüttert. Die drei Kleinsten fingen lautstark an, sich um die besten Stücke vom Fisch zu zanken, bis Seneb einen Grunzlaut ausstieß. Nun schwiegen sie und stießen und kniffen sich nur heimlich. Als der Topf leer war, liefen die Kinder fort, und Tenti erklärte, er wolle den Freund Dersened besuchen. Zu seinem Erstaunen nickte der Vater, ohne ihm, wie sonst üblich, noch bestimmte Aufgaben zuzudiktieren. Erfreut sprang er davon. Seneb sah ihm nach, bis Hemet ihn in die Seite stieß. »Was ist, Bauer – hat er etwas angestellt? Sei nicht immer so streng mit ihm, Bauer, er ist ein guter Sohn!«

Seneb nickte: »Der beste, den wir haben!«

Hemet blickte ihn erstaunt an, sah sein verdüstertes Gesicht und fragte erschrocken: »Ist was passiert? Sag es mir!«

»Der Steuereinnehmer war heute auf dem Feld«, antwortete Seneb finster, »er wollte von mir Abgaben für den Pharao haben, die ich ihm nicht leisten kann. Du weißt, wie schlecht die Ernte im vorigen Jahr war! Nun sollen wir Frondienste leisten.«

Hemet war blass geworden: »Wo und wie?«

»Wir sollen beim Bau für das Königsgrab mitarbeiten.« Und nach einem Zögern fügte er hastig hinzu: »Tenti muß gehen!«

Die Frau schrie auf: »Nein, nicht Tenti!«

»Wer sonst?« murrte Seneb. »Ich und der Älteste müssen auf den Feldern arbeiten, damit die nächste Ernte besser wird!«

Hemet schlug die Hände vors Gesicht, wiegte sich hin und her und jammerte: »Nein, Tenti, der liebste und beste Sohn, den wir haben. Wie schnell er mir heute wieder das Feuer an der Kochstelle angezündet hat – keiner kann den Stab mit der Bogensehne so geschickt im Steinloch reiben, bis Funken stieben, keiner außer ihm trägt mir das Wasser zum Brotbacken herbei und schleppt die schweren Krüge mit Bier, keiner sonst melkt die störrische Kuh! Und er ist der einzige, der immer wieder mal einen Fisch aus dem Nil holt oder eine Wildente im Netz fängt. Oh, ihr Götter, helft uns!« Sie packte Seneb am Arm.

Er schüttelte sie zornig ab. »Es bleibt uns nichts anderes übrig!« rief er, seinen Kummer mühsam verbergend.

Plötzlich zuckte Hemet zusammen. »Beim Grabbau, sagtest du? Aber da wird er ja eingesperrt in das Dorf, kann nicht mehr heraus, muß immer da bleiben, fern von uns, seiner Familie, monatelang, vielleicht jahrelang!« Jetzt fing sie lauthals zu weinen an, schluchzte und ließ den Tränen freien Lauf.

Seneb stand auf, schlurfte ins Haus und warf sich auf das Strohlager. Die beiden Alten hatten schweigend danebengesessen, der blinde und taube Großvater starrte ins Leere, die Großmutter schien bedauernd den Kopf zu schütteln – aber das tat sie immer, wenn sie nicht schlief.

Als Tenti in der Dunkelheit nach Hause zurückkehrte, waren seine Wangen gerötet, und die Augen blitzten. »Dersened ist beim Baumeister vom Pharao gewesen, hat gefragt, ob er mitbauen kann«, sagte er aufgeregt. »Derseneds Vater ist mit ihm böse, weil er kein Fischer werden will, aber Dersened haßt das Wasser und die schleimigen Fische. Er ist einfach zum Baumeister gegangen, und der hat ihn angenommen.«

Seneb fragte kurz: »Wo wird er eingesetzt?«

»Am Königsgrab wird er mitbauen, und er kriegt dafür gute Abgaben, Getreide, Rettiche, Zwiebeln, Knoblauch, Linsen. Da kann sich sein Vater freuen. Und er wird im Bauarbeiterdorf wohnen und viel zu essen kriegen, hat der Baumeister gesagt, und braucht nur acht Stunden am Tag zu arbeiten, dann hat er frei und kann faul sein und Bier trinken.«

»Die Arbeit ist nicht leicht«, knurrte Seneb.

»Macht nichts«, sagte Tenti. »Dersened ist schon fünfzehn Jahre alt und stark.«

»Würdest du denn auch gerne dort arbeiten?«

»Aber ja, natürlich!«

»Du bist doch erst zwölf Jahre alt«, sagte Hemet mit zitternder Stimme.

Tenti reckte sich: »In zwei Monaten werde ich dreizehn, und ich bin auch stark – das sagst du immer, wenn ich dir den Bierkrug schleppe!«

Die Eltern sahen sich an. Dann sagte Seneb heiser: »Hör mich an, mein Sohn, du wirst auch am Pharaonengrab arbeiten.«

Tenti stand mit offenem Mund und starrte ihn an. Dann holte er tief Luft: »Ich darf auch zum Baumeister gehen und fragen, ob er mich nimmt?«

Seneb schüttelte den Kopf: »Du mußt dort Frondienste leisten.«

Tenti machte einen Luftsprung: »Hei, ho«, schrie er, »ich werde mit Dersened zusammensein und viel zu essen kriegen und abends Bier trinken!« Dann sah er die finstere Miene des Vaters und daß die Mutter weinte. »Was ist?« fragte er bestürzt, »warum freut ihr euch nicht?«

Seneb räusperte sich: »Während des Baus dürft ihr nicht aus dem Dorf.«

»Ihr seid dort eingesperrt«, schluchzte Hemet.

Tenti legte ihr den Arm um die Schulter: »Aber wenn's mir dort gut geht!«

Seneb hob den Kopf: »Und wenn der Frondienst geleistet ist, hol ich dich wieder raus, mein Sohn!« rief er zornig.

Tenti nickte, aber im geheimen hoffte er, daß das nicht allzubald sein würde.

12. Kapitel

Die Arbeitersiedlung war anders, als Tenti sie sich vorgestellt hatte. Ein paar Lehmziegelhäuser standen mitten im Wüstensand am Fuß der Felsen. Alles war gelb und grau. Kein Baum war zu sehen, kein Strauch: Man bekam schon Durst, wenn man das von der Sonne ausgedörrte Land nur sah. Doch hatte der Pharao dafür gesorgt, daß die Arbeiter genug zu trinken und zu essen bekamen, obgleich man im Sand kein Gemüse ziehen konnte. Wasser, Bier, Getreide, Käse, Fleisch und Gemüse wurden reichlich aus Achetaton herbeigeschafft. »Man könnte hier fett werden, wenn man nicht schuften müßte!« sagte einer der Männer.

In der Mitte des Hofes drängten sich die Neuankömmlinge und wurden vom Vorarbeiter eingeteilt. Ein Schreiber hockte an der Seite und schrieb auf Tonscherben ihre Namen auf, um sie später in eine Papyrusrolle zu übertragen. Die Männer wurden in zwei Gruppen aufgestellt, die am linken und am rechten Grabteil bauen sollten. Dersened kam ans Ende des linken Zuges. Tenti wurde eine Weile nachdenklich vom Vorarbeiter betrachtet. Schließlich rief er zu einer Hütte hinüber, vor der ein stattlicher Mann stand: »He, Bäcker, hier hast du einen Gehilfen!«

Er drehte Tenti um und gab ihm einen Schubs in Richtung des Dicken. Tenti wandte sich noch einmal zurück: »Aber ich wollte doch auch bauen!«

Der Vorarbeiter lachte, packte einen der dünnen Arme des Jungen und betastete ihn: »Mit solchen Stöckchen? Du mußt erst mal erwachsen werden und Muskeln kriegen!« Dann wandte er sich dem nächsten Arbeiter zu.

»Komm jetzt, Junge«, rief der Bäcker ärgerlich. »Wir haben viel zu tun und können nicht den ganzen Tag lang hier rumstehen!«

Das hatte Tenti sich anders vorgestellt! Von jetzt an lag er jeden Tag acht Stunden lang auf den Knien und rieb zwischen zwei Steinplatten Getreidekörner zu Mehl. Der Rücken tat ihm weh, und die Knie waren durchgescheuert. Anfänglich war der Bäcker auch nicht mit ihm zufrieden, stand mit seinen dicken Beinen, die wie

Säulen waren, neben ihm und schimpfte von oben herab: »Schneller, schneller! Von dem Mehl, das du uns schaffst, könnten wir erst nach einer Woche ein einziges Brot backen!«

Schließlich wurde Tenti geschickter, und der Bäcker ließ ihn in Ruhe. Eines Tages stellte er ihn zu einer anderen Arbeit an: Tenti mußte Brote, wenn sie fertiggebacken waren, aus dem Ofen nehmen. Auch das war nicht sehr vergnüglich. In der Hitze der Wüstensonne stand er vor dem Feuerloch, in dem die Glut ihn stärker noch bedrängte, und starrte mit roten, tränenden Augen hinein, bis die Brote braun waren. Oft verbrannte er sich beim Herausziehen der Laibe. Er schwor sich, daß er bestimmt kein Bäcker werden wollte.

Begierig wartete er stets auf die Mittagspause, Sie erhielten ein reichliches Essen, so gut und schmackhaft, wie er es nie erlebt hatte. Jedes Gemüse war mit Fleisch gekocht und gut gewürzt, das Weizenbrot als Beigabe duftete vom Knoblauch. Auch erhielten sie Bier, soviel sie wollten. Zu Hause hatte der Junge bis jetzt am Abend höchstens einen kleinen Becher voll trinken dürfen. Beim Essen war Tenti vergnügt und lachte zusammen mit Dersened viel. An den Abenden war es anders. Dersened kam stets todmüde von der Arbeit am Felsen, aß ein Stück Brot, trank einen Becher Bier und warf sich gleich auf das Lager in der Ecke des Raumes, der ihnen zugewiesen worden war. Sofort sank er in einen tiefen Schlaf und war nicht mehr zu erwecken.

Tenti hockte neben ihm und fühlte sich so einsam wie noch nie in seinem Leben. Dann stieg die Sehnsucht in ihm auf und schmerzte heftig. Er dachte an die Mutter, den Vater, die Geschwister und das ärmliche, aber fröhliche Leben auf dem Hof. Er senkte den Kopf zwischen die Knie, die Tränen tropften ihm vom Gesicht auf den Boden, und er wimmerte vor sich hin. Aber selbst dadurch war Dersened nicht zu erwecken. Dann bemerkte Tenti auch wieder die Mauer um das Dorf, fest und viel zu hoch zum Übersteigen, und er kam sich vor wie der Storch im Käfig zu Hause. Plötzlich verstand er, warum der Vogel immer so traurig aussah.

Eines Mittags fragte er: »Warum sperren sie uns ein?«

Die Arbeiter neben ihm hörten auf, ihre Linsen zu löffeln. Nur einer, der seine Familie mit im Dorf hatte, aß ungerührt weiter und antwortete unter Kauen: »Warum wohl, du Dummkopf! Nicht alle, die hier arbeiten, weil sie stark sind, sind auch ehrlich. Wenn es die Mauer und die Wachen nicht gäbe, würde manches Handwerkszeug verschwinden und später manche Grabbeilage!« Einige der Männer blickten den Wichtigtuer finster an, aber keiner sagte etwas.

Obgleich Tenti bemerkte, wie hart Dersened arbeiten mußte, sehnte er sich danach, auch bei der Grabarbeit mithelfen zu dürfen, um möglichst viel in der Nähe des Freundes zu sein, des einzigen Menschen, der hier zu ihm gehörte. Dersened ging es ähnlich, und er quälte den Vorarbeiter, Tenti ebenfalls zum Grabbau einzuteilen. Schließlich gab dieser nach. Um Blöcke aus dem Fels zu sprengen, wurden mit Hammer und Spitzmeißel Holzpflöcke in den Stein getrieben. Mit Wasser begossen, brachte man das Holz zum Quellen, wodurch nach einiger Zeit Brocken vom Felsen abgesprengt wurden. Dersened schlug mit seinen kräftigen Armen die Pflöcke ein, und Tenti wurde nun angestellt, in Krügen, die an einem Tragholz über der Schulter hingen, aus einem Reservoir Wasser herbeizuschleppen und die Pflöcke zu begießen. Wehe, wenn der Aufseher entdeckte, daß diese zu trocken geworden waren! Dann gab es Schelte und manchmal auch Stockhiebe. Das erlebte Tenti allerdings nur ein einziges Mal am Anfang. Er war flink und hatte es bald heraus, die Krüge nur halb zu füllen, um rascher laufen und dadurch dem Holz häufiger eine wenn auch kleinere Dusche geben zu können. Am Abend war er jetzt ebenso müde wie Dersened, und das Heimweh ließ nach.

Dersened war fasziniert von der Arbeit am Grab. Beim Mittagessen sprach er von nichts anderem als den technischen Einzelheiten, zum Beispiel, wie genau alles abgemessen wurde (es gab einen Beamten, der nur für die Messungen zuständig war), daß mit roter Farbe im Stollen, den sie nun schon in den Felsen geschlagen hatten, eine Mittelachse aufgemalt war und zwanzig der vierzig Arbeiter den linken, zwanzig den rechten Stollen weiter ins Innere trieben. Aufgeregt berichtete er, daß von kundigen älteren Arbeitern ein mächtiger Granitblock mit Schlitten über den Sand herbeigezogen worden war und ohne viel Kraftanwendung auf seiner abgerundeten Schmalseite geschaukelt und dadurch allmählich in die Senkrechte gebracht wurde.

Während die meisten Arbeiter nur stumpf ihren verlangten Aufgaben nachgingen, ohne die Technik des Bauens zu begreifen, wollte Dersened alles genau wissen. Der Wesir bemerkte es bald und machte den jetzt Sechzehnjährigen nach einem halben Jahr zum Vorarbeiter, trotzdem er der Jüngste der Gruppe war. Tenti hörte die Vorträge des Freundes bereitwillig an, obgleich er nicht alles begriff. Doch auch er hatte seinen Vorteil von Derseneds gehobener Stellung. Der Junge war in der letzten Zeit gewachsen und kräftiger geworden. Als das Wasserholen nicht mehr nötig war, konnte Tenti weiter am Grabbau mithelfen, weil Dersened ihn dazu einteilte, den im Grab entstandenen Schutt in Körben und Ledersäcken fortzuschaffen.

Man lebte sich ein und dachte nicht mehr viel an die Familie daheim. Monate vergingen, schließlich ein Jahr. Eines Tages kam der Bauer, um seinen Sohn heimzuholen, weil der Frondienst abgedient war. Doch Tenti bettelte, daß er bleiben dürfe. Als Seneb von dem reichlichen Verdienst an Korn und Gemüse, welches dem Sohn dann zustand, erfuhr, gab er zögernd nach. Weil Tenti sein Essen im Dorf erhielt, würde alles der Bauernfamilie zugute kommen, und mit dieser Hilfe würde man erneuten Frondienst beim Pharao vermeiden können. Die letzte Ernte war nicht befriedigend ausgefallen. So nickte Seneb schließlich, aber als er heimging, fürchtete er sich davor, Hemets Gesicht zu sehen, wenn er ohne den Sohn zurückkehrte.

13. Kapitel

Im dritten Jahr näherte sich der Bau des Grabes seiner Fertigstellung. An einem Spätnachmittag fuhr Echnaton in einem goldverzierten Wagen, von zwei Rappen gezogen, am Tor der Mauer vor. Er stieg aus und ging zu Fuß auf das Baugelände. Zwei seiner Töchter, Maketaton und Anchesenpaaton, begleiteten ihn. Wie Korn, das durch einen Hagelschlag geduckt wird, sanken die Arbeiter in die Knie und senkten die Köpfe auf den Wüstensand. Der König gab ein Zeichen, daß sie weiterarbeiten sollten. Er war stolz, daß der Bau in seinem Äußeren nach so kurzer Zeit fertiggestellt worden war. Die meisten Gräber in Theben hatten etwa sechs Jahre bis zu ihrer Vollendung und viel mehr Arbeitskräfte benötigt. Wenn Echnaton auch lieber eine prunkvollere Grabstätte für die Familie errichtet hätte, fehlten ihm doch die Mittel dazu. Die Ernten der letzten Jahre waren nicht sehr reichlich gewesen, und der Handel lag darnieder, weil die wohlhabenderen Nachbarländer überschüssige Lebensmittel, Gold und Silber, Metalle und Holz für innerpolitische Kämpfe und Grenzkriege brauchten. Der Aufbau der Stadt Achetaton war immer noch nicht vollendet und wichtiger als die Nekropole. Die Bevölkerung brauchte Wohnhäuser und Aton Tempel.

Zusammen mit dem Baumeister Tutu, dem königlichen Sekretär Eje, dem Wesir, einem Zeichner und den Töchtern betrat Echnaton das Grab und ging den langen Korridor entlang, in dessen Nischen bald Skulpturen stehen würden. Durch eine der Nischen traten sie in eine Kultkapelle, neben der ein Versorgungsraum lag. Hier würde der Sarg Nofretetes stehen. Echnaton schauderte beim Gedanken an ihren Tod, aber die Tatsache, daß die Königin gerade wieder im Kindbett lag, weil sie der lebensvollen Aufgabe entsprochen und eine neue Prinzessin geboren hatte, tröstete ihn. Zwar würde hier bald ein Sarg sein, aber man konnte damit rechnen, daß er noch lange leerstehen würde, ehe die Schöne als Mumie in ihm zur Ruhe gebettet wurde. Sie stiegen eine Treppe hinauf und kamen in eine zweite, größere Grabkammer. »Hier werde ich einst liegen!« sagte der König und tat unbeeindruckt.

Es gab noch eine dritte, letzte Kammer. »Und für wen ist die?« fragte Anchesenpaaton.

Echnaton meinte leichthin: »Für eine von euch!«

Niemand bemerkte, daß Maketatons Gesicht alle Farbe verlor. Ihr war, als streife ein Vogelflügel heftig und bedrohlich ihre Stirn. Sie wurde schwindlig, und das Herz klopfte wild. Als erste verließ sie den Raum, tastete sich an der Wand entlang, stolperte durch den Gang und atmete auf, als die grelle Mittagssonne sie wieder beschien.

Nach der Besichtigung des Grabes hatte Echnaton befohlen, daß die Arbeiter eine ihrer Sportveranstaltungen vorführen sollten. Der Vorarbeiter war ein kluger Mann. Als er gemerkt hatte, daß die Männer sich in der jahrelangen Absperrung langweilten und schlechte Laune bekamen, die in Streitereien und Prügeleien ausartete, so daß die Arbeit darunter litt, führte er an den Abenden Sportveranstaltungen durch, an denen alle teilnehmen mußten. Die meisten ergriffen diese Möglichkeit mit Freuden.

Tenti war in einer Gruppe von Schnelläufern – nicht der beste, aber auch nicht der schlechteste. Dersened wurde Ringer. Diese Sportart war die beliebteste und wurde auch von denen, die nicht daran teilnahmen, leidenschaftlich beobachtet und kommentiert. Die Stars waren Dersened und Imeni. Jeder hatte seine Anhänger, die sich in heftiger Parteinahme manchmal zu Schlägereien hinreißen ließen. Doch heute war es still auf dem Kampfplatz, denn der König und die Prinzessinnen saßen an seinem Rande auf herbeigeschafften Stühlen und schauten zu.

Nach ein paar wenig aufregenden Kämpfen von Anfängern betraten die beiden Favoriten die Mitte, knieten vor dem Pharao nieder und verbeugten sich bis zur Erde. Als der König eine entlassende Handbewegung machte, sprangen sie auf und stellten sich gegenüber. Der Vorarbeiter rief zum Kampf auf, die Ringer stürmten aufeinander zu und schlangen die Arme umeinander. Breitbeinig standen sie ein paar Minuten still und schienen Kraft zu sammeln. Sie boten ein schönes Bild mit ihren nackten, athletischen Körpern, beide gleichgroß, Dersened hellhäutiger als der dunkle Imeni und breiter in den Schultern. Dann spannten sich die Muskeln, und einer versuchten den andern aus dem Gleichgewicht zu ziehen. Dersened fiel kurz zu Boden, sprang aber gleich wieder auf und packte Imeni um die Hüften. Wie in einem langsamen, bösen Tanz drehten sie sich nun keuchend umeinander. Der Vorarbeiter trennte sie schließlich und befahl eine kurze Pause. Freunde gaben ihnen Wasser zu trinken und rieben die Körper mit Fett ein, bis der Vorarbeiter sie wieder auf den Kampfplatz schob. Der Pharao sah mit halbgeschlossenen Augen zu und versuchte seine Langeweile zu verbergen. Er machte sich nichts aus Sport, obgleich er hier meinte, ein Interesse vortäuschen zu müssen. Die Bauarbeiter sollten bei guter Laune gehalten werden.

Die Prinzessinnen dagegen konnten ihre Augen kaum von den Kämpfern lassen, vor allem nicht Maketaton. Der kräftige, muskulöse Körper von Dersened faszinierte sie, die heftigen und doch graziösen Bewegungen, das Spiel der Muskeln, das Gesicht mit der breiten Stirn unter glatten, braunen Haarsträhnen, die über die Wangen fielen, lauernd gesenkt wie ein junger Stier. Gesicht und Körper glänzten vor Schweiß und Öl und strömten einen wilden, animalischen Geruch aus. Anchi, die ihre Augen stets überall hatte, bemerkte die Anteilnahme der Schwester. »Bist du verliebt in ihn?« flüsterte sie.

Maketaton fuhr herum und fauchte die Kleine an: »Wie dumm du bist, daß du nicht merkst, daß ich mich nur für den Kampf interessiere. Wie kann ich mich in ihn verlieben? Er ist doch nur ein Arbeiter!« Sie warf den Kopf hochmütig zurück, doch ihre Wangen waren heftig errötet.

Anchi lachte glucksend: »Hmm, nur ein Arbeiter, aber er gefällt dir!«

Maketaton hatte sich abgewandt und tat jetzt, als wenn sie sich langweilte, indem sie gähnte. Doch Anchi sah wohl, daß die Schwester den Blick nicht von Dersened lassen konnte. Sie selber fand ihn derb und gewöhnlich. Viel besser gefiel ihr der schlanke, schwarzlockige Junge, der den Ringer in den Pausen betreute, ihm Wasser über den Kopf goß, seine Beine massierte und den Rücken, Brust und Arme noch einmal mit Öl einrieb.

Zur Enttäuschung der Arbeiter verließ die königliche Familie den Kampfplatz, noch bevor ein Sieg errungen worden war.

Später hockten Dersened und Tenti nebeneinander auf einem Felsplateau und blickten über die Wüste. Sie waren beide aufgeregt. Endlich hatte ein Ereignis die öde Langeweile durchbrochen.

»Der Pharao ...«, begann Tenti, doch der Ältere fuhr ihm ins Wort: »Alle haben Angst vor ihm – aber warum? Hast du die dünnen Arme gesehen und die Beine? Hühnerbeine! Ich würde ihn beim Ringen sofort auf den Boden legen!«

»Er macht sich ja wohl auch gar nichts aus dem Ringen!«

»Eben, er macht sich nichts draus, weil er weiß, daß er selber nie ein guter Ringer wäre!«

Vielleicht hatte Dersened recht, aber etwas anderes interessierte Tenti mehr. »Aber die Prinzessinnen – die waren schön!«

Dersened schnaufte verächtlich: »Schön? Die dürren Gänschen? Da bin ich anderes gewohnt!« Er grinste selbstgefällig.

Tenti wußte, daß der Freund oft abends in das Haus eines syrischen Arbeiters ging, in dem es von Töchtern nur so wimmelte. Die Familie hatte daraus ein einträgliches Gewerbe gemacht, indem sie einige der Mädchen ab und zu an die vereinsamten Arbeiter vermietete, welche von ihren körperlichen Bedürfnissen gequält wurden. Dersened hatte die Zweitälteste, ein dralles, dunkelhäutiges Ding, erwählt. Sie war sehr dumm, aber in Liebesdingen erfahren. Tenti fand das Mädchen abstoßend, dagegen die Prinzessinnen wunderschön. Er dachte an die schlanken, zarten Körper unter den Schleiergewändern, an das feine, stolze Gesicht der Älteren und mehr noch an die lustigen dunklen Augen der Jüngeren, die ihn oft angeschaut hatten. Wie kokett die Jugendlocke, die sie noch trug, ihr über die Schulter baumelte! In dieser Männergemeinschaft war es etwas Wunderbares gewesen, wieder einmal Frauen zu sehen. Und plötzlich packte ihn eine heftige Sehnsucht nach der Mutter.

»Werden wir bald nach Hause gehen können?«

Dersened blickte den Freund von oben herab etwas hochmütig an: »Wie kommst du darauf, Kleiner? Wir werden doch noch gebraucht! Der Pharao will außer dem Grab einen Totentempel haben und noch mehr Gräber – zum Beispiel eins für die Königsmutter. Und Hofleute lassen sich hier auch Gräber errichten. Vor allem muß jetzt das Königsgrab eingerichtet werden, und wir müssen alles hineinbringen, was ein Toter später so braucht. Wenn die Maler die Wände bemalt haben, werden wir die Möbel und Truhen und Särge hineinschaffen. Dazu werden starke Männer gebraucht!«

Tenti nickte. »Besonders die Götterfiguren sind schwer!«

Dersened lachte auf: »Götter? Der Pharao will doch keine Götter im Grab haben. Er meint ja, daß es gar keine Götter gibt!«

Tenti erschrak: »Aber wer führt dann die Toten ins Totenreich?«

Dersened zuckte die Schultern. »Ich weiß nicht. Glaubst du denn an die Götter? Der Pharao ist schwach, aber klug. Er wird schon Bescheid wissen. Er sagt, daß es nur die Sonne gibt. Aber die kann doch kein Gott sein! Sie hat keinen Kopf zum Denken, keine Beine zum Laufen, nur viele Hände. Aber wozu sind die nütze? Im Totenreich können sie einen nicht führen, weil die Sonne ja nur im Hellen sein kann und nicht im dunklen Grab. Ach, aber mir ist's egal. Es dauert ja noch lange, bis wir sterben werden!«

Tenti schauderte. Er fiel in ein tiefes Loch von Einsamkeit und Angst. Er sehnte sich nach zu Hause, nach dem Wohnraum mit den vielen Hausgöttern in Ecken und Nischen, die man um eine Gunst bitten oder ihnen einen Kummer anvertrauen konnte. Er sehnte sich danach, mit dem Vater zum Nil zu gehen und dem Hapi ein heimliches Opfer zu bringen. Und er wünschte sich verzweifelt, daß ihn nach seinem Tode der Gott Osiris an die Hand nehmen und in die Unterwelt geleiten würde.

Der König behauptete, daß all diese Götter nur eine dumme Einbildung wären. Aber der Vater war nicht dumm. Er war ein kluger Mann und wußte Bescheid. Er glaubte an die Götter, und vielleicht war er sogar klüger als der Pharao!

14. Kapitel

Die Prinzessin Anchesenpaaton hockte auf einem Kissen und verzehrte mit Behagen das Bein einer gebratenen Ente. Zwischen zwei Bissen pflückte sie blaue Beeren von einer taufeuchten Traube, die vor ihr auf einem kleinen Tisch lag, und zerdrückte sie genüßlich mit der Zunge. Sie aß für ihr Leben gern, und man sah es der noch kindlich wirkenden Gestalt der Dreizehnjährigen an. Bis auf die schlanken Arme war alles rund an ihr: die Wangen, der gewölbte Bauch, das pralle Gesäß und die Schenkel.

Wie anders war ihre Schwester Maketaton gebaut, die an der Brüstung der Terrasse lehnte und in den Garten des Harims blickte! Sie war zart und schmal, so der Rücken, an dem unter dem durchsichtigen Stoff die Schulterblätter deutlich hervortraten, die langen Beine und schlanken Arme, die bewegungslos an den Seiten des Körpers herabhingen. Anchi wunderte sich, wie starr die Schwester dort stand, und trat, mit dem Entenbein in der Hand, neben sie. Neugierig schaute sie in die gleiche Richtung wie Maketaton. Sie war enttäuscht. Nichts anderes sah sie dort als ihre älteste Schwester Meritaton zusammen mit dem Mann, den sie bald heiraten würde, Semenchkare, den Sohn der Schwester des Vaters. Es war ein hübsches Bild, wie die jungen Leute dicht nebeneinander dort auf den Wegen zwischen Büschen und blühenden Pflanzen wandelten, beide im gleichen Alter, beide schön. Eben blieben sie stehen. Der junge Mann lehnte sich lässig auf einen langen Stab, den er in der Achselhöhle unter dem breiten, bunten Schulterkragen aus Perlen abstützte. Der athletische Oberkörper war unbekleidet, unter dem Bauchnabel ein kurzer, plissierter Rock um die Hüften gerafft. Die langen Zierbänder wehten im leichten Wind und verbargen kaum die muskulösen Beine, deren Füße in juwelenbesetzten Ledersandalen steckten. Auch an der blauen Lockenperücke war ein Zierband, wehte auf und berührte flüchtig Hals und Wangen. Semenchkare kümmerte sich nicht darum, sondern schaute Meritaton ernst in die Augen. Die Prinzessin lächelte und bückte sich, um ein paar Blumen zu pflücken. Ihr dünnes Leinenkleid schmiegte sich dabei an ihren Körper, so daß dieser fast nackt wirkte. Der Prinz nahm ihr die Blumen aus der Hand, roch daran und lächelte nun auch.

Anchesenpaaton lachte auf und stieß Maketaton in die Seite: »Ha, wie die sich anstarren! Ganz schön verliebt, die beiden. Findest du nicht auch, daß Verliebte meist ziemlich blöde sind, glotzen wie Kühe, gackern wie Hühner und werden rot wie Puten. Aber vielleicht gehört das dazu, wenn man später Kinder haben will, wie Kühe, Hühner und Puten auch!«

Die Schwester antwortete nicht, gab nur einen kleinen Laut von sich, der fast wie ein Schluchzen klang. Anchi schaute sie verwundert an und sah nun, daß Maketaton blaß geworden war und sich krampfhaft an der Mauerbrüstung festhielt. Doch die Finger verloren den Halt, das Mädchen glitt zu Boden und lag dort wachsbleich mit geschlossenen Augen.

Anchesenpaaton stürmte ins Haus. »Tiji,« rief sie, »komm schnell!«

Die Amme eilte herbei, gefolgt von Maketatons Amme, welche niederkniete und den Kopf der Prinzessin jammernd in ihren Schoß nahm. Tiji legte der Ohnmächtigen feuchte Tücher auf die Stirn und betupfte Schläfen und Nasenlöcher mit einem stark riechenden Parfüm.

Es dauerte nicht lange, bis Maketaton ihre Augen öffnete. Sie schaute verwirrt um sich und fragte: »Was ist?«, ließ sich dann aber aufhelfen und von ihrer Amme auf ein Ruhebett legen.

»Wir müssen den Arzt holen!« rief die dicke Person aufgeregt und wollte aus dem Raum laufen, aber mit erstaunlicher Energie setzte sich die Prinzessin auf und hielt die Frau am Ärmel fest: »Bleib hier, ich will keinen Arzt, ich brauche keinen!«

Es war ein Befehl, und die Amme blieb gehorsam stehen. Sie senkte den Kopf und klagte nur noch leise vor sich hin. Maketaton blickte die beiden Frauen und die Schwester mit ihren großen dunklen Augen im noch immer kalkweißen Gesicht gebieterisch an: »Laßt mich jetzt allein«, sagte sie, »ich will allein sein!«

Anfang November, als nach dem Einsickern und Ablaufen der Überschwemmungen auf den Feldern gepflügt und gesät wurde, feierte der Hof die Hochzeit von Meritaton und Semenchkare.

So hatte es der Pharao bestimmt, weil die Hoffnung auf Fruchtbarkeit des Landes ein Symbol sein sollte für die Fruchtbarkeit des jungen Paares. Ob nun eine seiner sechs Töchter, die Lieblingstochter, ihm im Enkel endliche einen männlichen Erben schenken würde?

Eine Feier im Tempel war nicht üblich, aber am Morgen des Festtages standen Echnaton und Nofretete doch vor Atons Altar, legten Opfergaben von Brot, Bier, Blumen, Früchten und Weihrauch nieder und baten darum, daß gnädige Strahlenhände die Tochter berühren würden.

Wie bei den Bürgern des Reiches hatte auch der Pharao auf die üblichen Präliminarien bestanden, obgleich sie hier eher einen symbolischen Charakter hatten. Eine »Eheurkunde« mußte eigentlich vom Schwiegervater der Frau ausgestellt werden. Weil dieser schon verstorben war, wurde sie hier vom König selbst gezeichnet. In einem feierlichen Akt geschah die »Überreichung der Jungfrauengabe« von Semenchkare an Meritaton. Beim Bürger hätte diese hauptsächlich aus Getreide und Vieh bestanden, hier war es statt dessen eine Hundertschaft von besonders gut gewachsenen und dienstbereiten Sklaven und eine Fülle von Gebrauchsgegenständen und Schmuck. Diener schleppten Truhe um Truhe heran, die mit schimmernden Kostbarkeiten gefüllt waren: Kolliers aus Gold, Fayence und Edelsteinen, Gürtelschnallen, Arm- und Fußreifen, nach neuster Mode lange Ohrgehänge und Ringe, die den glückbringenden Skarabäus in Türkis trugen. Kopfstützen waren aus Elfenbein gebildet.

Ein Schmuckkästchen aus vergoldetem Holz barg einen Halskragen aus blauem und rotem Karneol und Feldspat. Die Köpfe zweier goldener Horusfalken bildeten den Verschluß. Alabastervasen und solche aus dem teuren und kostbaren Silber zeigten Blüten- und Fruchtformen. Aus poliertem Silber war auch ein Spiegel, den eine nackte, kleine Schönheit in hocherhobenen Händen hielt.

Eine besondere Gabe war liebevoll vom künftigen Ehemann ausgedacht: Sie bestand aus einem schönen Behälter in Form einer Palme aus Goldblech, Elfenbein, Glas und Halbedelsteinen, der Schreibbinsen enthielt und einen dazu passenden Glätter für Papyrusblätter aus Elfenbein. Der schriftkundigen Meritaton war das eine große Freude.

Mitri, der krummbeinige Zwerg, der Meritatons Schmuck verwaltete, trug jetzt mit wichtiger Miene eine schwere Truhe aus Ebenholz mit eingelegtem Perlmutt herbei, die er mit seinen kurzen Ärmchen nur mühsam umspannte. Als man den Deckel aufklappte, lag darin ein zauberhaftes Diadem, ein Kranz von sich öffnenden Lotosblüten in Gold und Lapislazuli, der die Uräusschlange an der Stirn einschloß. Anchi hob es heraus und setzte es Meritaton auf das Haar. Die Schwester wollte abwehren, doch der Übermut der Jüngeren ließ keinen Halt zu, Anchi wühlte in all den Kostbarkeiten, zog Ketten, Armspangen, Broschen, Ringe und Ohrgehänge hervor und schmückte Meritaton damit. Auch Maketaton beteiligte sich. Schließlich sträubte sich die Ältere lachend, weil ihr das Allzuviel an Metallen und Edelsteinen zur Last wurde. Nun begann sich Anchi selber zu schmücken, hängte sich kichernd Ketten um, schlüpfte in Arm- und Fußbänder. Maketaton, die in den letzten Wochen ernster und stiller geworden war, bekam ein wenig Rot auf die blassen Wangen und probierte Ohrgehänge und Ringe, die aber immer wieder über die allzudünnen Finger rutschten. Es war eine heitere Stunde für die drei Schwestern. Sie lachten gemeinsam über ein hölzernes Äffchen, das ein Schminktöpfchen trug, bewunderten ein zierliches goldenes Sonnenvögelchen, das als Anhänger einer Kette diente, und versicherten sich immer neu, daß sie kaum je eine so schöne Schmucksammlung gesehen hätten. Schließlich wurden die Schätze wieder in ihre Behälter zurückgelegt und von den Dienern in die Vorratskammer gebracht, wo sie bis zur Hochzeit bleiben sollten.

Die Mädchen ahnten nicht, daß sie nie wieder eine solche Gemeinsamkeit erleben würden.

An einem schwül-heißen Tag erklärte der Pharao vor vielen Verwandten und Freunden Semenchkare und Meritaton zu Eheleuten. Beim Festmahl saßen die beiden eng nebeneinander, aßen nicht viel, sondern blickten sich immer wieder zärtlich an. Die Großmutter Teje sah das Glück der Jungen mit Befriedigung. Auch diese Ehe war aus dynastischen Gründen geschlossen worden. Echnaton brauchte einen männlichen Erben und bevorzugte einen aus der eigenen Familie. Doch der Neffe konnte nur König werden, wenn er eine legale Tochter des jetzigen Pharaos heiratete. Es kam nicht oft vor, daß eine solche aus Staatsraison geschlossene Ehe auch eine Liebesheirat war.

Nach dem festlichen Essen gab es, wie gewohnt, Musik, Tänze und Vorträge von Gedichten devoter Höflinge, aber in der Schwüle klang die Musik matt, waren die Tänzer müde, und den Dichtern fehlte das Feuer. Der Pharao entschloß sich, die Festgemeinschaft zu verlassen und mit der engeren Familie eine Fahrt auf dem Nil vorzunehmen.

Das Schiff des Königs lag im Hafen unterhalb von Achetaton bereit. Schon am Ufer war der Geruch des seltenen und kostbaren Zedernholzes, aus dem es gefügt war, zu spüren. Am Bug und am Heck trugen geschnitzte Falkenköpfe die weiße Krone von Unter- und die rote von Oberägypten. Ein an der Seitenwand aufgemaltes Kuhauge bedeutete die Beschwörung für eine gute Fahrt. Als die Reisegesellschaft das Deck betreten hatte, legte das Schiff ab. Der Versuch, die Flußabwärtsströmung in der Mitte des Nils zu gewinnen, brachte kaum Fahrt, weil der Fluß wenig Bewegung zeigte. Auch fehlte Wind, und die Segel hingen schlaff. So mußten sich die Rudersklaven in die Riemen legen nach dem Kommando der beiden Aufseher, die ihre Wedel im Rhythmus schwangen. Auf zwei überdachten Podesten standen Ruhebetten, eins für Nofretete, das zweite für die Königsmutter Teje, neben der in einem Sessel ihre Tochter Isis, die Mutter von Semenchkare saß. Anchesenpaaton streifte über das Deck, neckte die Matrosen und ließ sich zeigen, wie einer von ihnen die Takelage hinaufkletterte. Am Bug stand das junge Paar neben dem König. Doch die glückliche Aura, die die beiden umgab, griff nicht auf Echnaton über. So sehr er versuchte, ihre Heiterkeit mitzuempfinden, gelang es ihm nicht. Die schwüle Luft, der träge Fluß bedrückten ihn. Sein Blick streifte besorgt die Ufer, an denen Bauern und Fischer beim Anblick des königlichen Schiffes in die Knie gesunken waren. Es gab kaum Jubelrufe, kein fröhliches Armeschwenken. Die Menge blieb still.

Die Ernte war in diesem Jahr nicht gut, weil sich das Flußwasser zu früh zurückgezogen hatte, um genügend fruchtbaren Nilschlamm auf den Feldern niederzulassen. Das Korn hatte nur dürre Ähren, das Vieh wenig Futter, Gemüse und Früchte waren klein und vom Ungeziefer verseucht. Der Pharao wußte, daß in der Bevölkerung Unruhe herrschte, daß wieder einmal dem König die Schuld für den Mangel zugeschoben wurde, weil er verhinderte, daß man die alten Götter um Erntesegen anflehte. Aton, so meinten die Menschen, schickte nur seine dörrende Glut vom Himmel herab und half ihnen nicht. Echnaton seufzte. Wie einfältig sie waren! Auch zur Zeit der alten Götter hatte es magere Jahre gegeben. Und hatte Echnaton der Bevölkerung nicht jüngstens einige Zugeständnisse gemacht, indem er die harten Strafen milderte, die früher bei der Entdeckung von Hausgöttern und heimlichen Altären für Amun-Re, Isis, Osiris, Hapi und andere Selige üblich gewesen waren? Aton gegenüber drückte ihn deshalb ein Schuldgefühl. Warum konnte er nicht mehr wie früher die Sorgen einfach beiseiteschieben? War das Schwäche oder Altersmüdigkeit? Sollte er den Neffen und Schwiegersohn Semenchkare zum Mitregenten ernennen? Der heitere, ruhige Prinz war im Volk beliebt. Er bewunderte Echnaton und wurde darin von Meritaton unterstützt. Auf seine Loyalität konnte sich der König verlassen. Nachdenklich beobachtete er das junge Paar. Unberührt von der Umwelt schauten sie einander an, in sich versunken, strahlend vor Glück. Nun konnte es sicher nicht mehr lange dauern, bis wieder ein Kind in der königlichen Wiege liegen würde, vielleicht endlich ein männlicher Erbe des Thrones, der dann später Echnatons religiöse und politische Ideen weitertragen und im Volk immer mehr festigen konnte. Und doch erschien ihm dieser Traum plötzlich allzu mühsam und vorgetäuscht.

Er wurde abgelenkt. Im mittleren Schiff gab es Unruhe. Dort hatte an einem Pfosten des Baldachins über Nofretetes Ruhelager Maketaton gelehnt und abwesend auf den trägen Nil gestarrt. Fischer schienen sie zu interessieren, die zwischen zwei Papyrusbooten ein Netz ausgespannt und es eben hochgezogen hatten. Sie ließen die wenigen Fische auf den Boden ihrer Boote gleiten. Einer der Männer nahm ein Messer und schnitt dem größten Fisch lachend den Kopf ab. Der Leib ohne Kopf zappelte noch eine Weile, Blut spritzte. Maketaton stieß einen leisen Entsetzensschrei aus und sank bewußtlos zu Boden. Erst jetzt hatten die Fischer die Königsbarke erkannt und knieten nun, die Köpfe gesenkt, zwischen den zappelnden Fischen in ihren Booten.

Nofretete beugte sich zur Tochter herab, zog ein Riechfläschchen aus einer kleinen Truhe mit Schminksachen, die neben dem Lager stand, und betupfte die Schläfen der Prinzessin. Dann befahl sie den herbeieilenden Dienern, Maketaton auf das Ruhebett zu legen und für die Königin selbst einen Sessel danebenzustellen. Dort saß sie schließlich und hielt die Hand der Tochter, als diese erwachte. Echnaton war nähergetreten. Er schob Anchi, die sich neugierig über das Bett lehnte, beiseite und sah Nofretete fragend an. »Die Hitze«, murmelte diese, »und der Tod des Fisches, das Blut – Maketaton ist empfindlich, war es schon immer!«

Der König nickte und blickte noch einmal auf die blasse, matte Tochter. Er ging wieder zum Bug, wo das junge Paar in seiner Versunkenheit nichts von alledem bemerkt hatte. Nofretete mochte recht haben und Maketaton sich bald wieder erholen. Doch eine leichte Bedrückung blieb, war wie ein Kieselstein, der sich zu der steinigen Last der Sorgen gesellte und sie schwerer machte. Als er an seiner Mutter vorüberging, sah er sie kurz an. Teje war in letzter Zeit alt geworden. Ihr Körper, klein und mager wie der eines Kindes, lehnte in den Kissen. Auch das Gesicht wirkte geschrumpft, und die gelblichbraune Haut spannte sich über den Backenknochen. Jung allein wirkte der volle, geschwungene Mund. Sie hatte die Augen halb geschlossen und schaute ihn an. Echnaton erschrak, denn in diesem Blick meinte er Ironie zu lesen.

15. Kapitel

Im März des neuen Jahres versuchten die Bauern zu ernten, aber das Ergebnis war noch schlechter als im Jahr davor. Seneb hockte vor seiner Hütte und blickte finster über das staubige, stopplige Emmerfeld. Die dürren Ähren des ägyptischen Weizens hatten so wenig Körner gehabt wie kaum einmal vorher. Auch wenn er den Kopf wandte, wurde er nicht fröhlicher. Der Feigenbaum neben seinem Haus war kahl. Ein Heuschreckenschwarm hatte ihn in einer Stunde leergefressen. Auf Senebs süße Lieblingsfrüchte, die nicht nur gut schmeckten, sondern auch guten Verdienst brachten, würde man in diesem Jahr verzichten müssen. Aus dem dumpfen Brüten ließ er sich auch nicht lösen, als der Fischer Hui sich neben ihn setzte.

»Was ist los mit dir, Seneb, mein Freund?« fragte der Kleine betont munter, obgleich er genau wußte, was Seneb bedrückte. Zaghaft fügte er hinzu: »Wollen wir nicht einen Schluck von deinem köstlichen Bier trinken, damit wir fröhlicher werden?«

Seneb sah ihn unwillig an: »Was denkst du? Du weißt ganz genau, daß wir, um satt zu werden, eigentlich jeden Tag auf den Kopf fünf Brote und zwei Krüge Bier bräuchten. Und wieviel haben wir jetzt? Drei sehr kleine Brote und einen sehr kleinen Krug Bier, und den hab ich schon getrunken!« Nach kurzem Überlegen fugte er hinzu: »Also gut, wenn du mir einen Fisch bringst, kriegst du auch Bier!«

Jetzt fing Hui an zu jammern: »Woher soll ich den Fisch nehmen, wenn der Hapi immer weniger Wasser bringt und die Fische irgendwo anders versteckt? Mein Netz bleibt meistens leer, und die Frau schreit mich an, wenn ich wieder mal nur mit einem fingerlangen Fischlein nach Hause komme. Sie sagt, ich würde immer fauler und immer dümmer und hätte vergessen, wie man es macht, Meeräschen und Barsche zu fangen, geschweige denn einen Hecht. Ich würde im Boot liegen und schlafen, während die Fische sich über mich lustig machen und davonschwimmen. Oder ich würde sie mir vom Steuereinnehmer wegnehmen lassen, damit der Pharao fett wird!«

Seneb nickte finster: »Der Steuereinnehmer soll verrecken und der Pharao auch, weil er uns alles wegnimmt, so daß wir hungern müssen. Und wofür? Damit er seinem Gott Aton neue Tempel bauen kann und immer neue Gräber für die Familie!«

Hui packte den Freund erschrocken am Arm: »Bist du verrückt, so was zu sagen?« flüsterte er und schaute sich ängstlich um. »Willst du ins Gefängnis kommen oder verprügelt werden?«

Seneb schüttelte ihn ab: »Ach, das ist besser, als zu verhungern!« Dann drehte er sich um und rief: »Frau, hör mal, bring den Krug mit Bier, der für morgen bestimmt ist. Hui und ich müssen uns dringend betrinken!«

Hemet erschien in der Tür, die Arme in die Hüften gestemmt. »Du bist nicht bei Troste, Bauer! Und morgen willst du dann das Bier für übermorgen trinken und vielleicht auch noch das für überübermorgen, wenn du wieder unnötige und aufdringliche Gäste bewirtest und so weiter und so fort, bis eines Tages überhaupt kein Bier mehr da ist und nur noch Heulen und Jammern!«

»Rede nicht, Weib, bring den Krug!« murrte Seneb.

Hemet zog sich zornig schimpfend zurück, aber sie gehorchte. Doch auch das Bier machte die beiden nicht fröhlicher. Der Himmel hatte sich bezogen. In der drückenden Schwüle schien die Luft kaum zum Atmen zu sein. Die Haut war trocken und juckte. »Ich fürchte, es kommt ein Sandsturm!« sagte Seneb finster.

Hui sprang auf: »Meinst du? Dann muß ich nach Hause, die Hühner und die Ziege hereinholen und den Trockenfisch von der Leine nehmen, damit er nicht verdirbt!« Mit seinen kurzen Beinen sprang er eilig den Berg hinunter.

Seit vielen Jahren wurden nun in der Wüste bei Achetaton Gräber gebaut. Dasjenige für die königliche Familie war schon lange fertiggestellt. Aber danach errichtete man eins für die Königsmutter Teje, und seitdem baute man ständig neue Gräber für Hofbeamte. Tenti und Dersened waren noch immer dort tätig. Der Bezirk wurde nun nicht mehr abgesperrt wie einst, und die Arbeiter konnten, wenn sie wollten, ins Dorf gehen.

Das war ein Vorteil, aber ein Nachteil, daß jetzt der Verdienst immer geringer wurde. Sie erhielten weniger Getreide und kaum Hülsenfrüchte zugeteilt, und das Essen, das die Männer am Abend einnahmen, wurde immer schlechter. Es gab kaum Fleisch und wenig Fisch, hauptsächlich klitschiges Brot und Linsen, die den Bauch blähten und schlechte Laune machten. Tenti erhielt von seiner Mutter ab und zu ein Stück Fleisch zugesteckt, wenn sie ein Huhn geschlachtet hatte, und Dersened brachte manchmal von zu Hause etwas Trockenfisch mit. Die beiden Freunde teilten alles, wobei Dersened bestimmte, wie das vor sich gehen sollte. Tenti war damit zufrieden. Er bewunderte den Freund, der so viel mehr wußte und konnte als er selber und beim Grabbau Kenntnisse erworben hatte, die ihn zu einem beliebten Vorarbeiter machten und ihm Einsichten gaben, die ein gewöhnlicher Arbeiter nicht erhielt.

Besonders nützlich war sein Wissen, als der große Sandsturm kam. Von Wüste umgeben, war man hier seiner Gewalt viel mehr ausgesetzt als die Leute im Dorf und in der Stadt. Am Vormittag hatte sich der Himmel zu einem bedrohlichen Grauviolett verdunkelt. Stille herrschte, in der man sein Herzklopfen zu hören meinte. Plötzlich brach es los. Mit sirrendem Zischen fuhr der Sandsturm über das Arbeiterdorf, warf Lehmziegel von den Dächern, stürzte Mauern ein, traf schneidend die nackten Arme und Beine der Männer, drang in Augen und Nasen. Man konnte nichts sehen und kaum atmen. Die Männer warfen ihr Handwerkszeug fort und versuchten, sich in den Häusern zu verstecken, flohen aber wieder, weil die leichten Wände einzufallen drohten. Sie warfen sich auf den Boden, versteckten die Gesichter zwischen den Knien und zogen die kurzen Lendenschurze, welche sie nur ungenügend bedeckten, über sich. Wie mit Messern schnitt der Sand in ihre Rücken, so daß sie laut jammerten.

Dersened hatte Tentis Hand ergriffen: »Komm!« Ein Stück Weges wurden sie, gepeinigt von Wind und Sand, vorangetrieben, bis sie atemlos an einem hohen Felsen ankamen. Dersened schob dort einen größeren Stein beiseite und zog den Freund in eine Höhle. Er verschloß den Eingang wieder. Der Sturm konnte sie hier nicht erreichen. Aufatmend lehnte sich Tenti zurück, doch dann fing die Finsternis an ihn zu bedrücken. Erleichtert hörte er Derseneds Stimme: »Warte einen Augenblick!«

Es folgte ein Rascheln, Schaben und. Zischen. Funken sprühten auf. Dunkelheit und Funkensprühen wechselten, und dann erkannte Tenti, daß der Freund mit einem Stock in einem Stein rieb. Schließlich schoß eine kleine Flamme hoch. Ein Funke hatte den Docht entzündet, der in einem mit Öl gefüllten Tongefäß schwamm. Dersened lachte über Tentis verdutztes Gesicht, setzte sich neben ihn und stellte die Öllampe vor sie hin. An der Felswand gegenüber waren weitere Öllampen, lag Handwerkszeug – Hammer, Meißel, Hacken, Stricke – und stand ein Tontopf, aus dem Dersened mit einer Scherbe Wasser schöpfte und dem Freund zu trinken anbot, stolz wie ein Schloßherr, der einen Gast bewirtete.

Tenti rieb sich die Augen. »Wo sind wir?« fragte er benommen.

Dersened tat, als wenn er sich mit dem Docht der Lampe beschäftigen müßte. Dann murmelte er: »Du darfst es niemanden sagen, hörst du?« Und drängender: »Du mußt den Mund halten, denn wenn du es jemandem erzählst, ist alles vorbei!«

»Was ist vorbei?«

Dersened war aufgestanden und lehnte an der Höhlenwand. Er sah den Freund mit gerunzelter Stirn fest an: »Schwöre bei Osiris, daß du es niemandem erzählst!«

»Warum bei Osiris?«

»Weil er der Gott der Unterwelt ist.«

Tenti schauderte, doch die Neugier ließ ihn flüstern: »Ich schwöre es beim Gott Osiris, daß ich niemandem etwas sagen werde!«

Dersened zögerte einen Moment, dann holte er tief Luft, und nun sprudelte eine Sturzflut von Worten aus ihm hervor, atemlos und erleichtert, daß er sein Geheimnis endlich mit jemandem teilen konnte. Fragen von Tenti wurden überspült, aber aus dem Durcheinander von Erzählung und Ausrufen, von Gesten und Hinweisen erfuhr dieser nun, daß sie in einer Höhle saßen, welche an der

Rückseite des Felsens lag, in dem vor ein paar Wochen die Königsmutter Teje in ihr Grab gelegt worden war. Dersened hatte die Höhle zufällig entdeckt und sich nach der Arbeit öfter hier im Kühlen zum Ausruhen hingelegt. Nach und nach war ein Plan in ihm entstanden, der schwierig und gefährlich war, ihn aber immer stärker in seinen Bann zog und den er begonnen hatte zu verwirklichen.

Der Kalkstein war hier besonders weich und Dersened bemüht, in ihn einen Gang bis zum Grabgewölbe zu bohren. Er hob die Öllampe und zeigte Tenti, daß er schon ein kleines Stück gegraben hatte. Schutt lag an der Hinterwand, daneben war ein Loch in halber Menschenhöhe. »Kriech rein!« verlangte Dersened. »Du wirst sehen, daß ich ganz gut vorangekommen bin.«

Tenti wehrte erschrocken ab. »Aber was willst du in dem Grab?« fragte er atemlos. »Und was sagen die Götter dazu, wenn du der toten Königin ihre Ruhe nimmst!«

»Es gibt dort keine Götter!« sagte Dersened entschieden, und als er des Freundes zweifelnde Miene sah: »Der Pharao hat keine Götter an die Wände malen lassen und keine Figuren von ihnen aufgestellt. Sie sind dort also gar nicht vorhanden. Es sind nur Bilder von der Königsfamilie da, wie sie im Garten sind, wie sie Boot fahren und ein Gastmahl halten. Der König duldet keine Götter, also können sie uns auch nicht bestrafen!«

»Aber der Gott Aton?«

»Aton, die Sonnenscheibe? Vor ihr brauchst du keine Angst haben. Sie ist da oben im Hellen, kommt aber nie in die Dunkelheit. Das weiß jedes Kind!«

»Was willst du in dem Grab?« wiederholte Tenti.

Dersened antwortete zögernd: »Neben den Sarg hat der Pharao viele, viele Schätze aufstellen lassen, die die Königin mit ins Totenreich nehmen soll, goldene Schüsseln und Becher, Kästen mit Eßwaren, aber auch Kästen mit Schmuck, Kleidern, Schminksachen und eine Menge Uschebtis – du weißt, kleine Diener aus Stein und Silber, die für Königin Teje im Jenseits arbeiten sollen. Ich habe alles mit reingetragen, hab alles gesehen.«

»Du willst doch nichts davon fortnehmen?« flüsterte Tenti.

Dersened warf den Kopf zurück: »Was braucht die Königsmutter so viel Zeug im Totenreich, während wir hier hungern! Schon lange habe ich meinen Verdienst nicht mehr erhalten, keinen Weizen, keine Linsen, kein Leinen, obgleich ich mich krumm und lahm gearbeitet habe. So will ich mir wenigstens das nehmen, was mir zusteht!«

»Aber was willst du mit den Sachen machen?«

Dersened zeigte ein listiges Gesicht: »Auf dem Markt habe ich neulich einen wandernden Händler kennengelernt, der Gold kaufen wollte, und ich hab ihm schon etwas versprochen. In ein paar Wochen kommt er wieder. Bis dahin muß ich den Gang fertighaben, und das werde ich, weil du mir dabei hilfst!«

Im Harim eilten Diener und Sklaven durch die Räume und bedeckten Fenster und Türen mit Matten. Maketaton stand an der Tür zum Garten, die man mit einem dünnen Leinenstoff verhängt hatte, und starrte durch das transparente Gewebe in das wilde Toben draußen. Die neugepflanzten Tamariskenbäume bogen sich fast bis zur Erde, die Palmen versuchten verzweifelt ihre Blätter zurückzuhalten – ohne Erfolg, denn der Sturm riß sie ab und wirbelte sie durch die Luft. Im Nu waren die bunten Blumenbeete mit Sand bedeckt, und bald konnte man keinen Garten mehr sehen, nur noch Wüste.

Anchi beobachtete die Schwester, wie sie dort stand, mit dem gewölbten Leib und einem trostlosen Gesicht, dessen Miene das Chaos draußen mit dem in ihrem Inneren in Parallele zu setzen schien. Seit Wochen sprach sie kaum ein Wort, antwortete nur mit »Ja« oder »Nein«, wenn man ihr etwas anbot. Sie war nicht bereit, den Vater ihres Kindes zu nennen, auch nicht der Mutter gegenüber, auch nicht dem Pharao, der erst liebevoll, dann streng und böse dessen Namen erzwingen wollte. Im Geheimen bewunderte Anchi den Mut der Schwester. Eigentlich war Maketaton immer ängstlich und empfindlich gewesen, doch jetzt blieb sie standhaft. Anchi, die nie die gleiche Zuneigung zu ihr gehabt hatte wie zu Meritaton, begann sich Maketaton zu nähern. Doch auch sie konnte deren Einsilbigkeit nicht lösen, etwas erfahren und ihre Neugier befriedigen. Anchis mitleidige Fragen wurden freundlich, aber entschieden abgewehrt. Die Jüngere versuchte das zähe Schweigen immer wieder zu durchbrechen. Sie tat es auch für sich selbst, denn ihr fehlte die Nähe von Meritaton, die mit Semenchkare zusammen in ihrem schönen Palast am Rande von Achetaton lebte, in ihrem Glück alles andere vergaß und auch ein Kind erwartete. Anchi brauchte Gemeinschaft. Die drei jüngsten Schwestern, Neferneferuaton Tascheri, Neferneferure und Setepenne waren noch zu klein dafür. Auch fand Anchi, daß deren Ammen sie allzusehr verwöhnten, so daß die Mädchen laut, ungebärdig und anspruchsvoll waren. Sie zankten sich viel. Zu unrecht meinte Anchesenpaaton, daß Meritaton, Maketaton und sie selber nie ein solches Benehmen gezeigt hätten.

Ganz anders als die jüngeren Schwestern war der zweijährige Tutanchaton, Sohn der Kiya und ihr Halbbruder. Anchi liebte ihn und holte ihn oft zu sich, um mit ihm zu spielen, wie auch jetzt. Sie hockten beide am Boden auf niedrigen Kissen und bauten mit kleinen Tierfiguren aus schwarzem Ebenholz einen Zoo auf, wie es ihn wirklich im Harimsgarten gab. Tutanchatons Gesichtchen war ernst, und als Anchi einen kleinen hölzernen Löwen auf Rädern herbeifuhr, der das Maul auf- und zuklappte, stieß er einen ängstlichen Laut aus, griff nach einem schöngeschnitzten Zicklein und barg es in seinen Armen.

»Keine Angst«, rief Anchi beruhigend, »er tut doch nur so, als wenn er dein Zicklein fressen will. Er macht nur Spaß, denn eigentlich ist er ein sehr lieber Löwe!«

Doch weil der Kleine das Zicklein nicht aus dem Arm lassen wollte und sie mit seinen großen Augen beschwörend anschaute, ließ sie den Löwen rasch hinter einem Kissen verschwinden. »Siehst du, jetzt ist er weg!«

Tutanchaton lächelte und setzte das Zicklein vorsichtig zu den anderen Tieren. Wie schön der Junge war! Anchi konnte sich an ihm nicht satt sehen: der feine, zart gebildete Oberkörper über dem winzigen Lendenschurz, die Haut, glatt wie Seide, Arme, Hände, Beine und Füße noch rundlich, aber mit anmutigen Bewegungen vor allem der Hände, die zierlichen Finger mit Nägeln, die wie Rosenknospen aussahen! Das ovale Gesicht hatte edel geformte Ohren, die eng am Kopf lagen, eine gerade Nase, einen Mund mit geschwungener Oberlippe und Augen, die glänzend und groß, aber immer etwas verhangen blickten. Der Prinz war meist ernst, doch wenn er lachte, strahlte sein Gesicht einen bezwingenden Zauber aus. Kaum jemand konnte sich dem entziehen. Auch nicht der Pharao, der eben eintrat, die verwehten Kleider vom Sand abbürsten und vom Diener ordnen ließ. Er besuchte den Sohn jetzt häufiger, nachdem dessen Mutter gestorben war. Obgleich nur eine Nebenfrau, hatte Echnaton die Nubierin Kiya hochgeachtet, ja geliebt, eine Liebe, die er auf deren Sohn übertrug.

Er befahl den Sklaven, die bei seinem Erscheinen in die Knie gesunken waren, mit einer Handbewegung, ihre Arbeit an den Fenstern fortzuführen, ließ sich einen Sessel heranschieben und nahm Tutanchaton auf den Schoß, der sich an ihn schmiegte. Echnaton küßte den Jungen und streichelte ihn.

»Nie hat er mich so gestreichelt«, dachte Anchi, doch sie schüttelte die Eifersucht rasch ab. Sie war nicht sentimental und billigte, daß der Pharao glücklich darüber war, daß er endlich einen Sohn im Arm hielt, den einzigen Sohn seiner vielen Kinder, wenn diesem auch die Legalität fehlte.

Nofretete lag im verdunkelten Zimmer auf ihrem Ruhebett, schaute in das flackernde Licht der Alabasterlampen und horchte auf das Toben draußen. Wo mochte der König sein? Sie sorgte sich. Er schien seit einiger Zeit gealtert zu sein, hatte Falten im Gesicht und auf der Stirn, die Augen blickten müde. Sein Gang war nicht mehr so elastisch wie früher und die Haltung nicht mehr so aufrecht. Die letzten Jahre hatten ihm sehr zugesetzt, die schlechten Ernten, Unruhen in der Bevölkerung, die die alten Götter herbeisehnte, Hofbeamte, die hinter seinem Rücken mit den Priestern in Memphis und Theben konspirierten, auch private Kümmernisse, die geheimnisvolle Schwangerschaft von Maketaton, der Tod der geliebten Mutter Teje und der von Kiya.

Wenn Nofretete ganz ehrlich war, mußte sie zugeben, daß das Sterben der Nebenfrau ihr nicht die gleichen Schmerzen bereitete wie dem König. Als Echnaton das Mädchen aus dynastischen Gründen heiratete, um dem Nachbarn im südlichen Niltal, dem nubischen König, einen Gefallen zu tun, war Kiya noch sehr jung, wild und ungeschliffen. Nofretete nahm sie in ihre Obhut, kleidete sie statt in die barbarischen bunten Gewänder ihrer Heimat in weißes Leinen, öffnete die eigene Schmuckschatulle, legte ihr Ketten, Armbänder und Ringe an und zeigte ihr, wie man sich schminken mußte. Nur gegen eine ägyptische Frisur wehrte sich das Mädchen standhaft. Bis zu ihrem Tode trug sie die nubische Perücke mit breiter Seitenlocke, unter der ein großer, goldner Ohrring hervorschaute. Im Verlauf der Jahre war Kiya zu einer Schönheit herangereift mit schmalem Gesicht, einer edlen, geraden Nase, mandelförmigen Augen unter stark gewölbten Brauen und einem lieblichen Mund. Hochaufgerichtet, mit langem, gerecktem Hals, wurde ihre Haltung von den jungen Frauen des Hofes oft nachgeahmt wie auch ihr vorzügliches Benehmen und die Eleganz ihrer Kleidung. Das Bezauberndste an ihr war ein Lächeln, dem auch Echnaton verfiel. Von seinen Nebenfrauen war Kiya diejenige, die am meisten zu Ehren kam. Sie erhielt einen eigenen Sonnenschattentempel und hatte bedeutende Tempeldienstfunktionen, wurde vom Pharao zur Königin ernannt und zur »Ehefrau und großen Geliebten von Ober- und Unterägypten«.

Oft hatte die viel jüngere Frau Echnaton so in ihren Bann gezogen, daß Nofretete manche Nacht allein in ihrem Bett mit dem Bienenhimmel verbringen mußte, aber sie wußte, daß er doch immer wieder zu ihr zurückkehrte. Bei seinen politischen Sorgen war nur sie es, die ihm wirklich raten konnte. Manchmal schien es fast so zu sein, als wenn sie allein die Entschlüsse faßte, weil Sorgen und Müdigkeiten ihn erlahmen ließen. Doch im geheimen war für Nofretete der plötzliche Tod Kiyas an einer unerkannten Krankheit kein wirklicher Kummer, sondern eher eine kleine Genugtuung. Es war nicht so sehr die Jugend und Schönheit der Nubierin, die ihre Eifersucht erregt hatte, sondern daß diese Echnaton einen Sohn schenkte, während sie selbst nur Töchtern das Leben gab. Immerhin stellte sie befriedigt fest, daß dieser Sohn, der das bezaubernde Lächeln der Mutter geerbt hatte, kein legaler Prinz war und kaum die Möglichkeit hatte, König zu werden, wenn nicht eine legale Prinzessin, die Nofretete geboren hatte, sich seiner annahm. Vielleicht wuchs jetzt aber schon ein legaler Prinz und damit der kommende König im Schoß von Meritaton heran.

Die Geräusche des Sturms waren abgeflaut, und Nofretete seufzte erleichtert auf, als sie von Dienerstimmen den Ruf »Gebt Obacht!« hörte, der das Nahen des Pharaos ankündigte.

16. Kapitel

An einem klaren, schönen Herbsttag, der bereit schien für Freuden, hielt Echnaton angstvoll den Atem an. Die Menschen wagten nicht laut zu sprechen, schauten nur ab und zu bedrückt zum Harim hinüber, aus dem Schreie klangen, erst leise, dann lauter und schließlich gellend, unterbrochen von angstvoller Stille, wieder neu ertönten – stundenlang. Die Prinzessin Maketaton war in den Wehen. In keinem Verhältnis stand der hochgewölbte Leib zu der dünnen, zarten Gestalt, die ihn trug. Ammen und Ärzte umgaben das Lager der in den Pausen erschöpft Ruhenden und hoben sie aus dem Bett, wenn die Wehen begannen, um sie in die sitzende Geburtshaltung zu bringen. Mehr und mehr wehrte sich die Gebärende, wollte liegenbleiben. Schließlich ließ man ihr den Willen, weil sie beim Hocken nicht stärker pressen konnte und wollte, sondern alles nur wie einen Sturm willenlos über sich ergehen ließ.

Neben dem Bett saß die Königin, hielt die Hand Maketatons und tupfte ihr mit einem Tuch den Schweiß von der Stirn. Während sie der Tochter am Anfang zugesprochen hatte: »Warte nur, bald ist es vorbei, und dann hast du sofort alles vergessen. Ich weiß das, denn ich habe es oft genug selber erlebt!«, schwieg sie nun, streichelte die blassen Wangen der Erschöpften, drückte ihre Hand und blickte angstvoll die Ärzte und Ammen an. Deren Gesichter verfinsterten sich zunehmend. Allzu schmal war das Becken der jungen Frau, um eine glatte Geburt zu gewährleisten.

Spät am Abend erst fand diese statt, nicht mit dem kräftigen und triumphierenden Schrei einer gesunden Gebärenden, sondern unter leisem Wimmern und Stöhnen. Die Amme nabelte das Kind ab und hob es hoch, um es zu waschen. Die Ärzte wandten sich der jungen Mutter zu. Sie hatte die Augen geschlossen und gab keinen Laut mehr von sich, seufzte nur einmal tief auf, dann stockte der Atem. Nofretete beugte sich über die Tochter: »Maketaton, du hast es geschafft. Das Kind ist geboren!«

Aber die schlaffe Hand entglitt der ihren. Das Gesicht verlor nach und nach jede Röte, wurde bleich und starr. Die Königin schaute den Leibarzt fragend an, der ohne ein Wort zu sagen auf die Knie fiel und den Kopf tief senkte. Der Ba, die Seele, hatte den Leib der Prinzessin verlassen. Nofretete saß eine Weile in sich versunken. Der Schmerz, den sie spürte, entsprach dem bei einer ihrer Geburten, nur wandelte er sich nicht in Freude, sondern blieb bestehen, wurde stärker und grausamer von Minute zu Minute. Doch sie durfte ihm nicht nachgeben.

Sie befahl, ein neues Bettgestell hereinzutragen mit frischer Leinenwäsche, in die man die von den Ammen gereinigte Tote legte, ließ das verwühlte, blutbesudelte Lager der Pein hinausbringen und sandte einen Boten zum Pharao. Die Klageweiber sollten noch warten, bis der Trauer des Königspaares genügegetan war.

Dann standen Mutter und Vater am Bett, hoben die Arme und klagten. Wie klein und zart die Tote war – selbst noch ein Kind –, das schmale Gesicht ernst und fremd! Echnaton konnte ein Aufschluchzen nicht unterdrücken. Ihm wurde schwindelig, und er griff haltsuchend nach Nofretetes Arm. Ehe sie den Raum verließen, brachte die Amme das neugeborene Mädchen, ein graugesichtiges Geschöpfchen, zu schwach zum Schreien. Nach dem Fortgang des Königspaares stürmten die Klageweiber herein, umlagerten das Bett, jammerten, jaulten, schrien, sangen wilde Lieder, rauften die Haare und tanzten ekstatisch. In der Stadt war es totenstill.

Während der nächsten siebzig Tage sprachen die Menschen in Achetaton nur gedämpft. Kaum jemand lachte, und es gab keine Feste. Im Talbereich der Nekropole lag die Tote unter den kundigen Händen der Balsamierer. Erst als Mumie würde sie den Eltern wiederbegegnen.

Nofretete ging zusammen mit den Dienerinnen in den Garten und ließ Arme voll Blumen pflücken, weiße und blaue Lotosblüten, gelbe Chrysanthemen und roten Mohn, vor allem aber Kornblumen, die Lieblingsblumen von Maketaton.

Der Pharao brachte viele Stunden in der Werkstatt des Goldschmiedes zu und beobachtete kritisch, wie dieser einen kunstvollen goldenen Skarabäus gestaltete, das Tier des Sonnengottes, das der Tochter in der Gegend des Herzens auf die Brust gelegt werden sollte. Auf dessen Rückseite ließ der König eingravieren: »Mein Herz, das ich von meiner Mutter habe! Mein Herz, das zu meinem Wesen gehört! Tritt nicht auf gegen mich als Zeuge! Laß dich nicht veranlassen zum Widerspruch gegen mich vor Gericht!«

Anchesenpaaton besuchte jetzt täglich Meritaton und Semenchkare. Sie floh aus der bedrückend tiefen Traurigkeit, die den Harim wie ein dichtes, düsteres Gewebe einhüllte. Auch in Semenchkares Palast wurde um Maketaton geweint, aber das Glück des jungen Paares und die Vorfreude auf das kommende Kind ließen sich nicht ganz unterdrücken. Immer wieder einmal klang leises Lachen auf, wenn es auch rasch und schuldbewußt gleich wieder gestoppt wurde. Die Schwestern sprachen viel über die Verstorbene, und Meritaton verstand es, die Glanzlichter einer fröhlichen Kindheit aufzuzeigen. Sie sprach von gemeinsamen Spielen, gemeinsamem Übermut, gemeinsamem Musizieren und bewunderte im nachhinein die Sträuße, Kränze und Blumenketten, die Maketaton gestaltet hatte. »Erinnerst du dich an den Strauß, der nur aus blauen Blüten bestand und den sie dem Aton als Opfer an den Altar legte? Und denkst du noch an die Girlanden für den Geburtstag der Mutter? Sie war so geschickt, und ich hab ihr gerne zugesehen, wenn sie Palm- und Weidenblätter zusammennähte und bunte Blüten von Rittersporn, Mimosen und Stockrosen dazwischensteckte. Einmal stach sie sich in den Finger, und es blutete. Sie wurde ganz blaß, lachte aber und meinte: »Hauptsache, daß es schön wird!«

Die Tote kam noch nicht zur Ruhe. Längere Zeit lag der zarte Körper in einem Bad aus Salzlösung, wurde schließlich herausgehoben und sorgfältig gereinigt, mit scharfen Obsidianmessern eröffnet und Lunge, Leber, Magen und Herz entnommen.

In Achetaton hatten unterdessen alle Weber Tag und Nacht gearbeitet, um genügend Leinenbinden zu liefern, die nun, in Gips und Harz getränkt, nach strengem Ritual um den schmalen Leib und die Glieder gewickelt wurden. Die Balsamierer fügten eine Menge von Amuletten und mit Gebeten beschriebene Papyri ein, magischen Schutz für die Prinzessin im Totenreich. Ein Tischler aus der Stadt lieferte zwei reichverzierte, ineinandergeschachtelte Holzsärge und ein Goldschmied eine goldene Maske mit dem Portrait der jungen Frau.

Endlich war es so weit, daß die Mumie zum Grab transportiert werden konnte. Zwei prachtvolle weiße Rinder zogen einen Schlitten, auf dem unter einem Baldachin der Sarg stand, durch den Sand. Priester, Balsamierer und Klageweiber begleiteten ihn. Ein zweiter Schlitten folgte, beladen mit vier Kanopen – Gefäßen, die Herz, Lunge, Leber und Magen enthielten und mit Deckeln verschlossen waren, welche die Portraits Maketatons trugen. Weitere Schlitten brachten Geräte, den Schmuck, die Kleider und die Möbel, die der Prinzessin für das Leben im Jenseits mitgegeben wurden, vor allem auch Uschebtis, Figürchen, die später die von den Toten im Jenseits zu leistenden Arbeiten erledigen sollten.

Am Wegrand kniete die Bevölkerung von Achetaton und den umliegenden Dörfern, verbeugte sich bei der Vorbeifahrt der Schlitten bis zur Erde und jammerte. Die zarte, freundliche Prinzessin war beliebt gewesen, wenn sie auch stets, im Gegensatz zu Anchesenpaaton, eine größere Distanz zum einfachen Volk gewahrt hatte.

In der Nähe des Grabes, an dem die Familie des Königs wartete, kniete Tenti. Er schauderte bei dem Gedanken, daß die junge Prinzessin so früh schon in das unbekannte Totenreich gehen mußte. Der Schlitten mit der Mumie glitt vorbei. Tenti senkte die Stirn bis auf den Grund und weinte. Der Gesang der Priester und Klageweiber entfernte sich. Als der Junge das sand- und tränenverschmierte Gesicht wieder hob, fuhr gerade der Schlitten mit den Kanopen vorbei, und es traf ihn wie ein Schlag, denn die dunklen Augen von Maketaton blickten ihn an – prüfend und beschwörend, als schauten sie noch ins Leben. Das Alabastergesicht auf dem Kanopendeckel wirkte in der Abendsonne lebendig durchblutet, wie damals, als die Prinzessin hier im Grabbauerdorf den Ringern zugeschaut hatte.

Vor dem Eingang zum Grab standen jetzt die Angehörigen und hohen Hofbeamten. Mit lautem Weinen beobachteten sie, wie die Priester unter Ausrufung von Rezitationen eine Zeitlang den Schlitten mit der Mumie zwischen sich hin- und herzerrten. Dann wurde die in ein rosa Tuch gehüllte Tote neben einer Stele aufgerichtet, auf der in Hieroglyphen das Leben der Königstochter aufgezeichnet war.

Ein Vorlesepriester entrollte ein Papyrus und rezitierte Sprüche, ein zweiter Priester in einem Leopardenfell hielt eine Räucherpfanne hoch, damit der reinigende Rauch die Mumie berühre. Doch als der Mund in dem kleinen totenblassen Gesicht gewaltsam geöffnet wurde, um die Seele entweichen zu lassen, klang ringsherum lautes Stöhnen und Seufzen der Lebenden auf. Die Tote wurde nun auf ihr weiches, duftendes Blütenbett in den Sarg gelegt.

Der Pharao stellte sich, gebeugt und verdüstert, in die Türöffnung, um ein Gebet an den Sonnengott zu sprechen. Danach trugen Diener den Sarg in das Grab hinein, begleitet von der Familie und hohen Hofbeamten, die dumpf murmelten: »Zum Westen, zum Westen, dem Land der Gerechtfertigten!« Räuchergefäße wurden geschwenkt, neben dem Jammern der Klageweiber ertönte rhythmisches Stockschlagen und das Klirren der Sistren, die die Prinzessinnen Meritaton, Anchesenpaaton und Neferneferuaton Tascheri schüttelten.

Gleich hinter dem Königspaar und den Prinzessinnen folgte dem Sarg eine Amme, die ein Bündel auf dem Arm trug, aus dem ein klagendes Wimmern ertönte. Es war das elende, graugesichtige kleine Mädchen, das die Geburt mühsam überlebt hatte. Daneben schritt eine junge Sklavin mit einem Palmwedel in der Hand zum Zeichen dafür, daß das Kind königlichen Geblüts war. Nur allzubald würde das Geschöpfchen der Mutter ins Totenreich nachfolgen.

Die Prozession verließ das Grab schließlich wieder, damit der Pharao dem Aton für die Prinzessin ein Opfer darbringen konnte. An einem Altar im Freien wurden Weinkrüge, Brot, Blumen, Früchte, Ölkannen sowie ein Schenkel und das Herz des mächtigen Stieres, der in einem entfernten Tal geschlachtet worden war, damit sein jämmerliches Gebrüll den Leichenzug nicht störe, niedergelegt. Unterdessen trugen ausgewählte Helfer die Ausstattung in das Grab, um der Toten ein bequemes Dasein im Jenseits zu ermöglichen. Unter den Augen der Verstorbenen, die aufrecht an der Wand lehnte, stellten die Männer kostbare Möbel aus edlen Hölzern, goldbeschlagen und mit Schnitzwerk verziert, Tische, Stühle und Truhen zurecht. Dersened als Vorarbeiter dirigierte: »Schiebt den Tisch dorthin – nein schräg –und den Sessel dahinter, das Liegebett hier an die Wand und dort die Truhen nebeneinander, die Totenschiffchen und die Uschebti in die Nähe des Steinsarges und die Tontafeln mit den Worten des Pharaos dort in die Ecke. Auf das Regal hebt die Kanopen!«

Dersened wußte auch, was die Truhen enthielten, denn er hatte sie zusammen mit dem Aufseher gefüllt. Für die lange Reise ins Jenseits hatte man Maketaton ein opulentes Mahl mitgegeben: einen Lamm- und einen Gazellenschenkel, einen Kalbskopf, zwei Gänse – alles mumifiziert –, außerdem Brot, Früchte, Wein und Bier. In anderen Kästen lagen Kleider und Sandalen, eine Perücke, Betten, Salben und Öle zum Schminken, Kämme, ein Spiegel, Amulette und kostbarer Schmuck in Gold und Silber, von diesem hatte Dersened kaum seine gierigen Augen lassen können. Er war nicht mehr der zuverlässige Vorarbeiter, für den man ihn hielt, aber er verbarg es geschickt. Die Ungerechtigkeit, daß die herrschende Kaste im Leben und im Tode von großem Luxus umgeben war, während das Volk zunehmend Mangel litt, empörte ihn. Er schmiedete Pläne. Wenigstens sein eigenes Geschick wollte er zum Positiven wenden. Die Einstellung zum Pharao hatte sich in den letzten Jahrzehnten verändert. Frühere Könige waren für das Volk Götter gewesen. Sie wurden im Tode von anderen Göttern bewacht, die als Statuen ihre Särge umstanden. Dieses Totenreich zu beschädigen war eine große Sünde und wurde von den Göttern bestraft. Jetzt gab es keine bewachenden Götter mehr, und auch der Pharao war, wie er immer wieder sagte, kein Gott. Kein Überirdischer würde also einen Menschen bestrafen, der sich von dem Luxus einen ihm zustehenden Teil nahm!

Die Arbeiter verließen das Grab, und die königliche Familie betrat es wieder, um mit der Toten zusammen ein letztes Festmahl abzuhalten. Schweigend aßen sie. Dann wurde der Holzsarg mit der Mumie endgültig in den Steinsarg gehoben, über das kleine Gesicht ihr goldenes Maskenportrait und von Nofretete ein Blütenkragen aus Mimosen und Kornblumen um den Hals gelegt. Man schloß den Deckel und überließ Maketaton ihrer tödlichen Einsamkeit.

Anchi atmete auf, als sie den düsteren Raum verließen, dessen dumpfe, weihrauchgeschwängerte Luft mit ihrem Geruch nach Harz, Gips und toten Blumen sie schwindlig machte. Draußen unter den letzten Sonnenstrahlen hatte sich die restliche Trauergemeinde von hochgestellten Beamten und Freunden auf einem ausgebreiteten Tuch zum Mahl niedergelassen. Man verzehrte erlesene Speisen und trank Wein und Bier. Eine gedämpfte Heiterkeit breitete sich aus. Kurzes, erschrecktes Schweigen entstand, als die Königin aus dem Grab trat. Doch sie winkte nur und schritt zusammen mit ihrer Schwester und Maketatons Amme den Weg zum Wagen hin, der sie zurück zum Palast bringen würde. Der Pharao war nicht zu sehen, und die Prinzessinnen setzten sich zu befreundeten Gästen. Im Gegensatz zu ihrer sonstigen Art hielt sich Anchesenpaaton beiseite, hockte sich auf einen Felsbrocken und schaute in die Abendsonne, die der Wüste einen kupferfarbenen Schimmer gab. Die Schwester fehlte ihr, und deren Einsamkeit in dem großen Steinsarg bedrückte sie bis zum Weinen. Ob die tote Maketaton zur Zeit der alten Götter weniger einsam gewesen wäre? Sicher, denn der vogelköpfige Horus hätte ihre Hand ergriffen und sie zu Osiris, dem Gott des Totenreiches geleitet, welcher sie liebevoll umarmte. Doch Echnaton, der

Vater, hatte die Götter vertrieben! Zorn wallte in ihr auf, heftig und unversöhnlich.

Eine kleine Hand schob sich in die ihre, und Tutanchaton fragte leise: »Hast du ihr mein Schiffchen mitgegeben?«

Anchi wischte die Tränen fort und drückte den Jungen an sich. »Aber ja, natürlich steht dein Totenschiffchen jetzt neben dem Sarg, damit Maketaton in ihm den Fluß des Todes überqueren kann!«

Der Junge lächelte und sah sie verschmitzt an. »Ich habe ihr meinen Löwen in das Schiff gelegt, damit er sie beschützt!«

Die Sonne versank, und im Nu brach die Nacht herein, schwarz mit Sternen hoch oben. Hand in Hand gingen sie zur Trauerfeier zurück, um die Diener Fackeln in den Sand gesteckt hatten. Kaum mehr konnte sich das Fest von einem gewöhnlichen Picknick unterscheiden. Es wurde getrunken und gelacht. Man lauschte der Musik von Harfe, Flöte und Lyra und beobachtete die Tänzerinnen, welche allerdings nur strenge, ernste, verhaltene Bewegungen machten. Doch danach gab es etwas Vergnügliches, denn das Zwergenballett purzelte herein. Sein Auftritt war erlaubt worden, weil die kleinen Leute Maketatons Lieblinge gewesen waren. Sie hatte sie verwöhnt und gehätschelt. Obgleich die meisten von ihnen verweinte Gesichter zeigten, zappelten sie zum Vergnügen der Zuschauer in ihrem lustigen Tanz. Im Fackellicht bewegten sich bizarre, absurde Schatten auf der Grabwand.

»Es fällt ihnen nicht leicht«, sagte der Hofmeister, »aber sie wollen für die geliebte Prinzessin ihr Bestes geben!«

Der Pharao war im Grab geblieben. Er lief den Gang entlang, der zur Haupthalle führte. Die drei Todesfälle so kurz hintereinander bedrückten ihn schwer. Er hatte die Verstorbenen geliebt, und sie waren ihm Lebenshilfen gewesen: die kluge Mutter Teje mit ihren Ratschlägen und ihrer Ironie, welche manches erst im rechten Licht zeigte, Kiya, die schöne Nubierin, die ihm Jugend und Lachen und einen Sohn geschenkt hatte, und Maketaton, die zarteste und lieblichste seiner Töchter. Wieder packte ihn ein heftiger Groll gegen den unbekannten Mann, der die Prinzessin zerstört hatte. Der König hätte den Fremden foltern und töten mögen, aber Maketaton hatte seinen Namen mit sich in die jenseitige Welt genommen.

In der Haupthalle befahl Echnaton dem begleitenden Diener, die Fackel in einen Halter zu stecken und sich zu entfernen. In der Mitte des Raumes stand nun der Steinsarg, in den man später einmal die eigene königliche Mumie legen würde. Echnaton kniete daneben nieder und tastete mit dem Zeigefinger das Tiefrelief der Sonnenscheibe nach. Er flüsterte: »Großer Aton, du hast deinem Stellvertreter dreizehn Jahre lang Frieden und Glück beschieden. Er hat dir eine wunderbare Stadt mit vielen Tempeln erbaut und das Land ohne Krieg reich erblühen lassen. Du hast ihm dabei geholfen, aber warum verläßt du ihn nun? Warum schickst du ihm jetzt Kummer und Unruhe? Findest du, daß Echnaton schon allzulange regiert hat? Willst du, daß er ins Jenseits geht, um Jüngeren den Thron freizumachen? Wenn du es willst, muß es geschehen. Nur bitte ich dich: Sollte ich in irgendeiner anderen Stadt am Nil, im Süden, Osten oder Westen sterben, sorge dafür, daß man mich zurückbringt nach Achetaton und mich hier bei dir zur Ruhe legt!«

Noch einmal fühlte er mit den Fingerspitzen die Strahlenhände, die das Lebenszeichen hielten, doch plötzlich wurde ihm wieder bewußt, daß der leuchtende Sonnengott die Finsternis dieses Grabes nie betreten würde. Der Stein war kalt, denn Aton verströmte seine Wärme in anderen Sphären. Echnaton sprang auf. Schrecken und Angst packten ihn neu. Hatten die Väter den Trost im Glauben an die Göttergestalten gehabt, die ihr Grab als Gemälde und Figuren umgaben, daß sie sich personifizierten und die Toten ins jenseitige Reich geleiteten – er selber würde ohne diesen Trost ins Schattenreich gehen müssen. Doch dann erkannte er im flackernden Fackellicht, daß er nicht allein sein würde: An jeder Ecke des Sarges war im Hochrelief eine Frauengestalt dargestellt, die Arme ausgestreckt und das plissierte Kleid wie Flügel ausgebreitet, als würde sie den Sarg umfangen. Das schöne, ernste Profil war das von Nofretete.

II.

Der Gottkönig

17. Kapitel

Königin Anchesenpaaton konnte nur mühsam ihre Unruhe beherrschen. Sie rief der jungen Dienerin, die ihr Goldbänder in die Perücke flocht, zu: »Wie lange dauert das nur, bist du nun endlich fertig? Ich muß den Pharao wecken!«

Trotz dieses Vorhabens fuhr sie zwei schwatzende Sklavinnen an, die eine Schmuckschatulle hereintrugen: »Seid nicht so laut, der König schläft noch!«

Zerstreut wählte sie aus dem Kasten ein paar Ringe und Armreifen, schob sie über Finger und Handgelenke, ließ ich einen breiten Halskragen aus Gold und Karneolperlen und passende Ohrgehänge anlegen und sprang auf. Während sie den Gang entlang zum Schlafzimmer des Königs eilte, überfielen sie mit Macht die Gedanken an die heutige Anhörung und Bittstellung vor dem Pharao mit der anschließenden Verkündigung von Gesetzesänderungen. Sie wußte nicht, ob das, was sie geplant hatte, bei den Hofbeamten auf Zustimmung stoßen würde. Doch nun lenkte sie etwas ab. Die Wände des neuen Palastes strömten noch immer einen Geruch nach Kalk und Farben aus, der sie irritierte. Der Pharao würde wieder mit Atemnot zu kämpfen haben. Sie mußte den Bediensteten den Auftrag geben, Räuchergefäße mit Myrrhe aufzustellen und Duftwasser aus Lilien und blauen Lotosblüten zu versprühen. Sie öffnete die Tür zum Schlafgemach. Der König lag nicht mehr in seinem prachtvollen, goldbeschlagenen Bett, das an den vier Ecken von seltsamen Phantasietieren, teils Löwen, teils Rindern, gehalten wurde. Der Zwölfjährige hockte auf dem Fußboden, die mageren Knie von den Armen umspannt, und lachte sie an: »Anchi, guck mal, was ich gefunden habe!«

Vor ihm war das Lieblingsspielzeug seiner Kindheit aufgebaut, der Zoo aus Ebenholz. Er schaute zu ihr auf: »Weißt du noch, wie wir in Achetaton damit gespielt haben?« Seine großen, dunklen Augen blickten ernst und ein wenig traurig.

Sie nickte und sagte mit unterdrückter Ungeduld: »Wo sind die Diener und Sklaven? Warum haben sie dich noch nicht angekleidet? Die Beamten und Bittsteller warten auf den Pharao. Du weißt, daß heute ein wichtiger Staatsempfang ist!«

Der Knabe stand auf und seufzte: »Ich habe sie weggeschickt, als der Diener mir statt der Truhe mit den Hoheitszeichen aus Versehen die mit dem alten Spielzeug hereinbrachte. Ich wollte so gerne noch einmal den Zoo aufbauen!«

Sie runzelte die Stirn. Dort stand ein Kind, ein schmaler Junge mit einem betrübten, leicht trotzigen Gesicht, der in wenigen Minuten die Würde eines Pharaos zeigen mußte. Aber sie wußte, daß es wieder gelingen würde, wie jedesmal, wie auch damals in Achetaton, als der Neunjährige den Thron bestieg.

Während der König gebadet und angekleidet wurde, trat sie auf die Terrasse vor dem Schlafgemach und blickte über Häuser und Tempel der Stadt Memphis hinweg zum Nil hinüber. Dort, weit im Süden, lag Achetaton, die Stadt, nach der sich der junge König zurücksehnte, das wußte sie wohl, die Stadt, die nicht mehr lebte, sondern schlief – mit versiegelten Häusern, verlassenen Straßen und leeren Gräbern. Es war so, weil Anchesenpaaton es gewollt hatte, denn in Achetaton hätte der König sich nicht von der Religion des Vaters gelöst, hätte nicht zugegeben, daß die alten Götter zurückkehren konnten. Aber das Volk hatte genug gehabt von den Strahlenhänden des Aton. Es wollte wieder Göttern dienen, die selber Schicksale hatten wie die Menschen, die sich stritten und liebten. Deshalb verstanden sie es, wenn man ihnen vertraulich seine Sorgen vortrug und um Rat und Hilfe bat.

Vor allem aber würden sie einen nach dem Tode an die Hand nehmen und liebevoll ins jenseitige Reich geleiten. Auch die Priester hatten im geheimen schon lange auf diese Veränderung gewartet, wenn auch nicht alle, so die meisten, und die Hofbeamten waren ohne Zögern auf Anchesenpaatons Vorschlag eingegangen, Achetaton zu verlassen. Es kümmerte sie nicht, daß das mehr politischen als religiösen Gründen zu verdanken war. Sie hatte ihren Pharao der Götterwelt wieder zugeführt.

Nach Echnatons Tod und kurz darauf dem von Nofretete, nachdem auch des Vaters Nachfolger Semenchkare fast gleichzeitig mit der sanften Meritaton und deren kurz vorher geborenem Töchterchen an einer Seuche dahingerafft wurden, blieben ratlose Hofbeamte zurück, die nicht wußten, wie eine Regierung nun ohne ein würdiges, durch die Geburt legitimiertes Oberhaupt möglich sein konnte. Es gab keinen direkten blutsmäßigen Nachfolger Echnatons. Nur Töchter hatte die Königin Nofretete ihm geboren. Zwar lebte ein Sohn des Königs, aber kein legaler, weil dessen Mutter eine Nebenfrau gewesen war. Auch war er noch ein Kind, ein neunjähriger Knabe. Doch die älteste der vier überlebenden Töchter Echnatons wußte Rat. Anchesenpaaton erklärte, daß sie den Halbbruder Tutanchaton heiraten würde und ihm dadurch die Legalität verschaffen konnte. Nach kurzem Staunen und Zögern stimmten die Hofbeamten zu, auch der würdige alte »Wedelträger zur Rechten des Königs« Eje, vor allem aber der derzeit einflußreichste Staatsmann im Lande, der »Oberbefehlshaber der Militär- und Zivilregierung« Haremheb.

So schloß die zwanzigjährige Prinzessin schließlich den Bund der Ehe mit dem neunjährigen Prinzen, der bald darauf zum König gekrönt wurde. Deutlicher als an die Hochzeit erinnerte sich Anchesenpaaton an die Krönung, daran, wie der zarte Knabe am frühen Morgen des zweiten Mondmonatstages auf dem hohen Thron saß. Man hatte ihm einen Tritt unter die Füße stellen müssen. In den kleinen Händen hielt er die Insignien Flegel und Krummhaken. Der dünne Hals war tapfer gereckt, um die schwere Doppelkrone von Ober- und Unterägypten mit Sonnenscheibe, Widderhörnern und Straußenfedern auf dem Kopf balancieren zu können. Viel zu schwer schienen auch die Titel zu sein, die der Knabe erhielt: »Starker Stier mit vollkommenen Geburten und mit vollkommenen Gesetzen, der die beiden Länder zur Ruhe bringt« und »Derjenige, der die Kronen erhebt und die Götter befriedet«.

Gegen Anchesenpaatons Willen hatte sich das Kind durchgesetzt, auch den Geburtsnamen »Tutanchaton« (»Lebendiges Bild des Aton«) weiter als Titel zu tragen. »Der Vater wollte es so!« sagte er dickköpfig. Man hatte ihm nachgegeben. Aber Aton war nun wenigstens kein alleiniger Herrscher mehr. Die Götter kehrten zurück.

Mit den Worten der Königin stand es auf der jüngsten Stele eingemeißelt. Leise sprach Anchesenpaaton sie vor sich hin: »Der König von Ober- und Unterägypten, geliebt von Amun-Re, erschienen auf dem Horusthron der Lebenden, ein vollkommener Herrscher, der für den Vater aller Götter Nützliches tut, der ihm wieder gedeihen läßt, was an Denkmälern der Ewigkeit stürzte, der ihm das Unrecht in beiden Ländern zurückwarf. Denn da seine Majestät als König erschien, da waren die Tempel der Götter und Göttinnen von Elephantine bis zu den Lagunen des Deltas im Begriff, vergessen zu werden, und ihre heiligen Stätten im Zustand des Untergangs zu Schutthügeln geworden, die mit Unkraut bewachsen sind. Ihre Gotteshäuser waren wie etwas, das es nicht gibt, und ihre Tempel waren ein Fußweg.

Das Land machte eine Krankheit durch. Die Götter, sie kümmerten sich nicht um dieses Land – wenn man sich an einen Gott bittend wandte, um von ihm Rat zu erfragen, so kam er nicht herbei, in keinem Fall. Nachdem aber die Tage darüber vergangen waren, da erschien seine Majestät auf dem Thron seines Vaters. Er herrscht über die Ufer des Horus: Das schwarze und das rote Land sind unter seiner Aufsicht, und jedes Land beugt sich seiner Macht. Seine Majestät regiert in seinem Palast – wie Re im Innern des Himmels. Seine Majestät sorgt sich um dieses Land und den täglichen Bedarf Ägyptens. Seine Majestät berät sich mit seinem Herzen, um irgend etwas Treffliches zu erinnern. Seine Majestät schafft Denkmäler für die Götter, bildet ihre Kultstatuen aus echtem Elektron vom besten der Fremdländer. Er erbaut ihre Gotteshäuser neu als Denkmäler der Ewigkeit, trefflich versorgt für immer!

Er weist ihnen Gottesopfer als ständige Stiftung zu und sorgt für ihre Opferkuchen auf Erden. Er gibt mehr, als früher war, und übertrifft das, was seit der Zeit der Vorfahren geleistet wurde: Er macht ihre Altäre aus Gold, Silber, Bronze und Kupfer zahlreich. Er füllt ihre Magazine mit Dienern und Dienerinnen. Alle Leistungen für die Tempel werden vergrößert, verdoppelt, verdreifacht, vervierfacht!«

Und so war es geschehen. Die Königin dachte mit Stolz an die Truhen voll Silber, Gold, Lapislazuli und Türkis, welche die verarmten Tempel nun erhalten hatten, um wieder aufzuerstehen, an die Kisten mit weißem und buntem Leinen, an das Geschirr, die Salben, die Öle, den Weihrauch, die Myrrhen. Zusammen mit dem Pharao hatte sie den beglückten Priestern alles überreicht. Am eifrigsten kümmerte sich der junge König um den Bau der Götterbarken, schaute den Zimmerleuten am Fluß zu, die das kostbare Zedernholz vom Libanon sorgfältig bearbeiteten, hatte mit der Hand zärtlich über die fertige Bootswand gestrichen und den Geruch des Holzes in vollen Zügen eingeatmet. Hier bedrängte ihn keine Atemnot. Auf seinen Befehl hin wurden die schönen Schiffe reichlich mit Gold überzogen, so daß sie in der Sonne funkelten, wenn sie schließlich auf dem Nil schaukelten. Dann klatschte der König in die Hände und jubelte. Jetzt war er ein Kind – ganz anders dagegen damals bei der Krönung.

Als die Sonne aufging und erste Strahlen über den Thron glitten, lag eine leuchtende Aura um die kleine Gestalt, verlieh ihr eine göttliche Würde. Ja, dieser Pharao würde wieder ein Gott sein, wie es die Könige vor Echnaton immer gewesen waren, ein Glied in der Gemeinschaft der anderen Götter.

Doch der Einfluß des toten Vaters war in Achetaton immer noch zu stark gewesen für den jungen Pharao. So hatte sich der Hof nach dreijähriger Regierungszeit entschlossen, wieder zu den uralten Tempeln nach Memphis zu ziehen. Noch andere Gründe hatten den Umzug nahegelegt: Der wirtschaftlichen Lage wegen gab es Unruhen im Volk, auch weil Hethiter und Nubier, um sich vom Vasallentum zu befreien, die Landesgrenzen bedrohten. Memphis, als Hauptsitz des Militärs, war für Pharao und Hof der sicherste Hort.

Anchesenpaaton schüttelte die Gedanken ab, als der König zu ihr trat. Kurze Zeit später saßen sie nebeneinander auf dem mit Gold und bunter Fayence verzierten Podest, umgeben von wedeltragenden Hofbeamten, den Wesiren Usermonth und Pentu, dem Truppenführer Nachtmin, dem Bauleiter und Vorsteher des Schatzhauses Maja. In vorderster Reihe stand der alte Eje, Echnatons früherer Sekretär, der jetzt eigentlich nur noch Ehrenämter bekleidete, und neben ihm ein untersetzter, kraushaariger Mann mit einem Gesicht mit breiten Backenknochen und einem spitzen Kinn. Die Augen schienen unter halbgeschlossenen Lidern Feuer und Wachsamkeit zu verbergen. Es war Haremheb, oberster General, Vorsteher der Zivilverwaltung und Stellvertreter des Königs. Neben dem Pharao war er der mächtigste Mann im Lande.

Als erster trat der Chef der Militärverwaltung in Nubien, Huja, vor den König, sank in die Knie, erhob sich beim Wink des Pharaos und berichtete, daß zwei kleinere Grenzkriege der Nubier niedergeschlagen worden seien und man reichlich Gefangene gemacht habe, die nun dem königlichen Haushalt als Sklaven eingefügt worden seien. Als nächstes erschienen Bittsteller, so der Oberpriester des lokalen Ptahtempels, der um eine Erweiterung des Baues bat. Der Truppenführer Nachtmin verlangte neue Waffen für die königliche Leibgarde und den Ersatz für ein edles, verstorbenes Pferd. All diese Routinesachen erledigte der junge König nach kurzer Rückfrage bei den Fachleuten sicher und selbstbewußt. Er überreichte auch einem Beamten, der besonders erfolgreich ein Bergwerk verwaltete, einen Beutel mit Gold und beauftragte einen anderen, eine Handelsexpedition vorzunehmen.

Zur Verwunderung der Hofbeamten stand das königliche Paar nun nicht, wie erwartet, auf, um fortzugehen. Der Pharao erhob seine Stimme. Sie war in letzter Zeit kräftiger und bestimmter geworden, stellte der General Haremheb mit leichtem Unbehagen fest. Das Unbehagen wuchs bei den folgenden Worten: »Nachdem von vielen im Lande die Vergangenheit als eine Krankheit betrachtet wurde und weil unsere königliche Weisheit uns sagt, daß der stolze Gott Amun-Re, wenn er zürnt, die Sicherheit im Lande schwinden läßt, habe ich als Herrscher über Ägypten, wie ihr wißt, die alten Götter wieder in ihre Rechte eingesetzt und will ihnen zu Ehren nun meinen Namen ändern. Ich heiße von jetzt an nicht mehr Tutanchaton, sondern Tutanchamun, und meine große königliche

Gemahlin, die Herrin beider Länder, wird von nun an Anchesenamun genannt.«

Die Beamten sanken in die Knie und verbeugten sich, wobei
Haremheb die Zornesröte seines Gesichtes verbergen konnte. Man
hatte ihn wieder einmal übergangen. Es war die Frau und nicht der
königliche Knabe, dessen war er sicher.

Das hohe Paar stieg nun die Stufen vom Thron herab und verließ den Regierungspalast. Schweigend schritt es, von den Wachen
begleitet, zu den Wohngebäuden hinüber. Doch im Gemach der
Königin riß sich der Pharao den künstlichen Bart vom Kinn und
lachte laut auf.

»Hast du das Gesicht des obersten Generals gesehen, Anchi?
Rot war es wie sein Wedel, und die Augen schienen ihm aus dem
Kopf zu fallen. Er war wütend!«

Anchesenamun nickte zögernd. Sie konnte des Königs Begeisterung nicht unbesorgt teilen. Sie waren auf Haremheb, diesen
mächtigen Mann, angewiesen, und sein Zorn konnte ihren Plänen
schaden. Doch es reizte sie, ihm immer aufs neue zu zeigen, daß
sie selber neben dem kindlichen König die größte Macht im Lande
besaß. Sie wußte, daß er im Grunde gegen die Namensänderung
nichts einzuwenden hatte, ohne Frage hätte er zugestimmt.

Aber sie mußte einmal wieder seiner Ansicht Widerpart geben,
daß ein Kind und eine Frau einen großen Staat nicht selbständig
leiten könnten. Sie warf den Kopf zurück. Sollte er grollen! Die
Macht lag beim König und jetzt noch in ihren eigenen Händen. Der
Pharao wuchs heran und war bald kein Kind mehr. Wenn es so weit
war, würde er in ihrem Sinne regieren und nicht abhängig sein von
eigenwilligen und ehrgeizigen Hofbeamten. Wie es auf der jüngsten
Stele in den Stein gemeißelt war, würde er kundig sein wie Re, ein
Künstler wie Ptah, ein Erkenner wie Thot, der die Gesetze festlegt,
trefflich im Befehlen, ein Gott unter Göttern!

18. Kapitel

Die Stadt war tot. Das Leben pulsierte nicht mehr auf der Hauptstraße. Niemand schaute aus den Türen der Häuser, und keine Kinder spielten in den Gärten. Die Gebäude waren versiegelt. Das Ödeste aber waren die Tempel: ihre Verlassenheit und Stille ohne weihrauchschwenkende Priester, ohne Musikanten und lodernde Fackeln. Die Hände Atons auf den Altären streckten sich ins Leere aus. Niemand legte vor ihnen Opfergaben nieder, Früchte, Brot und Vögel. Von den Säulen schaute das steinerne Gesicht des Echnaton vorwurfsvoll in den Verfall. Schon begannen die Säulen zu bröckeln, die Altäre und Häuser. Nur nachts gab es etwas Leben. Im verwilderten Park des Pharaos raschelte es in den Büschen, huschten Tiere, klang der Schrei eines Nachtvogels, klatschten Flügel von Eulen, die ihre Beute jagten.

Die Menschen der umliegenden Dörfer wagten sich kaum nach Achetaton. Noch schien der Geist des Echnaton dort zu leben und die zu strafen, die seine Stadt entweihten. So wurde ein Bauer, der sich am Mauerwerk eines Stadthauses zu schaffen machte, um sich damit einen Stall zu bauen, von einem Türsturz erschlagen, und ein Fischer, der auf dem Nil eine verlassene Königsbarke an Land ziehen wollte, brach durch den morschen Boden des Schiffes und ertrank. Erst recht wagte sich niemand in die Nekropole. Aber das hätte auch wenig Sinn gehabt, denn die Gräber waren leer. Die Familie des Pharaos und die Hofbeamten hatten ihre Mumien mitgenommen, um sie im Süden, in der Nähe der Stadt Theben, in einem großen Tal in Felsenhöhlen zu bestatten. Zahlreiche Wächter sollten hier die Verstorbenen bewachen und ihre Ruhe gewährleisten. Das Gebet des Echnaton an Aton, daß er dem König nach dem Tode nur ein Grab in Achetaton gestatten möge, hatte sich also nicht erfüllt.

Die Leute des Dorfes waren anfänglich froh gewesen, daß der Hof des Pharaos von Achetaton fort nach Memphis zog. Man rechnete damit, daß nun weniger Fron zu leisten sei und daß man auch in Ruhe den alten Göttern dienen konnte. Aber das hatte seine Bedeutung verloren, weil die Götter seit längerem schon wieder von den königlichen Nachfolgern des Echnaton anerkannt wurden. Dagegen hatte die Verödung Achetatons viele Nachteile. Niemand half jetzt den Bauern bei der Anlage neuer Kanäle für den Nilschlamm, und es gab keine Verdienste mehr durch die Lieferung von Getreide und Vieh an den Hof, auch nicht durch Arbeiten in den Palästen, Gärten und beim Grabbau. Aber immer noch kam der Steuereinnehmer ins Dorf und verlangte Emmer und Früchte, Kühe und Geflügel. Der junge König baute in Memphis seinen neuen Palast und restaurierte die alten Tempel. Er brauchte dafür Holz, Steine und Metall, Baumeister und Arbeiter. Diese sollten mit den Abgaben der Bauern entlohnt werden, welche Frondienste leisten mußten, wenn sie säumig wurden, und zwar fern von der Heimat im Norden.

Achetaton war verödet, doch einen Menschen aus dem Dorf zog es stets von neuem dorthin. Tenti stieg häufig den Hügel hinauf, schlenderte durch die leeren Straßen und verwilderten Gärten des Harims und des Pharaonenpalastes, brach sich eine Feige oder einen Granatapfel aus dem Geäst der alten Bäume, pflückte aus verkrauteten Beeten ein paar Blumen. Nach dem Grabbau hatte er hier als Gärtner gearbeitet, eine Beschäftigung, die er liebte. Er mochte es, den Samen in die Erde der Beete zu legen und in den folgenden Wochen zu beobachten, wie Pflanzen daraus hervorsprossen, wuchsen, kräftiger und größer wurden, Blüte und Frucht trugen, wenn man sie pflegte, ihnen Wasser, Dünger und Gebete an die Götter mitgab. Ein fast sinnliches Behagen empfand er beim Geruch von feuchter Erde und frischem Grün. Doch jetzt überwucherte Unkraut die edlen Pflanzen, und viele waren vertrocknet. Die Wüste eroberte sich die Gärten zurück. Vom Staub waren die Wedel der Palmen grau, und die meisten Obstbäume standen im Sand ohne Blätter und Früchte.

Bald nachdem der Pharao mit seinem Gefolge den Palast verlassen hatte, war Tenti oft in den Park gelaufen, um Wasser für Beete und Bäume vom Fluß heraufzuholen. Doch alleine konnte er allzuwenig erreichen. Auch murrte der Bruder im Dorf, der nach dem Tode des Vaters den Hof übernommen hatte, und wurde zornig, weil Tenti, statt auf den Feldern zu arbeiten, sich um die verlassenen Königsgärten kümmerte. Verächtlich schob er die Handvoll Früchte, die Oliven und Würzkräuter, die Tenti zu seiner Rechtfertigung mitbrachte, beiseite. Die Mutter hatte anfänglich freudig darauf reagiert, doch wurde auch sie einsilbig beim Betrachten der stets kläglicheren Ernte. Und doch kam er immer von neuem hierher, obgleich ihn das allmähliche Sterben des Gartens betrübte. Aber die Erinnerung, die er nur hier fand, war etwas Kostbares, und nur im Park konnte er sie aufleben lassen.

Es geschah damals, vor drei Jahren, als er bei der Weinernte half. Schon die Lese war ein freudiges Ereignis gewesen. Er hatte die blauen Trauben vorsichtig von den Dächern der laubenartigen Pflanzungen gepflückt und trug nun den gefüllten Korb auf dem Kopf zum Platz, wo Sklaven in großen Tonnen die Früchte mit Füßen traten und der Saft in Krüge spritzte. Der Duft der Beeren berauschte Tenti. Er summte eine heitere Melodie und vollführte dazu tänzelnde Schritte. Doch an der Ecke des Parkweges blieb er erschrocken stehen. Vor ihm stand die Königin mit dem Pharao an der Hand. Ihr schleierdünnes Gewand zeigte den Körper in all seiner Schönheit. Der breite, bunte Perlenkragen umschloß den zarten Hals, und über der runden Stirn wölbte sich die goldene Schlange. Tenti errötete heftig und sank in die Knie, doch sie befahl ihm, aufzustehen und dem Pharao eine der Trauben zu reichen. Jetzt erst beachtete Tenti den König, das Kind von neun Jahren. Er suchte im Korb nach besonders schönen Beeren, die reif, dunkelblau und taufeucht waren. Als Tenti sie dem Pharao in die kleine Hand legte, strahlte das ernste Kindergesicht in einem Lächeln auf. Die großen, schwarzen Augen unter gewölbten Brauen glänzten.

Die Königin nickte Tenti zu, und Hand in Hand ging das Paar weiter den blumengesäumten Weg entlang. Das Erstaunen, daß es ein Ehepaar war, konnte sich Tenti wie die meisten im Dorf nicht abgewöhnen – eine reife Frau und ein Knabe! Aber die Götter hatten es wohl so gewollt, und Schönheit und Würde verband die beiden. Wie ein Siegel brannte sich das Erlebnis in Tentis Seele ein.

Auch heute mußte er daran denken und stieg zögernd die Stufen zum Pavillon hinan, von dem aus die Familie des Echnaton und auch des jüngsten Pharaos häufig auf den Nil hinabgeschaut hatte. Fast wie eine Entweihung kam es ihm vor, sich auf die Balustrade zu hokken und den gleichen Ausblick wie die Königsfamilie zu genießen: den in der Abendsonne funkelnden Fluß, die braunen Nilgänse, die auf den Wellen schaukelten, die Reiher, die mit weitem Flügelschlag am Ufer landeten, wo sie starr und unbeweglich stehenblieben, den Kopf mit dem spitzen Schnabel gesenkt, und in das Wasser starrten. Tenti atmete tief den modrigen Geruch des Flusses ein. Er saß dort, bis die Schwärze der Nacht hereinfiel. Dann ging er langsam zurück und blieb kurz vor dem versiegelten Tor des königlichen Palastes stehen, um ein paar Blumen auf die Stufen der Treppe zu legen.

Eines Abends traf er zu seinem Erstaunen im Harimspark eine Frau. Sie hatte Gewürze aus dem ehemaligen Küchengarten geholt und trug sie, in ein Leintuch geknüpft, heim. Sie war eine frühere Sklavin der Ehefrau eines Schreibers, die verstorben war. Bei der Übersiedlung des Hofes nach Memphis hatte man die Nubierin freigelassen, um den verwitweten Schreiber zu ehelichen, der in Achetaton bleiben wollte. Der Greis brauchte eine Frau und lebte nun mit ihr in einem Haus, das unterhalb der Stadt am Nilufer lag. Beim Anblick von Tenti blieb die Schwarze stehen, den Kopf mit dem Kraushaar schiefgelegt, und lächelte ihn an. Die weißen Zähne blitzten im dunklen Gesicht.

Dann legte sie das Bündel auf die Erde und trat auf ihn zu. Ohne ein Wort zu sagen, riß sie ihm den Lendenschurz ab und zog ihn auf den Fliesenboden der Terrasse. Etwas schon lange Entbehrtes war der Frauenkörper in seinen Armen, waren die vollen, saugenden Lippen, die schwarzen Brüste und der willig geöffnete Schoß. Die dunkle Haut glänzte wie poliert und roch nach Zwiebeln, Gewürzen, Schweiß und einem fremdartigen Öl.

Sie trafen sich von nun an öfters, sprachen aber nie ein Wort miteinander. Er kannte nicht einmal ihren Namen, wollte ihn auch gar nicht wissen. Doch genoß er die Leidenschaft ihrer wilden Umarmungen, ihr Stöhnen und tierhaftes Knurren, wenn sie befriedigt war. Sie trennten sich danach sofort und gingen, jeder für sich, zu ihrer Heimstatt. Tenti fühlte sich wohlig entspannt, obgleich ihn ein leichtes Schuldgefühl quälte. Der Garten des göttlichen Königspaares war entweiht worden! Er unterdrückte die Erinnerung an die Begegnung damals, und sie verblaßte langsam.

An einem Vormittag im April half Tenti der Mutter beim Worfeln des Weizens. Das Wetter war günstig, denn es wehte ein leichter Wind, der die Spreu vom Platz auf dem Hügel herabwehte, so daß die schweren Getreidekörner ohne ihre äußeren Hüllen auf den Tennenplatz zurückfielen. Eigentlich war es eine Frauenarbeit, das Korn mit den Hölzern, die wie hohle Hände geformt waren, in die Luft zu werfen. Mädchenhaft war auch das Kopftuch, das man bei dieser Arbeit zum Schutz der Haare trug. Aber weil die Mutter keine Tochter mehr im Haus hatte, stand Tenti ihr bei, nicht ohne zum Dorf hinüberzuschielen, ob ihn auch niemand bei diesem Tun beobachtete. Plötzlich sah er zu seinem Ärger durch den Schleier des Weizens hindurch, daß vom Fluß her ein Mann den Hügel hinaufstieg, kein gewöhnlicher Bauer oder Fischer, sondern ein städtischer Herr in einem weitgeschnittenen Umhang über dem Schurz. Das Gesicht unter dem glatten, in der Mitte gescheitelten Haar kam ihm vage bekannt vor, doch traf es ihn wie ein Schlag, als der Fremde die Spitze des Hügels erklommen hatte und durch den Kornstaub zu ihnen trat.

»Du erkennst wohl deinen Freund nicht mehr?« lachte der Mann, Tenti riß sich hastig das Tuch vom Kopf und errötete. Er konnte es kaum fassen: Dieser gepflegte Herr in schönen Kleidern aus bestem Leinen, mit einer bunten Kette um den Hals, glattrasiert und gut frisiert, nicht mehr barfuß, sondern mit Sandalen aus feinem Leder, war niemand anders als Dersened, der Sohn des Fischers, der derbe Bursche, mit dem Tenti gelacht und geschwatzt, sich gestritten, gerauft und wieder versöhnt hatte, der vertraute Freund, der eines Tages verschwunden war, ohne sich zu verabschieden. Auch die Mutter war erstaunt: »Junge, was ist aus dir geworden? Bist du in den Goldtopf gefallen?«

Dersened sagte leichthin: »Vielleicht! Ich hab in Theben Arbeit gefunden – gute Arbeit.«

»Man sieht es«, meinte Hemet, doch sie musterte ihn nicht ohne Zweifel: »Ist's auch Arbeit, die den Göttern gefällt?«

Der junge Mann wurde rot, antwortete nicht, sondern lachte nur kurz auf.

Hemet stellt die Schale mit dem Weizen auf den Boden, legte die Worfelhölzer darauf und meinte versöhnlich: »Kommt ins Haus! Da ist ein frisch angebrochener Krug mit Bier, um einen Gast zu bewirten. Und Brot und eine Handvoll Datteln gibt es auch!«

Tenti sagte vor Beklommenheit lange kein Wort. Erst als die Mutter wieder zur Tenne gegangen war, um weiterzuworfeln, fragte er leise: »Wie ist die Stadt? Erzähl mir von der Stadt!«

An diesem Abend und an den nächsten Tagen berichtete Dersened Tenti von der Stadt, vielmehr von den Städten, denn sein Beruf brachte es mit sich, wie er erklärte, daß er auf dem Schiffs- oder Landweg häufig zwischen Theben und Memphis unterwegs war. Er kannte nicht nur das große Theben – viel größer als Achetaton –, sondern sogar die wunderbare neue Königsstadt. Wie hoch die Häuser dort waren! Bis zu vier Familien wohnten übereinander, und man mußte viele Stufen steigen, um das oberste Stockwerk zu erreichen. In den Straßen zwischen den Häusern wimmelte es nur so von Menschen, die Waren trugen, bepackte Esel antrieben, zu den Märkten eilten. Selten ging hier jemand langsam. Auf den großen Marktplätzen drängte sich das Volk um die Verkaufsstände, wo man alles erhielt, was man sich nur denken konnte: Obst, Brot, Mehl, Fleisch, Öl, Bier und Wein, Fische, Hühner, Vieh, Kleider, Holz aus dem Libanon, Gold und Elfenbein aus Nubien, Kupfer aus Zypern. Auf einem Nebenmarkt gab es die edelsten Pferde, auf einem anderen die schönsten Sklavinnen und kräftigsten Sklaven. Die meisten der Waren wurden aus Schiffen geladen, welche unten am Nil an Pfosten vertäut waren und die anschließend wieder mit Getreide, Datteln und Feigen, Papyrus, Leinen und Tauwerk zur Ausfuhr in Fremdländer beladen wurden. In der Nähe des Hafens war das von den Matrosen gern besuchte Hurenviertel mit weißen, braunen und schwarzen Frauen. Immer konnte man in der Stadt etwas Neues sehen und erleben. Da gab es die Bezirke der Handwerker, wo Tischler, Seiler, Töpfer, Papyrusrollenhersteller, Leder- und Metallarbeiter ihre Waren fertigten. Auch hörte man stets irgendwo Musik, und Tänzerinnen wirbelten, und Akrobaten verbogen die Glieder.

»Und Tempel, was gibt es dort für Tempel?«

Dersened sagte nachdrücklich: »Viele und riesige, besonders in Memphis, mit Säulen, die an den Himmel stoßen!«

»Tempel für die alten Götter?«

»Ja, den Aton kannst du dort nicht finden, aber viele andere Götter: Amun-Re, Isis, Osiris, Horus, Schu und Nut, vor allem aber Ptah, weil er der Stadtgott ist. Er sieht aus wie eine Mumie und hat eine blaue Kappe auf wie ein Steinmetz. Beim Stadtfest wird er durch die Straßen getragen, und niemand arbeitet dann, sondern die Leute begleiten ihn beim Umzug. Sie bitten ihn um etwas und stellen Fragen, und er antwortet.«

»Und der Pharao, hast du auch den Pharao gesehen?«

Dersened lachte verächtlich: »Das Götterkindchen? Den Pharaonenjungen? Gewiß doch, wenn er in den Tempel geht oder zur Jagd ausfährt. Er ist immer von vielen Wachen umgeben.«

Am Abend kam Nofretka, die Mutter von Dersened, den Hügel heraufgekeucht. Sie war dick geworden, und das Steigen fiel ihr schwer. Auch trug sie etwas. Sie hatte diesmal ihre gewohnte Trägheit überwunden, weil sie Hemet dringend zeigen mußte, was ihr Sohn ihr mitgebracht hatte. Vor dem Haus ließ sie sich atemlos neben Hemet auf die Treppen fallen und warf der Freundin einen Ballen Stoff in den Schoß: »Was sagst du dazu? Ist es nicht ein Leinen wie für eine Königin? Fühl mal!« Auffordernd rieb sie eine Kante zwischen Daumen und Zeigefinger. Aber als Hemet automatisch dasselbe tat, schrie Nofretka auf: »Hast du auch saubere Finger, oder hast du gerade im Garten gearbeitet? Es ist so weiß, daß man jeden Fleck darauf sieht!«

Verärgert schob Hemet den Ballen beiseite: »Und was willst du damit machen, ein Kleid, um darin die Fische zu schuppen oder Unkraut zu jäten? Oder willst du deinem Huy einen Schurz machen, damit er schön ist, wenn er sich wieder mit Freunden betrinkt?«

Nofretka zog einen beleidigten Flunsch: »Wie du so redest! Du bist doch nur eifersüchtig. Du hast auch nie geglaubt, daß aus Dersened mal was Ordentliches wird, genau wie sein Vater es nicht geglaubt hat! Weil der Junge aus dem Dorf fortgelaufen ist, habt ihr immer gedacht, er wird verkommen. Und dabei ist er nun ein richtiger Herr und reich geworden. Aber er hat seine Mutter nicht vergessen. Nicht nur das Leinen hat er mir mitgebracht, auch das hier!« Triumphierend hielt sie Hemet einen schweren, goldenen Reifen hin, eine Fußspange, edel geformt und ziseliert.

Hemet betrachtete das Schmuckstück erstaunt: »Wo hat er das her?«

Nofretka zuckte die Schultern: »Er sagt, er treibt Handel, bringt Korn und Fleisch und Obst vom Land in die Stadt und jetzt auch Schmuck und Gold von Theben nach Memphis und umgekehrt. Er ist schlau, mein Dersened, und er weiß, wie man beim Handel einen Gewinn erzielt!«

Hemet stand auf: »Gut für dich!« sagte sie kurz und wandte sich dem Topf über der Feuerstelle zu, in dem es brodelte. Betont aufmerksam rührte sie den Brei.

Nofretka war enttäuscht. Niemand wollte sich mit ihr freuen, die anderen Frauen im Dorf nicht, die nur neidisch waren, Huy nicht, der dem Sohn nicht verzeihen konnte, daß er nicht auch Fischer geworden war, und nun sogar ihre beste Freundin Hemet nicht, von der sie es eigentlich erwartet hatte. Sie packte ihre Sachen zusammen und trabte beleidigt den Hügel hinunter zu ihrem Haus.

In den nächsten Tagen wich Tenti Dersened nicht mehr von der Seite. Er stellte Frage um Frage, bis Dersened ungeduldig sagte: »Wenn du alles so genau wissen willst, dann komm doch mit!« Plötzlich legte er dem Freund den Arm um die Schultern und rief lebhaft: »Ja, komm mit!«

Tenti sah ihn verblüfft an, doch Dersened nickte. »Das ist keine schlechte Idee. Du kannst uns helfen und selber bald wohlhabend werden.«

»Du sagst immer wieder ›uns‹. Was sind das für Leute?«

Der Ältere antwortete auf diese Frage nicht, sondern schüttelte Tenti am Arm: »Wäre das nicht gut, wenn wir beide wieder zusammensein könnten – wie damals beim Grabbau?«

Tenti fragte atemlos: »Du willst mich wirklich mitnehmen?« Plötzlich erschien ihm das die Lösung zu sein, aus seiner unbefriedigenden Lebenslage herauszufinden. Doch das Unerwartete des Plans ließ ihn ein paar Tage grübeln und zwischen Begeisterung und Angst schwanken, bis er sich dazu entschloß. Auch mußte er die Mutter überzeugen, was nicht leicht war.

»Du willst in die Stadt? Was kannst du dort tun, und wo wirst du wohnen? Und wer wird dir das Essen kochen?«

Dersened lachte: »Ach, Hemet, sehe ich so aus, als wenn ich nirgendwo wohne und nichts zu essen habe?«

Beistand zu ihrem Plan erhielten die Freunde von ganz unerwarteter Seite. Tentis älterer Bruder, der den Hof jetzt leitete, murrte: »Laß ihn doch gehen, Mutter! Für die Landwirtschaft taugt er sowieso nicht. Und was soll er sonst noch hier machen, wo es keine Bauarbeiten an Gräbern mehr gibt und keine Gärten von Königen zu versorgen sind. In der Stadt kann er leichter sein Brot verdienen!«

Der Ältere hatte bei dieser Rede einen Nebengedanken: Er plante die Tochter des Nachbarn zu heiraten und brauchte Platz für die Frau und eine spätere Familie. So wurde Tentis Abreise denn beschlossen. Hemet wusch unter Gejammer seine Kleider, buk Brot und kochte eine Gänsekeule als Proviant für die Reise. Sie betete lange vor der Figur der kleinen, sitzenden Isis im Hausaltar, um die »zauberreiche Muttergöttin« zu bitten, den Sohn in der fremden Stadt an die Hand zu nehmen.

Wenige Tage später landete ein größeres Frachtschiff im Hafen von Achetaton, ein seltenes Ereignis, nachdem der Pharao die Stadt verlassen hatte. Die Bevölkerung der umliegenden Dörfer stand am Ufer und schaute zu, wie Matrosen das Schiff an den morschen Pfosten vertäuten. Dann wurden eine Kuh und ein Ochse, die Dersened bei den Bauern gegen Saatgut und landwirtschaftliche

Geräte eingetauscht hatte, über einen schwankenden Steg an Bord gebracht, nicht ohne daß der Ochse ein paarmal ausbrach und von den Burschen aus dem Dorf unter Geschrei wieder eingefangen wurde. Ein finster blickender, schweigsamer Mann war mit dem Schiff gekommen. Er übergab an Deck Dersened ein paar Säcke mit Getreide und stieg dann ans Ufer, um mit einem Esel auf dem Landweg nach Theben zurückzureiten.

Zwei der Säcke nahm Dersened in seine Obhut, zwei weitere gab er Tenti. »Paß auf sie auf – laß sie nicht aus den Augen!« sagte er beschwörend.

Tenti wunderte sich, daß der Freund gewöhnlichem Emmer solche Bedeutung zumaß. Allerdings hörte er, als er die Säcke an die Bordwand unter das Sonnendach zog, ein leises Klappern. Im Weizen waren wohl noch andere Gegenstände verborgen! Er vergaß es schnell, als sie, nachdem sie in die Mitte des Nils gerudert waren, nun stromabwärts gen Memphis glitten. Er hockte sich auf die Bordwand und sah das heimatliche Ufer allmählich verschwinden. Eine seltsame Mischung aus Kummer, Freude, Spannung, Heimweh nach der Mutter und Abenteuerlust erfüllte ihn, warf ihn hin und her zwischen angenehmen und bangen Gefühlen, bis Dersened sich zu ihm setzte.

19. Kapitel

Eje, der Wesir und »Wedelträger zur Rechten des Königs«, saß in einem bequemen Lehnsessel auf dem Dach seiner stattlichen Villa, einen Becher mit Wein in der Hand, und verfolgte mit gerunzelter Stirn und zusammengekniffenen Augen das unruhige Hin- und Herwandern des sehr viel jüngeren »Stellvertreters des Königs an der Spitze der Länder«, des Generalissimus Haremheb. »Wieder hat sie ihren Willen durchgesetzt«, rief dieser zornig, »immer hat sie das letzte Wort!«

Eje hob abwehrend die Hand: »Bedenke, daß du von der Frau des Pharaos, von der Königin redest. Sie spricht nur die Wünsche des Königs aus. Er verlangt nach diesem Palastvorsteher.«

Haremheb blieb vor dem Alten stehen und stampfte mit dem Fuß auf. Er zeigte mit einer ungeduldigen Geste zum Palast hinüber: »Dort regiert kein Pharao, sondern eine Frau. Der König ist noch ein Kind, ein Junge, der spielen und nicht regieren will!«

Eje schüttelte den Kopf. »Du scheinst zu vergessen, daß er kein gewöhnlicher Knabe ist. Er gehört in den Kreis der Götter, und seine Brüder und Schwestern, die Seligen, werden ihm in seinen Gedanken und Entschlüssen beistehen!«

Haremheb nahm seine unruhige Wanderung wieder auf. Das Geschwätz des Alten ärgerte ihn. Er murmelte: »Ich habe nicht gemerkt, daß die Wünsche und Entschlüsse des Königs etwas Göttliches an sich haben, statt dessen riechen sie nach Frauenparfum!« Er krauste angewidert die Nase. Dann blieb er vor Eje stehen und sah ihn fordernd an: »Ich will diesen Palastvorsteher nicht in Memphis haben. Er war schon in Achetaton Minister. Es ist nicht gut, daß wir die alten Beamten Echnatons in unsere Welt mit hineinnehmen!« Als er bemerkte, wie taktlos er eben gewesen war, fuhr er hastig fort: »... wenn diese Beamten nicht die Weitsicht und Altersweisheit des großen Wesirs Eje besitzen!«

Der alte Mann hatte kurz die struppigen Augenbrauen gerunzelt. Das Gespräch ermüdete ihn. Er brummte: »Sorg dich nicht, hör auf, dir Gedanken zu machen. Die Königin steht fest in unserer wiedergefundenen Götterwelt. Ohne sie hätten wir die Rückbesinnung nicht geschafft. Setz dich und trink noch einen Becher Wein. Das wird dir guttun!«

Doch der Generalissimus trat noch einmal an die Brüstung und schaute auf das Portal des Palastes, aus dem gerade die königliche Leibgarde marschierte und ein Wagen gefahren wurde. Gleich darauf erschien das Königspaar, der junge Pharao zur Jagd gekleidet in kurzem Lendenschurz und buntem Mieder, das Gesicht vom gestreiften Königskopftuch umschlossen. Man sah, daß der Vierzehnjährige aufgeregt war, denn bei den raschen Bewegungen

129

wippte die Uräusschlange über der Stirn. Auch die Königin war zur Jagd gekleidet. Hinter ihnen trug ein Diener Pfeile und Bogen, und ein schwarzer Nubierknabe hielt einen Käfig mit Lockenten. Hunde umdrängten ihn hechelnd. Der Pharao brach zur Entenjagd auf, einer seiner Lieblingsbeschäftigungen.

Haremheb meinte an diesem Jungen wirklich nichts Göttliches zu entdecken. Zwar war der junge König in den beiden Jahren, die sie nun in Memphis lebten, hochgeschossen, hatte lange, knochige Beine und magere Arme bekommen. Die Rundlichkeit des Kleinkindes war verschwunden, doch der Gang und die Bewegung der Glieder hatten ihre frühere Anmut behalten. Aber was sollte das Gerede von einem Gott bedeuten, das der alte Eje immer wieder mit wahrer Ehrfurcht äußerte! Im geheimen war Haremheb nicht so innig mit der Welt der Götter verbunden wie der »Wedelträger zur Rechten des Königs«. Den Dienst in den Tempeln und auf Festen übte der Generalissimus aus, wie man es von ihm erwartete. Niemand bemerkte, daß alles für ihn nur eine Formsache war, eine Notwendigkeit, die ihn auf dem Pfad zur Macht hinanführte. So viel Macht wie nur irgend möglich wollte er erreichen, und auf diesem Wege war er schon weit gelangt, obgleich er aus einfachen Verhältnissen stammte, was den Aufstieg für einen Beamten sehr erschwerte. Jetzt stand der nüchterne, kluge, politisch geschickte Mann neben dem alten, schon etwas senilen Eje fast an der Spitze der Regierung. Anfänglich war es ihm ganz recht gewesen, daß ein Kind Pharao wurde, ein Junge, der unmöglich königliche Macht ausüben konnte. Andere mußten für ihn regieren. Womit er nicht gerechnet hatte, war, daß die Frau an der Seite des Pharaos willens und fähig war, Macht zu vollziehen. Haremheb glaubte nicht, daß Tutanchamun je ein ernsthafter Gegner für ihn werden konnte, doch bei diesem Gedanken erschrak er plötzlich. Der Knabe wuchs heran, und es war durchaus möglich, daß diese seltsame Ehe eines Tages vollzogen würde. Dann konnte die Königin ihre Macht über Tutanchamun weiter ausbauen – wie sehr aber erst, wenn sie einem Prinzen das Leben schenkte, einem Erben des Thrones! Bis jetzt hatte Haremheb diese Gedanken verdrängt, doch nun überfielen sie ihn mit Gewalt. Er biß die Zähne zusammen und ballte die Fäuste.

Der König kehrte von der Jagd zurück, erhitzt und glücklich, denn er hatte mit Pfeil und Bogen drei Enten erlegt. »Die wird der Koch uns heute abend zur Mahlzeit bereiten, du wirst sehen, daß sie vorzüglich schmecken!« rief er stolz.

Anchesenamun nickte. Voll zärtlicher Ironie blickte sie ihn an. Mit schiefgerutschtem Königskopftuch, geröteten Wangen und blitzenden Augen war er trotz seiner vierzehn Jahre noch ein Junge. Sie rief einen Diener, befahl, daß dem Pharao sein Bad bereitet würde und man dem Koch die Enten zur Zubereitung bringen solle. Sie hoffte, daß dieser nicht mit Gewürzen sparte, um den modrigen Nilschlammgeschmack zu überdecken.

Als Tutanchamun vom Bade zurückkehrte, erwärmte seine Anmut ihr wieder das Herz und verdrängte die leichte Ungeduld. Duftend vom parfümierten Wasser und strahlend, umgab ihn die göttliche Aura. Obgleich eigentlich wichtige Dinge besprochen werden mußten, konnte sie nicht anders, als seinen Wunsch zu erfüllen, Senet zu spielen. Sie setzten sich an das hübsche Spielbrett aus goldbeschlagenem Ebenholz mit Löwenfüßen, die auf einem Schlitten standen. Die dreißig Spielfelder waren aus Elfenbein eingelegt. Tutanchamun nahm aus einem Kästchen die Setzfiguren und verteilte sie. Abwechselnd warfen sie nun Stöckchen und Knöchelchen, die angaben, wie weit die Gegner ihre Steine auf dem Brett voransetzen durften. Der junge König war ganz bei der Sache und versuchte geschickt, die Steine der Königin zu blockieren oder sie gar hinauszuwerfen. Es gelang ihm heute häufig, denn sie war unkonzentriert. Tutanchamun betrachtete Anchesenamun über das Brett hinweg besorgt. »Bist du traurig, daß du verloren hast, Anchi?«

Sie schüttelte den Kopf: »Nein, aber wir müssen dringend Staatsgeschäfte besprechen. Morgen, beim Empfang der Hofbeamten, kannst du deine Wünsche äußern.«

Seufzend schob Tutanchamun das Spielbrett beiseite: »Nun ja, wenn du meinst!«

Sie versuchte seine offensichtliche Unlust zu ignorieren: »Du mußt auf den neuen Palastvorsteher bestehen!«

Tutanchamun nickte und sagte angeregt: »Ja, ich mag ihn – und er war auch schon Minister beim Vater.« Doch nach kurzem Zögern fügte er hinzu: »Aber was tu ich, wenn der Generalissimus ihn nicht will?«

Anchesenamun fegte seine Bedenken mit einer energischen Handbewegung fort: »Dann wirst du es trotzdem befehlen, denn du bist der König, und jeder muß sich dir unterordnen. Und noch mehr mußt du durchsetzen, so den Bau eines zweiten Königspalastes in Theben!«

Die Einstellung des Palastvorstehers war ihr vor allem wichtig. Sie hoffte, damit einen Hofbeamten an ihrer Seite zu haben, der sie über die innen- und außenpolitischen Verhältnisse Ägyptens informierte. Allzugut verstand es der Generalissimus Haremheb, Anchesenamun auszuschalten. Die Außenpolitik schien er allein zu bestimmen, was den jungen König kaum kümmerte, in ihr selber aber Ungeduld und Zorn erregte, den sie nur mühsam verbarg.

Sie war beim alten Eje vorstellig geworden, doch der hatte nur lächelnd abgewinkt: »Haremheb ist ein kluger Mann. Warum soll sich das göttliche Königspaar um so menschliche Belange kümmern? Gehört unser Pharao nicht viel mehr in die Gemeinschaft der Seligen als die der Menschen?«

Trotz seiner alten Knochen rutschte der Greis darauf vom Stuhl und verbeugte sich kniend, bis sein weißes Haar den Boden bedeckte. Erst als die Königin ihm befahl, sich zu erheben, stand er ächzend auf.

Anchesenamun hatte gewünscht, daß der König wieder in die Welt der Götter zurückkehrte. Es hatte sie immer irritiert, daß der Vater zwar der oberste Mensch, aber eben kein Gott zu sein glaubte. Doch sie erkannte jetzt, daß es dem menschlichen König leichter gefallen war, die Regierung in den Händen zu behalten, während der Gottkönig als viel zu abgehoben von der irdischen Welt galt. Nun hoffte sie, daß der neue Minister, der das Recht eines Pharaos auf alleinige Regierungsmacht bei Echnaton miterlebt hatte, ihr beistehen würde, die unberechtigte Herrschaft den Händen des Haremheb zu entreißen. Es gab am Hof wenig Menschen, denen die Königin ihre Sorgen mitteilen konnte, schon gar keine Männer. Ihr Versuch, bei den Regierungsgeschäften mitzureden, irritierte die meisten. Nur in religiösen Fragen, als Hohepriesterin des Amun und der Hathor, hatte sie ein deutliches Mitspracherecht. Die politischen Belange sollten allein dem Pharao vorgetragen und von ihm gebilligt oder verworfen werden. Aber da der König noch ein Kind war, meinten die führenden Hofbeamten darauf verzichten zu können. Anchesenamun wußte von dem starken politischen Einfluß, den sowohl ihre Großmutter Teje als auch ihre Mutter hinter den Palastmauern gehabt hatte. Die scharfsinnige Teje, klüger als ihr Mann König Amenophis, hatte diesem mit ihrem Rat zur Seite gestanden und Nofretete das Reformwerk des Echnaton mitentwickelt und wesentlich weiterentwickelt, als der König ermüdete.

Doch in der Öffentlichkeit standen, bis auf eine Ausnahme in früher Zeit, nur Männer als Pharaonen an der Spitze des Landes. Sie verkündeten als eigene Ideen und Entschlüsse, was eigentlich erst durch den Einfluß der Frauen geboren war. Anchesenamun hatte nicht einmal einen Mann, sondern ein königliches Kind an ihrer Seite, dessen helle Knabenstimme allein schon anzeigte, daß es noch nicht fähig war, wirkliche politische Macht auszuüben. Die Königin hatte an ihrer eigenen Kompetenz keine Zweifel, und doch sträubten sich die Männer des Hofes, ihr die Regierungsgewalt zu gestatten.

Einer der wenigen Menschen, die Anchesenamun wirklich nahestanden, war Merit, die Frau des Schatzmeisters. Sie betrat jetzt den Raum, ein weißes Priestergewand über dem Arm und in der Hand eine Federkrone. Sie wollte die Königin damit für den Tempeldienst ankleiden. Die schöne, junge Frau hatte einen mädchenhaft zarten Körper unter dem plissierten Kleid, das sie trug. Im Rahmen der geflochtenen Perücke lag ein rundes Gesicht mit verträumten Augen, einem kecken Näschen und geschwungenem Mund, der meist lächelte. »Müde von der Jagd?« fragte sie. »Meine Königin sieht erschöpft aus!«

Anchesenamun schüttelte den Kopf. Obgleich sie wußte, daß sie Merit vertrauen konnte, behielt sie ihre Sorgen für sich. Sie konnte von der Freundin mitfühlende Anteilnahme erwarten, aber kaum Ratschläge. Die junge Frau saß meist wie eine Schülerin bewundernd und verehrend zu ihren Füßen, mit dem Bewußtsein, daß die Königin sie weit überragte.

Der Tempeldienst fand heute im Haus der Hathor statt, der kuhohrigen Göttin der Liebe und Freude und Gattin des Horus. Priester vom Haupttempel Dendera waren zu Besuch gekommen, weshalb der Göttin eine besonders feierliche Veranstaltung beschert wurde. An der Spitze der Priesterinnen trug die Königin in silbernen Gefäßen Opfergaben von Blumen, Früchten und Getränken an den Altar und bewegte sich danach zusammen mit den anderen Frauen im Tanz, den Kopf in den Nacken gelegt und das Sistrum schüttelnd. Beim Schreiten und Drehen packte Anchesenamun ein Rausch, ließ das Herz klopfen und ein zitterndes Verlangen ihren Körper ergreifen. Liebe kannte sie. Dem Pharao gegenüber empfand sie sie ständig. Aber es war neben der mütterlichen Liebe die liebende Verehrung eines Gottes. Plötzlich wachte eine andere Liebe auf, die lange in ihr geschlafen hatte.

Als sie heimkehrte, war ein Diener gerade dabei, den König, der erst morgen im Tempel erwartet wurde, um der Hathor einen Kupferspiegel darzubringen, zu salben. Sie nahm dem Mann das Gefäß und den Schminklöffel ab und wies ihn aus dem Raum. Nun begann sie selber die langen Glieder einzureiben, die Schultern, den Rükken, die schmalen Hände mit den beweglichen Fingern. Wie weich die Haut noch war! Der König lachte und schwatzte: »Anchi, du machst es viel besser als der Diener. Das tut gut – oh ja!«

Ihre Hände glitten über die muskulösen Hüften, den flachen Bauch, die schlanken Beine. Ein heftiges, schmerzhaftes Begehren packte sie. Hastig bückte sie sich, um die schönen Füße zu salben, und als sie sich aufrichtete, war ihr Gesicht gerötet. »Was ist mit dir?« fragte Tutanchamun, »du siehst erhitzt aus – du strengst dich zu sehr an!«

Er nahm ihr das Salbgefäß aus der Hand und schenkte ihr ein Lächeln voller Zärtlichkeit – doch mehr nicht. Der junge Gott blieb unerweckt.

20. Kapitel

Tenti lebte nun schon drei Wochen lang in Memphis. Er wohnte in einem der hohen Häuser mitten in der Stadt. Sein Zimmer lag im untersten Stockwerk, ein kahler Raum mit einem Lager in der Ecke, Getreide- und Mehlsäcken, Wasser- und Weinkrügen, etwas Geschirr, einer Schale mit altem, trocknem Brot und einem Haufen von Kleidern an den Wänden. Es war stickig hier, und Tenti muß-te Tür und Fenster offenlassen, um etwas Durchzug zu erhalten, obgleich von der Straße der Staub hereinquoll und der Lärm, der am Tag und in der Nacht dort herrschte, ihn kaum schlafen ließ. Dersened war gleich nach der Ankunft wieder zurück nach Theben gefahren. Vor seiner Abreise hatte er Tür und Fenster des Zimmers fest verschlossen, das Bett beiseitegerückt und dort eine Klappe im Fußboden geöffnet, von der aus Stufen in einen Keller hinunter-führten. Aus den mitgebrachten Getreidesäcken fischte er ein paar schöngeformte Gefäße, eine blaue, mit Wasserpflanzen bemalte Trinkschale und einen goldenen Dolch. Auf Tentis erstaunte Fra-gen hin lachte er nur und trug die Gegenstände hinab in den Keller, schloß danach die Klappe wieder und schob das Bett darüber. Dann schaute er Tenti beschwörend an: »Hör zu, du darfst niemandem davon erzählen!«

»Aber wo hast du das her?« fragte Tenti.

Dersened erhob sich. »Das erzähl ich dir später. Jetzt muß ich zurückfahren, hab' wichtige Geschäfte. Bald komm ich wieder, und dann machen wir uns ein vergnügtes Leben – du wirst sehen! Erst einmal hast du hier reichlich Korn und Mehl und Wein, womit du dir auf dem Markt Brot, Fleisch und Obst eintauschen kannst. Bis ich wiederkomme, kannst du es dir bequem machen, schlafen, herumlaufen und die Stadt kennenlernen.«

»Aber was soll ich hier tun?«

»Du sollst das da bewachen!« Dersened zeigte mit dem Daumen in Richtung der Fußbodenklappe. Dann packte er Tentis Arm, schaute ihm in die Augen und sagte fast drohend: »Aber hör zu! Niemandem, wirklich niemandem darfst du von dem Keller erzählen! Das mußt du mir versprechen!« Als Tenti verwirrt nickte, fügte er noch hinzu: »Glaub mir, das wäre auch nicht ungefährlich!«

Die Tage, die nach Derseneds Abfahrt folgten, waren die schlimmsten, die Tenti bis jetzt erlebt hatte. Nie vorher war er so einsam gewesen. Er lag oder hockte in seinem Raum und wagte sich anfänglich nicht in die laute Stadt hinaus. Er horchte nur verschüchtert auf die Geräusche, die von der Straße hereinschallten, das Laufen vieler Menschen, Sprechen, Lachen, Rufen, Klappern von Tierhufen, Kindergeschrei und ab und zu einen Streit. Schließlich stieg er zögernd im Haus die Treppen hinan bis auf das Dach. Nun konnte er leichter atmen, weil hier eine leichte Brise wehte. Über die Mauer hinweg sah er auf das wimmelnde Leben in den engen Straßen unten, auf die vielen Häuser, im Hintergrund einen mächtigen Tempelbau und einen seltsamen, mit Stufen versehenen Berg.

Auch andere Bewohner des Hauses kamen schließlich nach und nach auf die Terrasse, um die frische Luft zu genießen. Sie rupften Geflügel, kneteten Brotteig, rösteten Fleisch über einem Holzkohlenfeuer, aßen, schwatzten miteinander und spielten mit ihren Kindern. Doch niemand kümmerte sich um Tenti, keiner sprach ihn an oder beachtete ihn auch nur. Es war, als wäre er nicht vorhanden. Endlich wagte er es, in die Stadt zu gehen. Das wirbelnde Leben auf den Straßen und Märkten ängstigte ihn anfänglich, fing bald aber doch an, ihn zu fesseln. Er suchte und fand den Palast des Pharaos, der hinter hohen Mauern verborgen war. Die Wache am Eingang sah ihn drohend an, so daß er rasch weiterlief. Er kam auch in die Nähe des seltsamen hohen Stufenberges und erfuhr von einem

Straßenhändler, bei dem er Obst kaufte, daß es sich hier um eine Pyramide handele, ein Königsgrab aus früherer Zeit.

Am liebsten hockte er sich auf eine Mauer am Hafen. Hier konnte er stundenlang sitzen und war fast glücklich. Er beobachtete, wie Schiffe entladen und dann wieder mit Exportware beladen wurden von halbnackten, schweißglänzenden Männern, die Bündel und Säcke herbeitrugen, Vieh hinter sich herzogen und Stangen zwischen sich hielten, an denen Weinkrüge aufgehängt waren. Der Geruch des Flusses erinnerte ihn an die Heimat, und wenn er sah, daß ein Boot die Segel gen Süden setzte, dachte er: »Vielleicht fahre ich das nächste Mal mit nach Hause. Er tat es dann doch nicht, weil er sich vor dem besorgten Gesicht der Mutter und dem Spott des Bruders fürchtete. Aber nachts fiel die Einsamkeit wieder über ihn her. Er lag in der Hitze nackt auf seinem Lager, in der Hand das Henkelkreuz, das ihm die Mutter zum Schutz gegen Krankheiten, Unfälle oder böse Geister mitgegeben hatte, und horchte auf das Piepsen der Mäuse im Korn. Krampfhaft vermied er es, an die Gegenstände im Keller zu denken. Er hütete sich, die Klappe zu öffnen, weil er fürchtete, daß etwas Unheimliches von unten heraufdringen könnte. Und hatte Dersened nicht von einer Gefahr gesprochen?

Auf der Dachterrasse waren Tenti bald einige Leute bekannt, so der Schuster, der abgelaufene Sandalen reparierte, ein dickes Ehepaar, das zwar in lumpigen Kleidern herumlief, aber auf einem Holzkohlenherd die köstlichsten Gerichte brutzelte, eine uralte Greisin, die jeden Morgen von einer jungen Frau in einen Lehnstuhl gesetzt wurde und dort den ganzen Tag über mit wackelndem Kopf und zitternden Händen sitzenblieb, ohne auf die Fliegen zu achten, die über das Gesicht liefen. Sie erinnerte ihn an seine Großmutter. Am liebsten schaute Tenti einer Schar von Kindern zu, die lachten, tobten und wilde Spiele spielten. Da packten sich zum Beispiel zwei Jungen an den Händen. Auf jeder Seite griffen andere um deren nackte Körper, bildeten jeweils hintereinander eine Schlange und zogen, bis eine der Parteien umfiel und von der Siegergruppe jubelnd ein Stück fortgezerrt wurde. Zwischen den Jugendlichen gab es auch Streit und Schlägereien, die aber meist von einem älteren

Mädchen geschlichtet wurden. Überhaupt schien sie die Königin der Kinderschar zu sein. Wenn sie nicht zugegen war, wirkten die andern lustlos und lebten auf, sobald sie erschien. Lachend und schreiend umringten sie das Mädchen: »Tama, komm, wir laufen um die Wette – oder laß mich auf dir reiten!«

Gleich sprang ein kleineres Mädchen auf ihren Rücken, und Tama schnaufte und stampfte wie ein wildes Pferd. Ein andermal brachte sie eine Handvoll Bälle mit und warf sie zwischen die Kinder, die in einem wild strampelnden Haufen danach langten. Tama sorgte stets dafür, daß auch die Kleinsten und Schwächsten zu ihrem Recht kamen. Sie war klein und zierlich, aber ihre weiblichen Formen wiesen darauf hin, daß die Pubertät schon hinter ihr lag. Sie hatte ein rundes Gesicht mit spitzem Kinn und einen kleinen Mund, der, wenn er nicht lachte, ein Schmollen zeigte. Die Augen standen weit auseinander, fast wie bei einer Ziege, waren groß und rund unter kräftigen Brauen und blickten aufmerksam und neugierig. Das Haar war über einer niedrigen Stirn in der Mitte gescheitelt und in zwei dicken Locken jeweils hinter abstehenden Ohren verankert. Der schmale Körper schien immer in Bewegung zu sein. Meistens kam sie die Treppe zum Dach hinaufgestürmt und lief, hüpfte, sprang dann pausenlos im Spiel mit den Kindern. Dann bebten ihre kleinen Brüste unter dem dünnen Leinen, und der kurze Rock flatterte um die nackten, braunen Schenkel. Tenti merkte bald, daß sie ihm fehlte, wenn er auf dem Dach erschien und sie dort nicht vorfand.

Sie war der erste Mensch, der hier mit ihm sprach. Eines Tages setzte sie sich, erhitzt vom Spiel, neben ihn auf den Mauerrand und lachte ihn an. Die Kinder wollten sie an den Händen in die Gruppe zurückziehen, aber sie wehrte ab: »Laßt mich mal eine Weile in Ruhe!«

Dann wandte sie sich Tenti zu: »Wo kommst du her? Du bist nicht aus der Stadt, du bist vom Land, stimmt's?« Und als er nickte: »Das sieht man! Und warum bist du hier? War's dir zu langweilig in deinem Dorf? Willst du in Memphis arbeiten, oder willst du dir die

Stadt ansehen?« Ihre hohe Stimme ließ die Sturzflut von Worten wie Vogelgezwitscher klingen.

Er antwortete zögernd: »Ich warte auf einen Freund. Wir wollen hier Geschäfte machen!«

»Was für Geschäfte?« Und als er mit den Schultern zuckte, lachte sie: »Du willst es mir nicht sagen?« Sie lehnte sich an die Hauswand zurück und kicherte: »Aber ich werd's schon rauskriegen!«

Tenti erschrak, doch vergaß er es bald wieder. Er war nun froh darüber, nicht mehr so allein zu sein, weil ab und zu jemand mit ihm sprach und lachte. Tama lachte viel und brachte auch ihn dazu. Sie machte sich über die Leute auf der Terrasse lustig, spottete über das dicke Ehepaar, von dem sie meinte, die beiden würden bald nicht mehr von Schweinen zu unterscheiden sein, über eine dürre Frau von mittlerem Alter, die immer wieder ihre Kinder aus der Schar der anderen herausholte – »Sie denkt, wir machen aus ihnen Räuber!« –, und über einen jungen Mann, einen Fleischhändler, der sich offensichtlich in sie verliebt hatte. Wenn sie mit Tenti plauderte, starrte er sie von der anderen Terrassenseite her an. Tama schnitt ihm eine Grimasse und murmelte: »Seine Augen sehen jetzt genauso aus wie die von den Kalbsköpfen, die er auf dem Markt verkauft.«

Sie selber war die älteste Tochter des Schusters. Ihre Mutter war gestorben, und sie führte ihm und den fünf Geschwistern den Haushalt.

Eines Nachts, nachdem Tenti sich in der drückenden Hitze im Bett hin- und hergewälzt hatte, fiel er schließlich in einen dumpfen Schlaf. Plötzlich spürte er eine Berührung seines nackten, schweißgebadeten Körpers und erschrak. Neben ihm lag ein anderer nackter Körper – der des Mädchens Tama! Er wollte sich aufrichten, aber sie drängte ihn mit erstaunlicher Kraft auf das Lager zurück, verankerte ihn dort, indem sie ihren Arm über seine Brust schob, und begann ihn wild zu küssen, die Stirn, die Wangen, den Mund, die Schultern, die Brust. Schlängelnd schob sie ihren schmalen Körper auf den seinen, und ihre Wildheit übertrug sich auf ihn, schoß wie eine Flamme in seine Lenden. Als sie schließlich entspannt nebeneinander lagen, fragte sie: »Was machst du hier für Geschäfte?«

Er setzte sich auf und starrte sie an: »Hast du nur deshalb mit mir geschlafen, weil du das erfahren willst?«

Sie lachte zärtlich: »Dummkopf, ich mag dich – bin einfach nur neugierig!« Und sie zog ihn in eine neue Umarmung.

Tenti versuchte, diesen Vorfall zu vergessen, denn wichtiger war die leidenschaftliche Glut, die er nun fast jeden Abend erleben durfte. Tama kam mitten in der Nacht, weckte ihn aus dumpfem Schlaf, schlängelte ihre schmalen Glieder um seinen Körper und saugte sich an seinem Mund fest, bis bei beiden die Glut zur Flamme wurde. Doch eines Nachts, als die Dämmerung den Raum schon grau färbte, wachte er von einem Rascheln auf und sah durch halbgeschlossene Lider, wie das Mädchen umherhuschte, die Säcke an der Wand betastete, sie oben öffnete, die Hände in das Korn und das Mehl steckte, jeweils eine Probe herausnahm, daran roch und den Kopf schüttelte. Sie erschrak, als Tenti sich aufrichtete und rief: »Tama, was machst du da?«

Sie lief zum Bett und versuchte, ihn wieder in eine Umarmung zu drängen, aber er wehrte ab, packte sie, als sie vor dem Lager stand, an den Schultern und schüttelte sie: »Sag, was du gesucht hast!«

»Ich hatte Hunger!«

Er fuhr sie zornig en: »Lüg nicht, dort steht die Schale mit Brot und Fleisch, du hättest davon nehmen können! Warum mußt du in den Säcken kramen?«

Sie war in die Knie gesunken und legte ihren Kopf auf seinen Schoß: »Warum sagst du mir nicht, was du hier machst?« flüsterte sie. »Ich will es auch niemandem erzählen!«

Er sprang aus dem Bett, wodurch sie auf den Boden fiel, aber er zog sie grob an den Armen hoch: »Das geht dich gar nichts an, du hast hier nichts zu suchen!« Seine Stimme war heiser vor Erregung. Er schob sie zur Tür hinaus und rief wütend: »Geh jetzt, und ich will dich auch nicht mehr hier sehen, hörst du – nie mehr!«

Sie huschte davon, und er warf sich wieder auf das zerwühlte Lager. Sein Herz klopfte wild. Derseneds Warnung fiel ihm ein: »Sag niemandem etwas davon – es ist auch gefährlich!«

Erst nach ein paar Tagen stieg er wieder zur Terrasse hinauf. Tama spielte dort mit den Kindern. Sie wirkte krampfhaft laut und übermütig und warf Tenti ab und zu aus dem Augenwinkel prüfende Blicke zu. Es fiel ihm schwer, sie anzuschauen. Die Sehnsucht nach ihrem Lachen und den Umarmungen, nach dem schmalen, schlängelnden Körper und den heißen Küssen quälte ihn. Als sie sich schließlich zögernd neben ihn hockte, wies er sie nicht fort. »Darf ich heute nacht zu dir kommen?« fragte sie mit ihrer Zwitscherstimme.

Er tat, als wenn er überlegte, seufzte dann und sagte schließlich: »Nun ja, komm für eine Stunde, aber nie wieder eine ganze Nacht!«

Eines Tages, als Tenti wieder einmal auf der Hafenmauer saß, kam ein Schiff von Süden her und wurde an den Pfosten am Kai vertäut. Das hatte er nun schon oft gesehen, und die ewig gleichen Bilder vom Ausstieg der Passagiere, dem Abladen und Wiederbeladen von Waren begannen ihn zu langweilen. Doch plötzlich sprang er auf. Einer der Passagiere des neuen Schiffes, gut gekleidet und selbstsicher, stieg von Bord, winkte einem Eseltreiber, der müßig an der Hafenmauer lehnte, und befahl ihm mit Rufen und Gesten, Waren von Bord zu holen. Geschäftig lief er neben dem Mann her, lud ihm auf Deck Säcke auf die Schultern und beobachtete aufmerksam, wie der Esel am Kai damit beladen wurde. Tenti warf die Arme in die Luft. Endlich war Dersened wieder in Memphis angekommen! Nun würde er nicht mehr so schrecklich allein sein. Er drängte sich durch die Menge, schob die Schimpfenden ungeduldig beiseite und fiel dem Freund in die Arme. Dersened lachte: »Ho, ho, wen haben wir denn da?« Er schob Tenti etwas von sich: »Wie geht es dir?«

»Ich langweile mich, und ich bin so alleine, und ich habe gedacht, daß du gar nicht mehr hierherkommst!« sprudelte Tenti.

Dersened schlug ihm auf die Schulter: »Aber du kannst dich doch auf mich verlassen! Und langweilen wirst du dich jetzt nicht mehr, denn es gibt viel Arbeit.« Er tätschelte die Säcke. »Los jetzt!« Er nickte dem Eseltreiber zu, der sein Tier mit einem Stockhieb in Bewegung setzte.

In Tentis Schlafraum wurden die Säcke gestapelt. Der Treiber erhielt Wein und Brot als Lohn und verschwand.

»Wo warst du so lange?« fragte Tenti. »Und was hast du gemacht? Und was willst du, das ich jetzt mache – immer nur den Keller bewachen?«

Dersened schüttelte den Kopf: »Wart's ab, Kleiner, jetzt kommt viel Arbeit auf dich zu, Arbeit, mit der du reich werden kannst. Aber erst einmal müssen wir das hier erledigen!«

Wieder schloß er die Fenster und die Tür und schob vor letztere ein schweres Bündel. Dann zog er Tentis Lager beiseite und öffnete die Klappe. »Hast du auch alles gut bewacht?« fragte er streng, »Niemandem von der Sache erzählt?«

Tenti nickte, obgleich ihm wie ein Blitz die neugierige Tama in den Sinn kam. Aber sie wußte nichts, dessen war er sicher – wenn sie vielleicht auch etwas ahnte.

Dersened stieg die Stufen hinab. »Alles noch da«, sagte er befriedigt, als er wieder erschien. Dann begann er die neu herbeigeschafften Säcke zu öffnen. Bis zu den Schultern steckte er die Arme in das Korn, und was er dann hervorholte, verschlug Tenti den Atem: zuerst Hände voll Schmuck, zahllose Ringe und Armbänder in Gold und mit Edelsteinen verziert, manche mit dem Horusauge, andere mit Skarabäen aus buntem Glas, schließlich eine Vase, wie eine Blüte geformt und durchsichtig, von der er sagte, sie sei aus Alabaster. Und mehr Vasen lagen endlich auf Tentis Bett, und Schalen und Waffen. Die Scheide eines goldenen Dolches war mit lauter springenden Tieren verziert. An einer langen Kette hing ein Anhänger in Form eines Vogels mit ausgebreiteten Schwingen in Blau, Rot und Gold. »Die bunten Steine sind Lapislazuli und Karneol«, sagte Dersened wichtig. Tenti versuchte die schwierigen Worte nachzusprechen. Dersened verbesserte ihn und meinte gönnerhaft: »Du mußt noch viel lernen, Kleiner, damit du für das Geschäft taugst!«

Dann packte er weiter aus, und es wollte kein Ende nehmen. Da war ein schöner Spiegel, ein Senetspiel und eine Lampe aus kostbarem Silber. Doch Tenti erschrak, als Dersened einen goldenen Krummstab hervorholte. »Aber der ist ja von einem König«, rief er entsetzt, »wir dürfen ihn nicht berühren. Man wird uns bestrafen!«

Dersened lachte und legte den Stab wie einen gewöhnlichen Spazierstock beiseite. »Was meinst du, woher wir ihn haben? Ja, guck nicht so dumm – alles stammt aus einem Königsgrab!«

Tenti wurde blaß. »Das kannst du doch nicht machen! Die Polizisten des Pharaos werden dich ins Gefängnis werfen – und wie zornig werden erst die Götter sein!«

Dersened ließ sich auf das Bett zwischen die Kostbarkeiten fallen und schloß eine Weile demonstrativ die Augen, als überwältige ihn die Naivität des Jüngeren. Schließlich richtete er sich auf und sagte von oben herab: »Du redest wie ein kleines Kind, Tenti. Wir mußten für die Könige, die schon immer das Volk ausgenutzt und gequält haben, schuften, Steuern zahlen, Fronarbeit leisten und was sonst nicht noch alles, damit sie ihre Schlösser und Gräber bauen und sie kostbar ausstatten konnten. Damit sie im Jenseits ein gutes Leben haben können, versuchen sie die Götter mit ihren Schätzen zu bestechen, und damit sie nicht selber arbeiten müssen, nehmen sie Uschebtis mit. Und wir? Wir können den Göttern keine Schätze mitbringen und keine Uschebtis mitnehmen. Wir müßten deshalb im Jenseits genauso hart arbeiten wie hier – wenn wir uns nicht dagegen wehren. Auch wir wollen dort ein leichteres Leben haben, und nicht nur dort, sondern auch jetzt und hier. Auch wir haben ein Recht an diesen Dingen in den Gräbern!«

»Aber du darfst einem Gott nichts stehlen! Der König ist ein Gott!«

»Glaubst du das wirklich? Warum nahmen die Könige denn immer ihre kleinen Arbeitssklaven, die Uschebtis, mit in die Gräber? Doch weil sie sonst im Jenseits selber arbeiten müßten. Und haben Götter je arbeiten müssen? Du siehst also, daß Könige keine Götter sind, sondern auch nur Menschen – nur eben viel reicher als andere Menschen. Der Pharao Echnaton hat es ja auch gesagt, daß Könige keine Götter sind!«

Tenti war verwirrt, doch vieles, was Dersened aussprach, leuchtete ihm ein. »Woher hast du denn das alles?« fragte er. »Die Gräber werden doch bewacht!«

Dersened tat überlegen: »Da muß man ein bißchen geschickt sein, mein Kleiner. Manche der Wächter kann man mit Bier müde machen oder sie bestechen, und man kann Tunnel graben. Wir lernen immer mehr dazu!«

»Du sagst immer ›wir‹!«

»Wir sind eine ganze Gruppe von Leuten, geschickten Leuten, klugen Leuten. Es sind auch einige dabei, die ganz genau Bescheid wissen, weil sie die Gräber selber entworfen und gebaut haben. Man hat sie für ihre Arbeit schlecht oder gar nicht bezahlt, und nun holen sie sich, was ihnen zusteht.«

»Aber warum bringst du die Sachen hierher?«

»Weil hier die Königsstadt ist. Hier leben die reichsten Leute, die Schmuck haben wollen, kostbares Gerät und goldene Dolche.«

»Niemand wird einen Königskrummstab kaufen!«

»Das nicht, aber es gibt hier Fachleute, die ihn einschmelzen und daraus anderen Schmuck und Waffen für den Verkauf machen!« Dersened stand auf und hockte sich neben Tenti, den Arm um seine Schultern legend: »Und du sollst uns jetzt helfen, diese Sachen zu verkaufen. Du bekommst das beste Leinen dafür und Wein und Leder für Sandalen und vielleicht ein Boot oder einen Esel. Und von dem Gewinn gehört immer ein Teil dir selber.«

Tenti sprang auf und schrie: »Nein, das kann ich nicht!«

Dersened meinte ironisch: »Willst du immer ein armer Bauernjunge bleiben, der aber selbst zum Ackerbau nicht taugt? Warum willst du dir nicht auch dein Recht nehmen, ein Recht, das dir zusteht?«

»Und wenn man mich erwischt?«

Dersened schüttelte den Kopf: »Kleiner Angsthase. Du brauchst dich nicht zu fürchten! Die Leute, die die Sachen kaufen, würden selber bestraft, wenn man sie erwischt. Sie verraten nichts. Und sie wissen auch gar nicht, wie wir heißen und wo wir wohnen, kaum wie wir aussehen, denn wir treffen uns mit ihnen stets in der Nacht.«

Am nächsten Tag gingen sie zum Markt. Dersened steuerte auf den Stand einer Frau zu, die Brote anbot. Während andere Kunden mit ihr handelten und Wein und Früchte gegen Gebäck tauschten, tat Dersened, als wenn er die Backwaren gründlich prüfe. »Gib uns zwei Brote, mit Honig gewürzt, und zwei mit Knoblauch. Du kannst dafür Sandalen kriegen oder einen Korb!« sagte er laut und flüsterte ihr dann zu: »Sag deinem Mann, daß ich Ware habe, gute Ware. Wir möchten ihn heute nacht treffen, wie üblich hinter dem Ptahtempel!«

Die Frau hantierte mit ihren Broten und tat, als wenn sie nichts gehört hätte. »Was ist, willst du es deinem Mann sagen?« sagte Dersened ungeduldig.

Die Frau schüttelte den Kopf: »Nein!«

Dersened runzelte die Stirn »Was sollt das heißen?«

»Er ist fort, er ist nicht mehr in Memphis!« flüsterte sie und sah sich ängstlich um. »Die Polizisten sind hinter ihm her. Er hat sich versteckt, und niemand weiß, wo er ist – ich auch nicht!«

Auf dem Heimweg war Dersened deprimiert. Er sprach kein Wort und blickte nur finster vor sich hin. Tentis Fragen wehrte er mit einem Kopfschütteln ab. Als sie im Haus waren, ließ er sich auf das Bett fallen, in dem sie jetzt gemeinsam schliefen, und stöhnte: »Verflucht, was machen wir nun? Diese Verbindung hatte mir einer aus unserer Gruppe, der aus Memphis kam, verschafft. Einen anderen Händler, dem man vertrauen kann, kenne ich hier nicht.«

»Kannst du deinen Freund nicht fragen, ob er noch jemanden weiß?«

Dersened schüttelte den Kopf: »Er ist tot. Der dumme Kerl hat es mit der Frau eines anderen Mannes getrieben, der ihn schließlich erschlagen hat.«

Er goß sich einen Becher voll Wein, setzte sich wieder auf das Bett, trank und brütete finster vor sich hin. Tenti hatte sich an die Wand gehockt und nippte auch Wein, zwar noch zaghaft. Er schwankte zwischen Bestürzung und Erleichterung. Daß er die kostbaren Gegenstände zuerst mit Dersened und später sogar alleine verkaufen sollte, hatte ihm nicht sehr behagt. Lange saßen sie schweigend beieinander. Plötzlich fuhren sie zusammen, denn von irgendwo unten polterte es. Dersened sprang auf und zog das Lager fort. Er öffnete die Klappe und schaute in den Keller hinab. Als er in der Dunkelheit nichts sehen konnte, rief er heiser vor Erregung: »Gib mir die Öllampe!«

In böser Vorahnung zündete Tenti den Docht mit zitternder Hand an und reichte dem Freund das Tongefäß. Mit dem Licht stieg Dersened die Stufen hinab. Dort unten war es jetzt still. Tenti hörte nur die tapsenden Schritte des Freundes, plötzlich aber einen Aufschrei und mit zornig bebender Stimme den Ruf nach ihm selbst. Als sie schließlich im Kellergewölbe nebeneinanderstanden, wies Derseneds ausgestreckter Zeigefinger auf eine kleine Gestalt hin, die zusammengekrümmt in der Ecke hockte. Tama schaute die beiden Männer mit ihren großen Augen trotzig an.

»Wer ist das?« fragte Dersened heiser. »Kennst du sie?«

Tenti nickte und sagte bedrückt: »Das ist Tama!«

Dersened fuhr zu ihm herum: »Du kennst sie also – und du hast ihr alles erzählt – und dabei hast du mir versprochen ...«

Tenti wehrte entsetzt ab: »Ich hab ihr nichts erzählt, überhaupt nichts!«

Dersened packte das Mädchen am Arm und zog es die Treppe hinauf. Im Tageslicht des Zimmers sahen sie erst, daß ihre Arme von goldenen Reifen bedeckt waren und an jedem Finger ein Ring steckte. Ketten klirrten an ihrem Hals, an den abstehenden Ohren baumelten edelsteinbesetzte Gehänge, und auf dem krausen Haar schwebte schief ein Diadem. Doch das Mädchen sah nicht betreten, sondern trotzig aus. Die Lippen waren schmollend gewölbt.

»Du Diebin!« schrie Dersened. »Du brichst hier ein und stiehlst, was uns gehört, gib sofort alles her!« Er riß ihr die Ringe von den Fingern und die Reifen von den Armen, zerrte die Ketten von ihrem

Hals und das Diadem aus ihrem Haar und griff so grob nach den Ohrgehängen, daß ein Ohrläppchen anfing zu bluten.

Tama schrie auf: »Au, was machst du! Ich wollte nichts stehlen, wenn ihr auch alles gestohlen habt. Ich wollte die Sachen nur mal ausprobieren!«

»Aber woher hast du gewußt –?«

Sie lachte auf: »Ihr seid dumm. Ich hab euch gesehen, als ihr mit den Säcken ankamt. Und meint ihr, ich hab nicht gemerkt, wie schwer ihr tragen mußtet? Viel schwerer, als wenn es nur Korn und Mehl gewesen wäre. Und da bin ich natürlich neugierig geworden. Und als ihr weggegangen seid, hab ich schnell mal nachgesehen. Und da waren nur ganz wenige Säcke im Raum – und wo sollten die anderen sein? Und da hab ich gesucht.« Sie kicherte. »Und dann hab ich den Keller gefunden.«

Dersened knirschte mit den Zähnen: »Aber was mach ich nun mit dir? Ich könnte dich umbringen!«

Tama verzog den kleinen Mund zu einem spöttischen Grinsen. »Mach das lieber nicht! Ich hab gehört, daß ihr niemanden mehr wißt, der euch die Sachen abnimmt. Ich kenne aber jemanden, der Diebesware nimmt, der wird euch sicher helfen. Wenigstens können wir ihn fragen, ob er jemanden weiß.« Ihre Stimme hatte sich triumphierend immer höhergeschraubt, so daß es wieder wie Vogelgezwitscher klang.

Dersened sah sie unentschlossen an. Er ließ ihren Arm los und ging im Zimmer hin und her. »Und wenn wir ihm die Sachen geben, wird er sie behalten, und wir kriegen keine Tauschware von ihm!«

»Ach, bist du dumm!« sagte Tama von oben herab und ignorierte, daß Dersened zusammenzuckte. »Natürlich gebt ihr ihm erst mal nur ein Stück und seht zu, wie er sich verhält, und ihr sagt ihm, daß er, wenn er euch nicht betrügt, immer wieder viele neue Sachen bekommen kann.«

Am nächsten Tag gingen sie zu dritt zu dem Händler und verabredeten eine Begegnung in der Nacht hinter dem Ptahtempel, wo leere Bauhütten standen. Der Handel erledigte sich zur Befriedigung aller, und als Dersened wieder nach Theben fuhr, übernahmen Tenti und Tama gemeinsam den weiteren Verkauf der Kostbarkeiten. Ab und zu hatte Tenti Anfälle von Angst und schlechtem Gewissen, aber Tama verstand es, sie mit ihrem Lachen und ihrem Gleichmut zu vertreiben.

22. Kapitel

Anchesenamun hatte sich durchgesetzt. Der altersmüde Wesir Eje konnte ihr nicht so leicht etwas abschlagen. Sie erhielt den neuen Palastvorsteher, einen klugen Mann, der Tochter des Echnaton, an dessen Hof er Minister gewesen war, vollkommen ergeben. Seine Augen verbargen unter schweren Lidern, daß ihm die verspielte, heitere Lebensart des Pharaonenjünglings keinen Vergleich mit dem großen Sonnenkönig auszuhalten schien. Im geheimen hielt er auch an der Religion des Aton fest und meinte, wie Haremheb, nichts Göttliches an dem jungen König zu entdecken. Doch bewunderte er die geistigen Fähigkeiten der Königin. Durch die Bindung an den Pharao würde ihr möglich sein, das Land zu regieren, und er wollte ihr dabei zur Seite stehen.

Anchesenamun hatte auch erreicht, daß außer dem Königspalast in Memphis ein zweiter in Theben erbaut wurde. Von Zeit zu Zeit fuhr sie zusammen mit dem Pharao per Schiff zur Stadt des Amun-Re, die als religiöses Zentrum und Begräbnisstätte immer mehr aufblühte. Nach der Fertigstellung des Palastes dort plante sie, im Tal jenseits des Nils einen Totentempel und ein stattliches Grab für den Pharao zu errichten. Tutanchamun genoß diese Reisen, vor allem der fröhlichen Bootsfahrten auf dem Nil wegen. Auch interessierte er sich zunehmend für die Bauvorhaben in Theben und brachte eigene Vorschläge mit ein. Schien er hierin einiges vom Vater geerbt zu haben, so entsprachen seine Ideen doch keineswegs den klugen und fachkundigen Plänen Echnatons.

Das Königspaar genoß in Theben in vollen Zügen die Freiheit, die ihm der Abstand vom Hofe gab. Hier war selten ein offizielles

Zeremoniell nötig, und kein Haremheb beobachtete sie kritisch und mißtrauisch. Nur wirklich königstreue Wedelträger wurden zu diesen Expeditionen mitgenommen und einige wenige Damen des Hofes, vor allem Merit, die Frau des Schatzmeisters, Anchesenamuns Kammerfrau und Freundin. Solange der Palastbau noch nicht vollendet war, wohnte das Königspaar in einer anmutigen Villa, die zu klein war, um viele Beamte und Diener zu beherbergen. »Hier sind wir keine Könige mehr«, rief Tutanchamun erfreut, »hier sind wir nur zwei Bürger, ein Mann und seine Frau – zwei ganz gewöhnliche Bürger!«

Anchesenamun lächelte verkrampft. Zu einem Bürger und seiner Frau gehörten Kinder, aber obgleich der König nun sein sechzehntes Lebensjahr erreicht hatte, lebten sie immer noch wie Geschwister nebeneinander her und nicht wie ein Ehepaar.

Die Priester des Amun-Re-Tempels waren beglückt über die häufige Anwesenheit des Pharaos in Theben. Gleich nach seiner Ankunft opferte er stets zusammen mit seiner Königin vor dem Altar des obersten Gottes des Landes, legte Früchte und Blumen dort nieder, warf Terebintenharz in die heiße Pfanne des Dreifußes über der Flamme, atmete tief den Duft des Weihrauches ein und wedelte mit schmalen, langfingrigen Händen dem federgekrönten Götterbild die Rauchschwaden zu. Diesmal verlängerte sich die Zeremonie, weil der Oberpriester des Tempels vor dem Königspaar niederkniete und inständig um die Herstellung eines Bildwerkes bat. Die Priester wollten das Königspaar auch während seiner körperlichen Abwesenheit in Stein gemeißelt bei sich haben, verbunden mit Amun-Re und in seinem Schutz. Erfreut und gnädig gab der Pharao seine Zustimmung.

Am Tage danach begab sich das Paar in das Atelier des von den Priestern empfohlenen Bildhauers. Er fiel vor ihnen auf die Knie, doch als er auf ihren Anruf hin das Gesicht hob, erkannte Anchesenamun den Schüler des Thutmosis, der als junger Lehrling auf den Wunsch des Echnaton hin ihr kindliches Portrait geformt hatte. Obgleich er nun nicht mehr jung war, hatte sich sein heiteres, glattrasiertes Gesicht nicht sehr verändert. Nach kurzem Nachdenken fiel ihr auch sein Name ein: »Du bist Intef, der Schüler des großen Meisters!«

»Der nun in seinem Grab auf der anderen Seite des Nils liegt«, vollendete der Bildhauer und fügte hinzu: »Thutmosis wird jetzt in der Welt der Götter für die Unsterblichen große Werke schaffen, doch für uns Irdische ist seine Kunst verloren!«

Tutanchamun war im Atelier herumgewandert. »Auch deine Werke sind nicht zu verachten!« sagte er lächelnd und blieb vor dem Portrait einer jungen Frau, die eine Lotosblüte in der Hand trug, stehen. »Es ist, als wenn sie gleich zu uns sprechen will!«

Die Königin nickte: »Dein Meister würde sich deiner nicht schämen, Intef, du bist seiner würdig!«

In den nächsten Tagen ließ Intef den besonders feinen kristallinen Kalkstein herbeischaffen, der nur für Portraits aus der königlichen Familie benutzt werden durfte. Gemeinsam beriet er sich dann mit den Priestern des Amun-Re-Haupttempels und schlug dem Pharao vor, eine Gruppe darzustellen: der Pharao und seine Gemahlin nebeneinanderstehend, dahinter, um einiges größer, der Gott Amun-Re, der seine Hand auf die Schulter Tutanchamuns legt. Dieser Arbeit wegen mußte der Aufenthalt des Königspaares in Theben länger dauern als vorgesehen, was beiden nicht unlieb war.

Kurz vor Beendigung der Arbeit saß Anchesenamun eines Mittags im Atelier Modell, weil der Bildhauer noch ihr Gewand, den natürlichen Fall des Rockes und die gestickten Stoffbahnen, die über die Schulter gelegt unter der Brust zu einem Knoten gebunden waren, fertigstellen wollte. Es dauerte länger, als sie erwartet hatte, bis sie schließlich zusammen mit Merit zur Villa zurückgehen konnte. Sie war erschöpft und froh, daß der König zu einer Hasenjagd mit Höflingen und Dienern zusammen in die Wüste aufgebrochen war. Sie ließ sich von Merit ein Bad bereiten, um den Kalkstaub von Haut und Haar zu spülen. Als sie im duftenden Wasser des Marmorbeckens lag, verabschiedete sie die Freundin, weil sie allein sein wollte. Wohlig dämmerte sie im kühlen Wasser dahin und drohte einzuschlafen, als plötzlich Lärm im Hof ertönte: Hufgetrappel, Lachen, Befehle. Der König war unerwartet früh von der Jagd zurückgekehrt. Sie hörte, daß er die Diener entließ und allein das Haus betrat. »Anchi, wo bist du?« rief er.

Sie antwortete nicht, eine unbekannte Scheu hielt sie zurück. Schon stürmte er zur Tür herein und blieb verwundert stehen: »Du badest? Mitten am Tag?«

Sie erwartete, daß er sich nun zurückziehen würde, aber er blieb, lehnte sich an die Wand und schaute sie an. Ihr war seltsam zumute, denn fast nie hatte er sie vollkommen nackt gesehen. Langsam setzte er sich auf die Marmorbank neben das Becken, und sein Blick glitt vom Gesicht her über ihre Schultern, die Formen des Körpers, die Brüste, die Hüften, die im grünblauen Wasser von unwirklicher Zartheit zu sein schienen.

»Hast du etwas erlegt?« fragte Anchesenamun leise.

Er schüttelte den Kopf und antwortete nicht, griff statt dessen nach einer Lotosblüte, die auf der Oberfläche des Badewassers schaukelte und steckte sie ihr ins Haar. »Wie schön du bist!« flüsterte er.

Sie errötete. Erstaunen, Scham, Verlegenheit, Glück wirbelten in ihrem Inneren, doch schließlich mündete alles in einen Triumph: Endlich, endlich blickte er sie nicht mehr an wie ein Sohn seine Mutter oder der unbeholfene Bruder die kluge, ältere Schwester. Seine Augen verrieten ein anderes Feuer, und sie wußte, daß sie am Ziel war.

Am Abend stiegen sie gemeinsam auf die Königsbarke, die mit Lotossteven und Purpursegeln am Ufer lag. Es herrschte kein Wind. Sie ließen sich von den Sklaven, fünf an jeder Seite, den Fluß hinaufrudern. Die Gardinen am Pavillon waren herabgelassen, und das Licht der Abendsonne drang gefiltert hindurch. »Wie aus Gold siehst du aus, Anchi!« flüsterte Tutanchamun. »Und wie du dich anfühlst, so weich wie Flaumfedern – so wunderbar!«

Ohne Zögern wußte er, was er zu tun hatte, und sie versanken gemeinsam in Glut und Feuer und atemlosem Glück.

Als Anchesenamun am Morgen danach neben dem noch Schlafenden erwachte, von den Wellen des Nils leicht hin- und hergewiegt, meinte sie, daß der Hapigott ihr damit seinen Beifall zeigen wollte. Kein Wunder, wenn er dem göttlichen Bruder einen Gruß schickte. Sie war sich ganz sicher: Nur ein Gott konnte so lieben!

Der Pharao hatte sich verändert. Der Hof in Memphis merkte es sofort nach der Rückkehr des königlichen Paares. Tutanchamun wirkte männlicher, seine Stimme klang fester, die Bewegungen waren bestimmter. Er vertrat entschiedener seine Ansichten und Wünsche. Die Lust an kindlichen Spielen schien er überwunden zu haben. Staats- und Tempelanliegen bewegten ihn jetzt. Die Königin hielt sich nun mehr im Hintergrund. Niemand konnte das strahlende Glück des Paares übersehen. Auch hatten die Hofdamen, die Anchesenamun nach Theben begleiteten, ihren Ehemännern nun aufregende Dinge ins Ohr zu flüstern, Dinge, die die Ehemänner sonst meist als »Weibergeschwätz« abtaten, welche sie nun aber ganz anders bewerteten. Für die Entwicklung des Landes und ihre eigenen Positionen schien das alles von großer Bedeutung zu sein. Manche beurteilten die neue Lage mit amüsierter Befriedigung, andere waren unsicher oder glaubten sogar, daß die Zukunft Ägyptens gefährdet sei.

Die Diener und Sklaven im Schloß profitierten von der heiteren Stimmung. Ungewohnte Freundlichkeit herrschte. Die früher strenge Königin übersah milde kleine Fehler, und selten wurde jemand ausgeschimpft. Sie übersah auch die neugierigen Augen, die hinter Türen und Schränken, Hecken im Park und Hausecken hervorspähten. Sie waren ihr sogar angenehm, und voller Triumph merkte sie, daß Gerüchte schlängelnd von Haus zu Haus ihren Weg durch die Stadt machten, Gerüchte, deren Wahrheit man gar nicht mehr anzweifeln sollte.

Tija, die Amme der Nofretete und Gattin des Eje, nun unförmig dick geworden, keuchte die Treppen zur Hausterrasse hinauf und ließ sich, nach Luft ringend, auf einen Sessel neben dem Alten nieder. Als sie schließlich ihrer Stimme wieder mächtig war, flüsterte sie aufgeregt: »Weißt du, was man von denen im Schloß hört?«

Eje schüttelte ungeduldig den Kopf. Das Sensationsgerede seiner Frau ärgerte ihn meist. Aber nun spitzte er doch die Ohren, als Tija, ohne eine Antwort abzuwarten, fortfuhr: »Sie schmusen und turteln, die beiden, und sie machen sich die kostbarsten Geschenke, und die Königin tut, als wenn Tutanchamun der größte Herrscher der Welt ist!« Sie kicherte: »Der Junge, der nicht viel in seinem Kopf hat, sagt Haremheb, und dem die Königin alle Entscheidungen zuflüstert, meint Haremheb. Aber der Pharao sollte sich lieber bei uns Rat holen, meint er – und er hat recht!«

Tija konnte nicht verwinden, daß sich die Königin, die als Prinzessin Anchesenpaaton einst häufig in ihr Haus geschlüpft war, um Näschereien zu knabbern und sich von den alten Göttern erzählen zu lassen, seit vielen Jahren zurückgezogen hatte. Ein Groll erfüllte Tijas Herz, gespeist von verletzter Eitelkeit und unerwiderter Liebe. Sie hörte es jetzt gern, wenn jemand Abfälliges über die Königin sagte.

Der alte Eje hob warnend die Hand. »Wie kannst du dir anmaßen, schlecht über den Pharao zu sprechen, der zur Welt der Götter gehört, und über die Königin, die als Hohepriesterin und Vermählte des Amun-Re im Tempeldienst wirkt! Du bist gegen sie nur ein Mensch und ein dummer und geschwätziger dazu. Sei also still, Weib!« Seine Stimme tönte finster grollend.

Tija warf den Kopf zurück: »Aber der Generalissimus meint auch ...«

Eje schnitt ihr das Wort ab und rief heftig: »Was Haremheb meint, ist nicht für deine Ohren bestimmt. Natürlich hast du ihn falsch verstanden. Er ist ein treuer und loyaler Diener seines Königs!« Er wandte sich von ihr ab und sah zum Palast hinüber, denn sie war schlau genug zu erkennen, daß Zweifel wie eine Wolke über Ejes Gesicht huschten.

Die Zweifel waren berechtigt, denn der Mann, über den das Ehepaar so leidenschaftlich gestritten hatte, saß in seinem Amtsraum und blickte finster vor sich hin. Er war gerade dabeigewesen, Erlasse zu diktieren. Als Tija mit den Nachrichten hereinplatzte, befahl er jetzt dem Schreiber, der in der Ecke mit Papyrus auf den Knien hockte, den Raum zu verlassen. Natürlich hatte ihn schon vor Tijas Auftritt das Palastgerücht erreicht, und mehr noch glaubte er seinen eigenen Augen, die beobachtet hatten, wie das Königspaar nicht mehr Hand in Hand, sondern Arm in Arm lachend und sich zärtlich neckend im Garten spazierte und wie der Pharao auf der Terrasse Anchesenamuns Kopf in beide Hände nahm und ihr tief in die Augen blickte.

Haremheb wußte nun, daß es geschehen war. Er stöhnte auf und begrub das Gesicht in den Händen. Niemand konnte jetzt den Pharao und die Königin daran hindern, die Macht im Lande durch einen Erben für sich zu sichern und zu erhalten. Was würde aus Haremhebs eigener Zukunft werden? Bis jetzt hatte der Königsknabe die männliche Kraft und politische Klugheit des Generalissimus bewundert und manchmal seinen Rat gesucht. Wenn auch die Königin von großem Einfluß auf ihn war, meinte der junge König doch manchmal besser einen Mann um seine Meinung zu fragen. Doch schon beim ersten Ministerempfang nach der Reise merkte Haremheb, daß sich vieles geändert hatte. In der Frage der künstlerischen Ausstattung einer neuen Grenzstele widersprach der Pharao entschieden dem Generalissimus. Als Haremheb argumentieren wollte, wehrte Tutanchamun mit einer energischen Handbewegung ab und Worten, die keine Widerrede duldeten: »Es soll geschehen, wie ich, der Pharao, es will!«

Dem Generalissimus war die Röte ins Gesicht geschossen. Als er sich von der üblichen Verbeugung aufrichtete, sah er die Augen der Königin spöttisch auf sich gerichtet. Das traf ihn am meisten. Er wußte, daß sie seine Feindin war. Er wußte auch, daß sie den König jetzt überreden konnte, ihn fallenzulassen, weil der Pharao meinte, nun einen männlichen Beistand nicht mehr zu brauchen. Der Zorn, der ihn schüttelte, ließ ihn den Diener anschreien, der wie üblich zur Nacht die Öllampen anzünden wollte, er solle sich davonscheren, ballte nach dessen hastigem Rückzug die Fäuste und trommelte damit auf die Tischplatte. Er mußte verhindern, daß sein Aufstieg vom Sohn eines Viehzüchters bis in dieses hohe Staatsamt gestört und die Verwirklichung eines noch größeren Zieles vereitelt wurde!

Der junge König merkte nichts von den angstvollen und zornigen Gefühlen seines Generalissimus. Er genoß seine neu erfahrene Männlichkeit, war freundlich, aber bestimmt und kompromißlos im Durchsetzen eigener Ideen. Voller Naivität glaubte er, daß auch Haremheb sich darüber freuen würde, daß Tutanchamun endlich erwachsen geworden war. Die Ideen, die er hatte, stammten allerdings noch immer aus Anchesenamuns Kopf, doch sie verstand es geschickt, ihm vorzuspiegeln, daß er selber deren Urheber sei. Es war nicht wichtig, daß ihr junger Gott ein kluger Politiker und Staatsmann wurde. Das Denken konnte sie selber bewältigen. Doch die Stärke, ihre Ideen durchzusetzen, die er jetzt zeigte, war ein großer Erfolg. Ein Gott mußte sich nicht selber mit allzuirdischen Dingen beschäftigen, wichtiger war eine erhabene Ausstrahlung. Tutanchamun zeigte diese jetzt überzeugender als je vorher. Auch das Volk spürte das. Die Menschen jubelten dem Königspaar bei seinen Ausflügen begeistert hüpfend und in die Hände klatschend zu.

Das Glück des Königspaares schien sich ständig zu steigern, die Nächte waren voller Leidenschaft, die Tage voller Zärtlichkeit. Sie tauschten liebevolle Geschenke aus. Auf Anchesenamuns Tisch neben dem Bett stand eines Morgens ein reizendes Schminkensemble, ein kleiner, rundköpfiger Sklave, der kniend auf seinen Schultern ein Salbentöpfchen trug, und ein Schminklöffel, dessen Griff als schlanke, langgestreckte nackte Schwimmerin gestaltet war. Sie hielt eine Ente am Schwanz, deren Flügel man beiseiteklappen konnte, um in der Höhle des Vogelbauches die Schminke zu mischen. Das ganze war ein Meisterstück des Schnitzers. Der König konnte sich nicht genugtun mit Geschenken, setzte der Königin eines Abends ein kostbares Diadem aufs Haupt, einen Kranz aus Blüten von Gold, Perlen und Edelsteinen. Und als er ihr wenig später ein breites, goldenes Armband über das Handgelenk streifte, das einen großen, blaustrahlenden, goldgetupften Lapislazuli-Skarabäus einschloß, sagte er: »Er wird dir ein langes, glückliches Leben bescheren!«

Die Königin ließ für ihren Gemahl eine kunstvoll gestaltete Truhe zur Aufbewahrung der Insignien Krummstab, Geißel und Königszepter herstellen. Deren Reiz bestand besonders darin, daß an ihren Wänden Szenen aus dem Leben des königlichen Paares dargestellt waren. Auf dem Ebenholz waren bemalte Elfenbeinplatten angebracht. Man sah dort den Pharao bei der Jagd, in einem zweirädrigen, von geschmückten Pferden gezogenen Wagen stehend, den Pfeil vom Bogen schießend, zahlreiches erlegtes Wild zu seinen Füßen. Auf einer anderen Szene zeigte der König fast dieselbe Pose, aber zu seinen Füßen lagen keine erlegten Tiere, sondern besiegte Feinde, blutend und sterbend auf dem Schlachtfeld. Der Pharao war auf diesen Bildern kein Knabe mehr, sondern ein stattlicher junger Mann, stolz und selbstbewußt. Doch auf einer Schmalseite blickte der gleiche Mann nicht mehr kriegerisch, sondern zärtlich auf die mädchenhafte Königin hinab, die ihm lächelnd Blumen reichte.

22. Kapitel

Die königliche Polizei wurde verstärkt, vor allem wegen der Raubtaten aus den Gräbern der alten Könige in Theben. Doch nicht nur dort, auch in Memphis, der Stadt, in der der Pharao jetzt regierte, entdeckten Polizisten immer wieder Gegenstände, die reichen Beamten, Wesiren und Königen für das Leben im Jenseits in ihren thebanischen Gräbern an die Seite gelegt worden waren. Dem mußte ein Riegel vorgeschoben werden. So kontrollierten Uniformierte zunehmend Märkte, Läden, vor allem aber Gepäck und Waren von Reisenden auf dem Landweg oder auf Schiffen zwischen den beiden Städten. Tenti und Tama zogen, von Dersened begleitet, nun auch nach Theben. Wegen der häufigen Anwesenheit des Pharaos dort hatten sich immer mehr Wohlhabende in der Stadt niedergelassen, bei denen die Grabräuber ihre Schätze loswurden, ohne den gefährlichen Kontrollen auf Schiffen und Straßen ausgesetzt zu sein. Tenti hatte zusammen mit Tama gelernt, die Kostbarkeiten heimlich zu veräußern. Es machte ihm nichts mehr aus. Er war jedoch froh, daß er nicht ohne das Mädchen nach Theben übersiedeln mußte, weil sie in ihrer unverfrorenen Art auch gefährliche Situationen besser meisterte als er selbst.

Die Familie von Tama hatte sie leichten Herzens ziehen lassen. Eine zweite Tochter des Schusters war nun herangewachsen und konnte den Haushalt führen. Seitdem sie Tentis Partnerin geworden war, hatte Tama der Familie eine Art Wohlstand verschafft. Mehr Mehl, Gemüse und Brot war jetzt für alle vorhanden, und nicht nur einmal im Monat gab es Fleisch zu essen. Bei Kälte konnten die Kinder warme Capes umhängen und wenn sie in die Stadt gingen, Sandalen tragen. Tama hatte versprochen, auch von Theben aus die Familie zu versorgen. Man glaubte es ihr, denn sie hing mit leidenschaftlicher Liebe an den Geschwistern. Doch vergaß sie sich selber nicht, schmückte sich nun mit hübschen Leinengewändern, feinen Ledersandalen, Perücken, Armbändern, Fußspangen und Gürteln aus Perlen. Allerdings war sie zu klug, um sich am Schmuck aus den Gräbern zu vergreifen.

Sie fuhren mit dem Schiff den Nil hinauf. Nachdem sie in Theben gelandet waren, führte Dersened sie vom Hafen aus zu ihrem Quartier. Es lag etwas außerhalb der Stadt. Als sie sich näherten, überfiel sie ein bestialischer Gestank. Tenti und Tama blieben entsetzt stehen, aber Dersened grinste nur und trieb sie voran auf ein langgestrecktes Haus zu, aus dessen Tor eine Wolke von Fliegen quoll. Die beiden Jüngeren zögerten, durch das Tor zu gehen, doch Dersened rief: »Kommt nur, ihr werdet euch daran gewöhnen, vor allem wenn ihr merkt, daß deshalb kaum je ein Polizist des Königs das Haus betritt. Dieser Gestank ist unser Schutz – und deshalb mag man ihn bald ganz gern!«

Durch das Tor traten sie in einen Gang, der quer durch das Gebäude führte bis zu einem von kleinen Häusern umstandenen Hof. Dort war der Gestank kaum erträglich. Er stieg aus Gruben auf, die mit einer trüben Flüssigkeit gefüllt waren. Felle von Ziegen und Häute von Rindern schwammen darin. Nackte, dunkle Nubier standen bis zu den Knien in den Gruben, fischten die Felle wieder heraus und begannen, mit scharfen Messern die Haare abzuschaben. In manchen Gruben war statt der trüben Flüssigkeit eine ölige, dicke Soße, in die andere Männer die enthaarten Häute tauchten, um sie darin hin- und herzuschwenken. Die Nubier standen dabei bis zu den Oberschenkeln in den Gruben, und wenn sie herausstiegen, waren Beine und Arme braun- und blaugefärbt. »Ihr seht hier, wie Felle gegerbt werden«, sagte Dersened wichtig. »Sie nehmen dazu Öle und Alaun und Farbstoffe von Pflanzen. Man kriegt dadurch gutes Leder, und die Sandalenmacher in der Stadt sind ganz verrückt danach!«

Dann winkte er einem stämmigen Mann mit krausem schwarzen Bart im pockennarbigen Gesicht zu, der auf einer Rampe stand, Befehle brüllte und ab und zu einen langen Stock auf gekrümmte Nubierrücken sausen ließ. »He, Rahotep, wie geht's?«

Der Mann stieg von der Rampe und kam auf sie zu. Er achtete nicht auf die Fliegen, die sich auf seine Stirn, die Schultern und Arme setzten. »Dersened«, rief er grinsend, »du feines Herrchen mit dem weissesten Lendenschurz über deinem zarten Hintern – wo kommst du her, und wen bringst du da mit dir?«

Er betrachtete spöttisch Tenti und Tama. Das Mädchen fuchtelte wild, um sich der Fliegen zu erwehren. Der Mann meinte abschätzig: »Auch so ein feines Herrchen wie du, und was ist denn das – etwa deine Frau?«

Er zupfte Tama am Ohr. Wütend schlug sie ihm auf die Finger. Dersened rief: »Aber nein, sie ist doch nicht meine Frau!«

Der Mann lachte laut: »Das ist auch gut so, denn was ist sie nur für ein dünnes Stöckchen und hat abstehende Ohren und Ziegenaugen! Und die Nase? Na, die kann ich nicht sehen, weil sie sie zuhält. «

Tama fuhr zornig auf: »Halt dein Maul, du frecher Kerl, der stinkt wie eine Kloake. Ich kratz dir die Augen aus!« Sie wollte sich auf ihn stürzen, aber Tenti hielt sie zurück.

»Ha«, brüllte der Mann, »eine Wildkatze! Wollen wir sie gleich in die Grube zu den anderen Fellen schmeißen? Oder was soll sie hier, wenn sie nicht deine Frau ist?«

Dersened schlug ihm auf die Schulter: »Wart's nur ab! Sie kann uns sehr nützlich sein.«

Sie betraten eins der Häuser an der Rückseite des Hofes. In einem saalartigen Raum drängten sich Männer um einen Tisch, an dem ein magerer Kahlkopf vor einer Waage saß. Sie fuchtelten mit Gegenständen in ihren Händen und schrien auf den Mann ein: »Guck dir das an, Ranefer, ist das nicht gut? Wieg's ab! Es ist aus reinem Gold, und ich kann dafür sicher ein paar Sandalen kriegen!«

Ein athletischer Schwarzer schob den Sprechenden beiseite: »Kinderkram ist das Armband, aber hier, Ranefer – was ganz Feines!«

Der Kahlkopf nahm dem Schwarzen das gewichtige Brustpektoral aus der Hand und betrachtete es bewundernd. »Schön, ein Königsschmuck – was für Gold! Dazu sogar Silber und Edelsteine, wunderschön, aber nicht verkäuflich.«

Der Schwarze warf den Kopf zurück. »Weiß ich selber. Du sollst es klein machen, die Edelsteine rausbrechen und Gold und Silber einschmelzen. Wozu bist du denn ein Goldschmied, Ranefer!«

Der nickte und legte den Schmuck beiseite. »Und was kriege ich dafür?« fragte der Schwarze aufsässig.

»Weiß ich nicht, Hepi, du mußt den Schweiger fragen!«

Der Schwarze wurde von anderen beiseitegedrängt. Doch der Goldschmied schob nun die Waage und die Gegenstände auf dem Tisch fort: »Schluß jetzt, ich habe Hunger!«

Wie gerufen betrat eine Frau den Raum, die einen Topf mit dampfender Suppe trug und neben die Waage auf den Tisch stellte. Sie verschwand noch einmal und kam wieder zurück, legte Brote hin und Löffel, stellte Becher dazu und einen Krug mit Bier. Die Männer gossen das Bier in die Becher, tranken und griffen nach den Löffeln, um damit gierig in den Suppentopf zu fahren. Dersened hatte Tama und Tenti, der sich schüchtern zurücklehnte, auf die Bank am Tisch gezogen. Tenti zögerte, aber Tama griff auch nach einem Löffel und tauchte ihn in die dicke Suppe. Die Männer ließen ihre Löffel sinken und starrten Tama verblüfft an: »Was ist denn das?« fragte einer. »Eine Frau frißt uns das Essen weg? Das geht doch nicht! Wie kommt die hier rein?«

Dersened versuchte zu beschwichtigen: »He, wartet mal, das ist Tama. Sie hat in Memphis unsere Sachen ganz geschickt an den Mann gebracht und soll's nun hier auch tun.«

»Wir wollen aber keine Weiber in unserem Kreis!« grollte ein Dicker mit einem wirren schwarzen Haarschopf. »Sie bringen nur Unfrieden!«

»Der Schweiger will es so. Ich sollte sie hierherholen, wie auch Tenti, hat er gesagt.«

Die Männer schauten diesen nur kurz an und wandten sich wieder Tama zu, die ungerührt ihre Suppe löffelte. Ein noch sehr junger Bursche mit glatten, kurz geschnittenen Haaren und einem pausbäckigen Gesicht rief mit hoher, quäkender Stimme: »Also mir gefällt's, daß wir endlich mal eine Frau hier haben!«

Der große Breitschultrige schlug dem kleinen auf den Rücken und grölte: »Recht hat er, unser Fifi, wir können eine gebrauchen, nicht nur für den Handel!«

Er lachte und wollte nach Tamas Kinn greifen, zog sich aber sofort zurück, als ein scharfer Löffelhieb seine Hand traf. »Du nimmst sofort die Pfoten von mir weg«, zischte Tama, »und redest zu einer Dame, wie es sich gehört, sonst kannst du was erleben!«

Der Goldschmied nickte: »Die Kleine hat ganz recht, obgleich es ziemlich übertrieben ist, daß sie sich eine Dame nennt, aber wenn sie für uns arbeitet, wirst du sie nicht anders behandeln als die Männer!«

In mißmutigem Schweigen wurde die Mahlzeit beendet. Danach zeigte Dersened Tama und Tenti ihre Quartiere. Tama sollte im kleinsten Haus am Hof wohnen, zusammen mit einer älteren Frau, die sie mürrisch empfing. Sie hieß Hekenu und führte dem Schweiger, wie Dersened berichtete, den Haushalt.

Im Haus, in dem sie gerade ihre Mahlzeit eingenommen hatten, wohnte und arbeitete der Goldschmied Ranefer mit seiner Frau Senai, die für alle das Essen bereitete. Ein drittes, etwas größeres Haus war zum Quartier für die Männer bestimmt. Sie betraten eine Halle, die mit einer Menge von Gegenständen angefüllt war. Da lagen aufgerollte Seile, standen Leitern, Tonkrüge, Körbe, gefüllt mit Äxten, Sägen, Messern, Sicheln, Holzkeilen, Fackeln, Öllampen, Bogensehnen und Stöcken zum Feueranzünden. An den Wänden hingen Holzschwerter, Bogen und Pfeile. In einer Ecke lagen Bündel von grober Leinwand, Haufen von schwarzen Umhängen mit Kapuzen, Lederschurze, Netze und Tierhäute als Wasserbehälter. Ein Papyrusboot und eins aus Holz waren an eine Wand gelehnt, außerdem sorgsam aufgerollte Segel und Ruder. Aus der Halle stiegen sie eine Treppe hinauf. Im oberen Stockwerk befanden sich drei Räume. In einem wohnten der schwarze Hepi und der junge Fifi, in dem daneben allein der große, dicke Mersuanch, im dritten Dersened. Hier sollte nun auch Tenti einziehen.

Dersened wies den Freund an, sein Bündel im Zimmer abzulegen. »Und mach schnell, der Schweiger will euch sehen!«

Sie trafen im Hof auf Tama, die zwar noch immer mit zugehaltener Nase herumlief; aber sonst guter Laune zu sein schien. Das Essen hatte geschmeckt, und ihre ständige Neugier war schon mehr als befriedigt worden. Sie erzählte kichernd, daß sie erfahren hatte, daß der Färber Rahotep allein im Eingangsgebäude lebte, weil niemand des Gestankes wegen mit ihm zusammenwohnen wollte, auch keine Frau, was ihn sehr verbitterte. In einem Stall hatte sie zwei hübsche Esel und ein stattliches Pferd entdeckt. Auf ihrer Schulter saß eine kleine schwarze Katze, die schnurrte, wenn Tama sie streichelte. Als sie einen dritten Hof hinter den Häusern überquerten, bestürmte Tama Dersened, ihnen zu erzählen, was es mit dem »Schweiger« auf sich habe.

»Er ist unser König«, sagte Dersened ungewohnt feierlich, »aber wartet, bis ihr ihn kennengelernt habt!«

Dieser dritte Hof war vollkommen leer. Er wurde begrenzt von einer hohen Mauer, in die eine einzige, schmale Holztür zu sehen war, die Dersened öffnete und rasch wieder hinter sich zuzog, nachdem sie einen engen Gang betreten hatten, in dessen ebenfalls hoher Rückwand ein breiteres, unverschlossenes Tor etwas Licht hereinließ. Sie durchschritten es und blieben verblüfft stehen, denn vor ihnen lag eine Szene, die völlig verschieden war von der Welt, die sie eben verlassen hatten. Da war ein großer Garten mit blühenden, stark duftenden Pflanzen, Palmen, Akazien und Tamarisken. In glitzernden Teichen wuchs Lotos. Sklaven schöpften dort Wasser, um Gemüsebeete damit zu gießen, in denen andere Männer gruben, säten und Unkraut jäteten. Unter einem Schilfdach standen Tongefäße. Ein Mann griff vorsichtig in einen der Töpfe und zog Honig hervor, während ihn die Bienen zornig umschwirrten. Auf einer Wiese watschelten Gänse, und an ihrem Ende war eine Weinpflanzung, wo dunkelhäutige Arbeiter die vom Laubdach hängenden Trauben ernteten und in Körbe legten. Es roch nach Erde, Blumen, Wein und Küchenkräutern. Man vergaß im Nu den Gestank der Gerberei. Sie gingen einen Kiesweg entlang, der zu einem stattlichen, weißen Haus mit bunten Holzsäulen führte. Daneben lag ein Wirtschaftshof, in dem ein Bursche gerade ein weißes Pferd striegelte, das schnaubte und stampfte. An einer Mauer waren zahlreiche Kornspeicher aus Lehmziegeln aufgestellt.

Ehe sie sich von ihrem Erstaunen erholen konnten, führte Dersened sie in das Haus hinein und eine Treppe hinauf bis zur Dachterrasse. Sie schien leer zu sein. Doch als sie sich umsahen, bemerkten sie unter einem Schutzdach eine unbewegliche Gestalt. Sie hockte auf einem Sitzkissen, die mit einem langen Gewand bedeckten Knie angezogen, die verschränkten Arme daraufgelegt. Es war ein Mann, der, ohne sich zu bewegen, über die Mauerbrüstung auf die Wüste blickte, deren Sandhügel in der Abendsonne golden aufleuchteten. Dersened räusperte sich und verbeugte sich tief. Der Hockende wandte sich ihnen zu. Unter einem kahlen, runden Kopf schauten sie im glattrasierten Gesicht seltsam helle Augen prüfend an, zwei tiefe Falten, die von der Nase bis zu den Winkeln des schmalen Mundes liefen, und die zusammengepreßten Lippen gaben den Zügen Ernst und Strenge. Er sprach kein Wort, machte nur eine auffordernde Bewegung, sie sollten nähertreten. Dersened schob Tama und Tenti vor ihn hin. Die hellen Augen betrachteten sie lange. Tenti kam es vor, als schaute der Mann ihnen bis ins Herz hinein. Schließlich nickte er und winkte, daß sie sich entfernen sollten. Gleich darauf kehrte er seinen Blick wieder der Wüste zu.

Selbst Tama wagte nicht zu sprechen, solange sie noch im Bereich der Villa waren. Aber als sie wieder durch das zweite Mauertor auf den Hof der Gerberei traten, hielt sie sich zuerst mit einem Aufschrei die Nase zu, um dann aber Dersened mit Fragen zu überfallen: Was war das für ein Mann, und warum sprach er nicht? Und er mußte ja wohl sehr reich sein. Und was hatte er mit ihnen zu schaffen? Dersened machte sich wichtig: »Halt, halt, nicht alles auf einmal. Es ist eine lange Geschichte!«

Erst als auch Tenti rief: »Nun sag doch schon, was ist mit ihm, und dürfen wir bleiben?« nickte Dersened.

»Ja, er hat gezeigt, daß ihr dableiben dürft!«

Dann begann er von dem seltsamen Mann zu erzählen, den sie den »Schweiger« nannten. Er war einst in der bürgerlichen Welt als Schreiber bei einem Wesir, dem er auch die Steuergeschäfte regelte, sehr einflußreich gewesen. Er hatte dem hohen Würdenträger zu Wohlstand verholfen, sich aber geweigert, an Steuerbetrügereien teilzunehmen. Der Wesir stellte schließlich einen neuen Schreiber an und betraute den früheren nur mit untergeordneten Beschäftigungen wie der Aufsicht von Sklaven beim Gartenbau.

Unter dem neuen Schreiber fanden die gewünschten Steuerhintergehen nun statt, Beamte wurden bestochen, die Ernteerträge geringer einzuschätzen, als sie wirklich waren, und zu bekunden, daß angeblich Viehseuchen die Herden dezimiert hätten. Doch bei einem dieser Bestechungsversuche traf man auf einen ehrbaren Steuereinnehmer. Die Sache kam vor Gericht. Der Wesir und der neue Schreiber verstanden es, die Schuld ganz und gar dem früheren Schreiber zuzuschieben. Der wurde ausgepeitscht und kam ins Gefängnis. Seine junge Frau starb im Elend. Als er schließlich wieder frei war, beschloß er sich zu rächen. Doch der Wesir war gestorben und in einem prächtigen Grab beigesetzt worden. Auf eine Rache wollte der Betrogene trotzdem nicht verzichten. Er brach in das Grab des Verstorbenen in Theben ein und stahl, was er forttragen konnte: Handwerkszeug und Schmuck, vor allem Uschebtis, die Dienerfiguren, die dem Wesir im Jenseits die aufgetragenen Arbeiten abnehmen sollten, die der Wesir nun für alle Zeiten selber leisten mußte.

Es hatte wenig Mühe gemacht, in das Grab einzudringen. Auch andere Gräber von hochgestellten Personen waren mit Schätzen angefüllt, während man die Armen ohne alles irgendwo im Wüstensand verscharrte. Der Schreiber beschloß, die Ungerechtigkeiten etwas zu korrigieren. Immer wieder brach er in Gräber ein und raubte alles. Bald fand er willige Helfer. Er weitete mit ihnen seine Tätigkeit aus und wurde durch Kenntnisse und Geschick schließlich der Führer einer ganzen Gruppe von Grabräubern. Er leitete sie mit Klugheit und Strenge, war aber gerecht, und die erfolgreichen Mitglieder seiner Truppe wurden reichlich belohnt. Er selber war reich geworden, nahm nicht mehr an den Raubtaten teil und hatte sich, abgeschirmt von dem üblen, aber schützenden Gestank der Gerberei, eine heile, blühende, kostbare Welt geschaffen. Doch er blieb einsam, konnte nicht mehr lachen und sprach nur selten. Niemand in der Gruppe wußte, wie er wirklich hieß. Man nannte ihn nur den »Schweiger«.

In den Wochen danach lebten sich Tenti und Tama ein und fanden sich auch mit dem Gestank ab. Sie führten die Aufträge aus, die man ihnen gab, boten wie in Memphis vertrauenswürdigen Händlern die kostbaren Gegenstände an und wußten nun auch, daß die Schätze in einem Keller unter der Gerätehalle verborgen waren. Sie lernten die Männer der Gruppe näher kennen und freundeten sich mit einigen an.

Eines Nachts wurden sie das erste Mal zu einem Grabraub mitgenommen. Wie die anderen in schwarze Kapuzenumhänge gehüllt, standen sie an der gebohrten Öffnung des Grabes. Zwei der Männer waren an Stricken in die Tiefe gelassen worden. Dersened, Tenti und Tama zogen nun die in Körbe und Bündel gefüllten Schätze hoch, um sie dann zu den Eseln zu transportieren, die etwas tiefer am Hügel standen und die Gegenstände zum Schiff tragen sollten. Plötzlich erschraken sie, als sie sahen, daß ein bewaffneter Wächter den Grabhügel heraufgestiegen kam, wohl weil er Geräusche vom Graben und Bohren und geflüsterte Befehle gehört hatte.

Doch Tama ließ den schwarzen Umhang von den Schultern gleiten und trat ihm mit girrendem Lachen entgegen: »Was für ein schöner Mann!« zwitscherte sie, hängte sich in seinen Arm und zog ihn fort, den Hügel hinab und in eine Mauernische. Niemand störte sie nun bei ihrem Raub. Als dem Schweiger davon berichtet wurde, nickte er befriedigt und erklärte, daß Tama diese Aufgabe nun öfter übernehmen sollte.

Zwar nahm der Schweiger an den Grabräubereien nicht mehr teil, aber er bereitete sie vor. Ab und zu fuhr er im Papyrusboot über den Nil, ging in das Gräbergebiet und besuchte einen Oberaufseher, mit dem er befreundet war. Wenn er zurückkehrte, berief er meist eine Versammlung ein. In der Werkzeughalle hockten die Männer an den Wänden, der Schweiger stand in der Mitte und entwarf mit kurzen, knappen Worten einen Plan, welches Grab auf welche Art zu öffnen sei. Zu manchen Gräbern wurden Tunnel gegraben, andere konnten von außen geöffnet werden, oder ein Schacht wurde in die Tiefe gebohrt, und man ließ zwei der Männer an Stricken hinab. Unten befestigten diese an den Seilen Körbe und Bündel mit den geraubten Gegenständen, die von den Obenstehenden heraufgezogen wurden. Der schmale Fifi war für diese Aufgabe besonders geeignet, aber als man auch Tenti in die Tiefe hinablassen wollte, wehrte er sich heftig. Der Schweiger entschied schließlich, daß Tenti ausschließlich für den Handel tätig sein sollte, weil er dabei recht erfolgreich war. Er hatte nun keine Schwierigkeiten mehr, mit den Käufern umzugehen, und genoß seine zunehmende Wohlhabenheit. Sein Leben, wie es jetzt ablief, gefiel ihm.

Anfänglich hatte er Tama zu einer raschen Liebesstunde besucht, wenn Hekenu fortgegangen war, um den Haushalt des Schweigers zu versorgen, doch seitdem der Schweiger das Mädchen zur Verführung der Wächter eingesetzt hatte, kühlte sich ihr Verhältnis ab. Tama erreichte es schließlich, daß sie vom Gerberhof fort in die Stadt ziehen durfte. Sie argumentierte damit, daß sie nun nicht mehr den Gestank der Gerberei in den Kleidern tragen dürfe und in ihrem neuen Wohnraum auch engere Beziehungen zu Wächtern eingehen und pflegen könnte. Tenti machte das nicht viel aus. Die eigenwillige, rechthaberische Tama hatte ihn oft geärgert. Auch fand er, wenn ihn ein Bedürfnis trieb, stets in der Stadt ein williges Mädchen, welches er mit Geschenken erobern konnte.

Wenn Tenti hörte, daß der Pharao in Theben weilte, schlich er sich manchmal heimlich zum neu erbauten Palast. Sein Herz klopfte stürmisch, wenn er den König und die Königin bei einer Ausfahrt sehen konnte. Vor den anderen Männern verschwieg er es, denn er wußte, daß sie ihn auslachen und verspotten würden, wenn sie seine Bewunderung des Königspaares entdeckten. Für sie war der König kein Gott wie für ihn, sondern ein Mensch, der andere schamlos unterdrückte und ausnutzte.

23. Kapitel

Der König und die Königin standen im Säulenhaus am Nilufer in der Nähe des großen Tempels von Luxor und erwarteten die Ankunft der Götterbarke. Wieder einmal hatte man den Gott Amun-Re aus der dunklen Kammer seines ständigen Domizils, dem Tempel Karnak in Theben, auf das Schiff gebracht, um ihm eine »Erholungsreise« nach Luxor zu gönnen. Der junge Pharao war aufgeregt. Hatte er doch diesmal dem obersten Gott ein Geschenk zu bieten. Er achtete nicht auf den Lärm der erwartungsfrohen Menge in seinem Rücken, das Lachen und Singen, die Rufe der Essensverkäufer und ärgerlichen Schreie der absperrenden Soldaten. Beim Anblick des silberbeschlagenen Schiffes, das endlich um eine Biegung des Flusses glitt, klopfte sein Herz stürmisch. Das Boot, auf dem die Bronzestatue des Gottes mit der doppelschäftigen Federkrone in einem goldenen Thronsessel ruhte, wurde in feierlichem Zug vom Ufer her an Seilen von Adeligen, Musikern, Tänzerinnen und blumengeschmückten Opfertieren langsam vorangeschleppt. Der Pharao sank in die Knie. Als die Barke anlegte, erhob er sich wieder und bestieg den tragbaren Thronsessel, um hinter dem »Wegeöffner«, dem schwarzen Wolf Upuaut, den Göttervater in sein vorübergehendes Haus, den mächtigen Tempel zu geleiten. Ein zweiter Thronsessel mit der Königin folgte, dann kamen weihrauchschwenkende Priester, Musiker und Diener mit Opfergaben von Früchten, Brot, Wein, Blumen, Getreide und Vögeln in einer langen Prozession. Sklaven führten bekränztes Vieh. In den vergangenen Wochen hatte der König den gleichen Zug in das Mauerwerk und die Säulen des Tempels als Relief eingraben lassen, um das vergängliche Geschehen durch ein unvergängliches zu ergänzen. Aufmerksam hatte Tutanchamun die Arbeiter immer wieder bei ihrem Tun kontrolliert. Nun meinte er zu erkennen, daß Amun-Re das Geschenk annahm, denn die Weihrauchfahnen stiegen kerzengrade empor.

Der Aufenthalt des Gottes in Luxor wurde zu einem glücklichen Fest. Die Priester schmeichelten dem Pharao, und das Volk jubelte ihm zu, als er den Göttervater schließlich, diesmal auf dem Landweg, über die lange, von Sphinxen gesäumte Allee von Luxor bis zu seinem Tempel in Karnak zurückbegleitete.

Anchesenamun folgte in ihrem Wagen. Sie sah den Gemahl vor sich im goldenen Gefährt stehen, Flegel und Krummhaken in den Händen, die schwere Krone von Ober- und Unterägypten auf dem Kopf, die ihn nicht mehr zu belasten schien. Er war sie nun gewohnt. Gewohnt war er auch, seinen Willen durchzusetzen, zu befehlen und als Gott vor den Menschen zu erscheinen, welche sich jetzt am Straßenrand wie ein Kornfeld im Wind vor ihm, dem Pharao und dem obersten Lichtgott, verbeugten. Eine Aura von Glück und Selbstbewußtsein umgab Tutanchamun. Und doch seufzte die Königin, denn etwas war dem Herrscherpaar bis jetzt versagt geblieben: Die Götter hatten ihnen noch kein Kind geschenkt, keinen Thronerben. Anchesenamun wußte, daß erst durch ihn ihre Macht gefestigt sein würde. Den König kümmerten ihre Sorgen kaum: »Warte nur, Anchi, bald geschieht etwas – wir sind noch jung. Wir haben noch Zeit!«

Ohne weiter darüber nachzudenken, gab er sich stürmisch und in glücklichem Egoismus den Liebesstunden hin, während sie dabei bangte, daß sie vielleicht nie fähig wäre, ein Kind zu empfangen. In den letzten Tagen war es immer dasselbe Gebet gewesen, das sie vor dem Altar auf den Knien Amun-Re zuflüsterte. Vor ihrer Reise hatte sie es im Palast in Memphis selber erdacht und mit sorgsamen Hieroglyphen auf den Papyrus getuscht:

Amun-Re, Einzigartiger unter den Göttern,
sei gegrüßt, Herr von Karnak und Luxor,
du, der alles geschaffen hat, was ist,
du Einzig-Einer, der machte, was existiert,
aus dessen Augen die Menschen hervorgegangen sind,
durch dessen Ausspruch die Götter entstanden,
der das Kraut erschafft, das die Herden am Leben erhält
und die Fruchtbäume für das Menschenvolk.
Laß auch mich fruchtbar werden,
laß den Samen in mir reifen, den königlichen Samen,
bestimmt dazu, Sohn und Nachfolger deines Göttersohns,
des Pharaos Tutanchamun, zu sein.

Nur wenige Tage später lag Anchesenamun an einem schwülen Vormittag in ihrem kühlen Duftbad. Sie fühlte sich seltsam schwindelig. Als sie mit Hilfe der syrischen Sklavin aus der Wanne stieg, drohte sie umzufallen. Der Raum schien sich um sie zu drehen, das Herz klopfte heftig, und ihr wurde übel. Die erschrockene Dienerin legte sie auf das Ruhebett und wollte den Arzt holen. Anchesenamun wehrte ab, denn plötzlich durchdrang das Mißbehagen ein vages Glücksgefühl, welches immer stärker wurde. Schließlich vertrieb ein Rausch von Freude jedes Unwohlsein. Amun-Re hatte ihr Gebet erhört! Es brauchte kaum noch die Bestätigung der eilig herbeigerufenen Hebamme. Anchesenamun trug ein Kind des Pharaos in ihrem Leib.

Der König weilte zur gleichen Zeit im Staatsrat, wo die Minister ihm ihre Probleme und Sorgen zu Gehör brachten. Anchesenamun hatte ihn ihrer Beschwerden wegen nicht dorthin begleitet. Doch nun wollte sie ihn bei seiner Rückkehr nicht als Kranke, sondern als doppelt Lebende empfangen. Obgleich sie es sonst haßte, ließ sie diesmal geduldig ein kompliziertes Schönheitsritual über sich ergehen. Sie wurde enthaart, gesalbt und massiert. Die syrische Dienerin hielt eine Schminkpalette in der linken Hand, ummalte mit dem Spitzpinsel die Augen der Königin sorgfältig mit schwarzer Farbe und verlängerte sie mit einem Strich den Schläfen zu. Sie verstärkte die Wölbung der Brauen und gab Tropfen in die Augen, um sie glänzender zu machen. Mit einem zweiten Pinsel trug sie auf die Lippen ein helles Rot. Schließlich wurde das Haar mit Goldpuder bestäubt. Das Kleid, das Anchesenamun wählte, war dünn und silberweiß mit bestickter Hüftschärpe und plissiertem Schulterüberfall. Auf ihr Verlangen hin brachte der Schmuckzwerg die Truhe mit dem kostbarsten Geschmeide, das sie besaß, und sie legte es an. So schön wie möglich wollte sie dem Pharao entgegentreten.

Tutanchamun kehrte mit Falten auf der Stirn und Sorge im Blick in den Palast zurück. Es gab wieder einmal Unruhe in der Bevölkerung, weil wegen der mangelhaften Überflutung durch den Nil in diesem Jahr die Nahrungsmittel knapp wurden, und oft konnten die Bauern ihre Steuerabgaben nicht leisten. Der König brauchte aber Mehl, Fleisch und Bier für seine Arbeiter, die die Bauvorhaben, welche jetzt seine Leidenschaft waren, durchführen mußten. Viele neue Pläne für Tempel und Regierungsgebäude lagen ihm am Herzen, ihre moderne Architektur und ihre Ausschmückung mit Obelisken, Wandbildern und Statuen.

Als er Anchesenamuns Damenzimmer betrat, blieb er verblüfft stehen. Sie saß am Rande des Wasserbeckens in der Mitte des Raumes, fütterte die Goldfische und pflückte eine Lotosblüte, die sie sich ins Haar steckte. Sie war so schön, wie er sie noch nie gesehen hatte, so unwirklich, daß es ihm den Atem verschlug. Sie stand auf, lächelte ihn an und nahm seine Hand: »Komm!« sagte sie zärtlich und führte ihn zu der üppig mit Kissen gepolsterten Wandbank. Daneben glomm auf einem Räucherständer Zimtholz, dessen herben, bitteren Geruch der König liebte.

»Geht es dir besser?« fragte er und erkannte gleich, daß das unnötig war, denn die rosigen Wangen, glänzenden Augen und lächelnden Lippen konnten keiner Kranken gehören.

Sie flüsterte: »Wir werden ein Kind haben, einen Erben – Amun-Re hat unsere Gebete erhört!«

Tutanchamun sprang auf. Wie fortgewischt aus seinem Gehirn waren die königlichen Sorgen. Er warf die Arme in die Luft, hüpfte, lachte, schrie – war wieder der Junge wie noch vor nicht allzulanger Zeit. Dann blieb er stehen und meinte atemlos: »Ich muß dem obersten Gott danken. Ich werde ihm einen neuen Tempel bauen!« Er lief zur Tür.

»Wo willst du hin?«

»Zu Eje, der ›Wedelträger zur Rechten‹ muß es als erster erfahren. Er wird sich freuen, daß ein neuer Pharao heranwächst!« Sie wollte ihn halten, ließ ihn aber dann doch gehen. Es war gut und richtig, daß der wohlmeinende Wesir Eje als erster Staatsbeamter davon erfahren sollte. Man konnte sich auf seine Verschwiegenheit verlassen, und er würde zur rechten Zeit den Übrigen am Hofe und dem Volk die Kunde vom kommenden König mitteilen. Mancher Zweifel an Tutanchamuns Zuständigkeit würde nun verschwinden. Mit der Erfüllung dieses Wunsches schien ihn der Gottvater Amun-Re als Pharao bestätigt zu haben.

Der Oberbefehlshaber der Armee Haremheb war selten in der Residenz. Als Heerführer mußte er die Truppen begleiten, welche die jetzt häufig bedrohte Vorherrschaft Ägyptens verteidigten. Kriegerische Hethiter drangen gegen die ägyptischen Grenzen vor und wurden erfolgreich zurückgeschlagen. Doch schon wieder gab es eine neue Gefahr. Die westlichen Nubier versuchten, die drückende Pranke der ägyptischen Sphinx abzuschütteln. Auch dieser Feldzug wurde siegreich bewältigt. Haremheb kehrte nach Memphis zurück und brachte dem Pharao reichlich Beute und Sklaven mit. Kaum war er angekommen, gab es schon wieder Nachrichten von Aufständen in Nubien, diesmal im Osten. Haremheb rüstete sich für einen neuen Kriegszug.

Zu seinem Erstaunen wollte der junge König ihn begleiten. Auf vielen Kunstwerken war Tutanchamun als siegreicher Krieger dargestellt, wie er mit Pfeil und Bogen reihenweise die Feinde niedermähte. Tatsächlich war er aber noch nie bei einem Kampf dabeigewesen. Seit neuestem sah er diese fiktiven Darstellungen mit Beschämung an und wollte ihnen Wirklichkeit verleihen. Auf Anchesenamuns entsetzten Protest hin behauptete er allerdings, er wolle nichts weiter tun, als im wiederbefreiten Land neue Tempel für Amun-Re zu errichten.

Haremheb hatte zuerst entschieden abgewehrt, daß der Pharao ihn begleite. Er schob Sorge um die Gefährdung des Königs vor und war sich darin mit dem alten Eje einig. Doch plötzlich, völlig unerwartet, änderte der Heerführer seine Meinung und gab dem stürmischen Verlangen des jungen Königs nach.

Kurz davor hatte sich etwas ereignet, von dem nur wenige Menschen wußten. Bald nach seiner Rückkehr war eines Morgens Tija, die Frau des Eje, atemlos und schwitzend in ihrer Fülle, bei Haremheb erschienen. Die beiden so verschiedenen Menschen hatten eine seltsame Gemeinschaft entwickelt, die eigentlich hauptsächlich im gegenseitigen Austausch von Gerüchten bestand. Mit zornrotem Gesicht sprudelte Tija vor Empörung über, weil die Königin es nicht für nötig befunden hatte, ihr, der früheren Amme Nofretetes und innigen Betreuerin der kleinen Prinzessin Anchesenpaaton, mitzuteilen, daß sie ein Kind erwartete. Der alte Eje hatte es, wie er zugab, schon längst vom König erfahren, doch bis jetzt geschwiegen. Erst ziemlich spät hatte der Hofklatsch mit der Nachricht Tija erreicht.

Haremheb sagte zu Tijas Enttäuschung kein Wort dazu, aber er wurde sehr blaß. Als sie endlich, zornig klagend, wieder fortgegangen war, ballte er die Fäuste und trommelte sich damit an die Stirn. In den folgenden Stunden saß er finster vor sich hinbrütend da. Schließlich sprang er auf und teilte dem alten Eje mit, daß er bereit sei, den Pharao mit nach Nubien zu nehmen. Der Alte stammelte verwirrt: »Aber die Gefahr – wenn dem Pharao nun etwas passiert!«

Haremheb wehrte beruhigend ab: »Ich werde auf ihn achten. Immer sollen Krieger an seiner Seite sein, und ich werde verhindern, daß er dem Feind wirklich begegnet. Aber ich kann nichts anderes tun, als dem Wunsch des Königs zu gehorchen!«

Anchesenamun protestierte heftig, als die Pläne des Pharaos Wirklichkeit werden sollten. Von ihrer Seite her gab es Bitten und Beschwörungen. Das erste Mal entwickelte sich zwischen den Eheleuten ein Streit. Wie konnte er es über das Herz bringen, sie in der jetzigen Situation zu verlassen? Und dachte er nicht an sein Kind? Gerade deshalb, sagte der Pharao fest, gerade deshalb mußte er mit nach Nubien ziehen. Was würde sein Sohn später dazu sagen, wenn sein Vater in dieser kriegerischen Zeit zu Hause geblieben war? Außerdem wollte er dort ja hauptsächlich Tempel bauen. Das war er dem Gott, der ihn gerade jetzt so sehr begünstigt hatte, schuldig. Das erste Mal brach Anchesenamun auch vor ihm in Tränen aus. Das rührte ihn, und er nahm sie in seine Arme. War sie bis jetzt immer die Überlegene gewesen, so erschien sie ihm nun schwach und rührend hilflos. Doch von Frauentränen durfte sich ein wirklicher Mann nicht beeinflussen lassen. Er blieb fest und setzte seinen Willen durch. »Sorge dich nicht«, sagte er, »Amun-Re wird mich beschützen!«

In der ungewohnten Schwäche schloß sich die Königin nun der Freundin Merit, der Frau des Schatzmeisters, näher an. Da der Hofklatsch rasch die Runde gemacht und sie von ihrem Mann von der Auseinandersetzung des Königspaares erfahren hatte, wußte Merit Bescheid. Sie beschwichtigte. Hatte doch der Heerführer Haremheb davon gesprochen, daß der Pharao nur in den befreiten Landesteilen Nubiens Tempel errichten und man den König nie der Gefahr der vordersten Kampflinie aussetzen würde. Sie versuchte Anchesenamun abzulenken und tat es mit Erfolg.

Merit erwartete, früher als die Königin, ebenfalls ein Kind, und die beiden Frauen führten nun lange Gespräche über Geburt und Aufzucht eines Säuglings. Sie gingen zusammen in den Tempel der Muttergöttin Hathor, beteten vor der Kuhohrigen und schüttelten das Sistrum. Merit übertrieb ihre Angst vor der Geburt, um sich beruhigen zu lassen und die Gedanken der Königin etwas von der Sorge um den Pharao abzulenken.

Als der König sich schließlich von ihr verabschiedete, um nach Nubien zu fahren, stand Anchesenamun mit Tränen in den Augen, aber ohne Klagen in der Tür. Er bestieg den Wagen und stand dort, schlank und kräftig nun, ein Mann eben, kein Knabe mehr, die großen, dunklen Augen ihr kurz noch einmal zugewandt, dann aber den Blick nach vorne richtend. Mit den Zügeln in der Hand trieb er die Pferde an. Die Trockenheit hatte den Staub auf den Wegen knöcheltief werden lassen, und es war nun, als flöge Tutanchamun in einer aufgewirbelten goldenen Wolke dahin.

Fast täglich kamen Boten aus Nubien, sprangen vom Pferd, stürmten schweißnaß und keuchend die Treppe des Palastes hinauf und warfen sich vor der Königin auf die Knie. Dazu aufgefordert, berichteten sie von den Tempelbauten, die der Pharao beaufsichtigte, vom Kampf gegen die aufständischen Nubier, die durch Haremheb rasch besiegt wurden, von den Grüßen des Königs und den Versicherungen seiner Liebe. Zu erwähnen, daß er an einem Feldzug teilgenommen hatte, war den Boten unter Androhung von strengen Strafen untersagt. Die Königin ihrerseits berichtete von ihrem Wohlergehen, der Sehnsucht nach dem Gemahl und der Freude am Werden ihres Kindes. Sie gab dem Boten Geschenke mit, einen weichen Sattel, verzierte Waffen und ein Schutzamulett an langer Kette, ein kostbares Falkenpektoral in Gold, besetzt mit Halbedelsteinen, dessen Flügel wie ein bunter Kranz um das Vogelhaupt mit der Sonnenscheibe gewölbt waren. Bevor sie es dem Boten gab, küßte sie es.

Ihre Bindung an Merit wurde immer enger. Während der Spaziergänge im Garten hatten sie lange, zukunftsfrohe Gespräche. Sie wollten die Kinder zusammen erziehen lassen und überlegten, welche der Frauen am Hof, die gerade geboren hatte, als Amme für das Königskind in Frage käme. Sie pflückten Blumen und wanden Kränze, welche sie der Göttin Hathor und dem obersten Lichtgott Amun-Re an den Alter legten. Merits Leib war schon stark gerundet, während Anchesenamun noch immer schlank wirkte. Es war eine heitere, entspannte Zeit, getrübt nur durch die Sehnsucht der Königin nach ihrem jungen Gemahl. Doch nachts träumte sie von den Freuden des Wiedersehens.

Die Freude wurde zur Sorge, als zwei Tage lang keine Boten kamen. Merit beruhigte: Der Pharao würde die Rückkehr vorbereiten und meinte wohl deshalb, auf die Nachrichten verzichten zu können. Vielleicht aber auch brauchte er die Männer dringend, um den Tempel möglichst rasch fertigzustellen und in die Arme seiner königlichen Gemahlin zurückzukommen. Doch Anchesenamun schlief schlecht, wälzte sich in den Kissen, geriet am Morgen in Panik, lief im Raum hin und her, fiel auf die Knie und betete zu den Göttern. Erst wenn die Sonne mit ihrem Aufstieg einen neuen Tag begann und Amun-Re die Welt neu erschuf, wurde sie ruhiger und wandte sich den Alltagsgeschäften zu. Sie empfing den Wesir Pentu, um etwas über die politischen Verhältnisse in Unterägypten zu erfahren, und fast täglich Merits Ehemann, den Vorsteher des Schatzhauses und Bauleiter Maja, um mit ihm den Bau eines Totentempels und eines Grabes für die königliche Familie in Theben zu besprechen.

Dann kam nach einer qualvoll unruhigen Nacht ein Morgen, an dem die Sonne hinter dichten grauen Wolken verborgen blieb. Keine bunte Welt konnte der Königin ihre Sorgen verscheuchen. Die Luft war schwül und drückend. Ein Wind wirbelte Staub auf. War er der Vorbote eines Sandsturms? Anchesenamun trat auf die Terrasse, hörte den Wind in den Bäumen und ein anderes Geräusch, das an- und abschwoll wie Meereswogen. Zuerst klang es wie ein Flüstern, dann wie ein Wimmern, das mehr und mehr zu grellem Geschrei sich steigerte und wieder abebbte zu Winseln und Wimmern. Anchesenamun hätte sich am liebsten die Ohren zugehalten, aber sie wußte, daß sie hinhören mußte, um die Woge zu erwarten, die sie überspülen würde. Schließlich hörte sie es nicht nur, sondern sah es auch: Ein Zug bog um die Ecke des königlichen Palastes, voran ein Wagen, hinter dem tief gebeugt Männer schlurften und um den Weiber, die Haare gelöst, die Kleider zerrissen und sich die nackten Brüste schlagend, wild tanzten. Sie heulten und kreischten nun ohrenbetäubend. Auf dem Wagen lag, unberührt von dem Toben ringsum, eine stille Gestalt.

Die Königin lief von der Terrasse die Treppe hinab durch die große Empfangshalle, schob Merit, die ihr entgegentreten wollte, beiseite und eilte aus der Tür. Als sie vor dem Palast erschien, fielen die Menschen rund um den Wagen auf den Boden. Grauer Staub verkrustete ihre tränennassen Gesichter. Anchesenamun beachtete sie nicht. Mit seltsam steifen Bewegungen stieg sie über die liegenden Gestalten hinweg auf den Wagen zu und stand dort, ungläubig den toten König betrachtend. Er lag ausgestreckt, die Hände auf der Brust verschränkt über dem Falkenpektoral, das ihn nicht beschützt hatte. Die Augen waren geschlossen. Er sah entspannt und heiter aus, als schliefe und träumte er. Er trug nicht die Krone Unter- und Oberägyptens, aber Krummstab und Wedel lagen an seiner Seite. Sie berührte zart sein Gesicht, streichelte seine Wange, wollte, daß er erwachte, aber er öffnete die Augen nicht. Etwas in ihr schien zu zerreißen, sie wollte schreien, sie wollte weinen, statt dessen versteinerte sie, wurde hart und ohne jedes Gefühl. Sie wandte sich um und lief in den Palast zurück, befahl mit tonloser Stimme, daß man den Toten in ihr Zimmer trüge, ließ ihn dort auf eine niedrige Liege betten und schickte Sklaven, Diener und Hofbeamte aus dem Raum, auch die Freundin Merit.

Als die Tür geschlossen war, warf sie sich über Tutanchamun, umarmte ihn, küßte die Stirn, die geschlossenen Augen, den erstarrten Mund, wollte ihm Atem einhauchen, den Geliebten ins Leben zurückzwingen. Doch er rührte sich nicht. Sie nahm seinen Kopf in ihren Schoß und spürte Blut an den Händen. Sie tastete weiter und fühlte Knochensplitter und eine große, klaffende Wunde am Hinterkopf. Wieder bettete sie den Kopf in ihren Schoß, dicht neben dem werdenden Leben, das in ihr entstand, und starrte tränenlos vor sich hin, saß lange so.

Niemand wagte es, den Raum zu betreten, bis der Wesir Eje, der »Wedelträger zur Rechten des Königs«, herbeieilte. Für ihn öffnete die Wache die Tür, und er stolperte herein, warf sich laut weinend auf den Boden, raufte das weiße Haar und küßte die Füße

175

des Toten. Dann wandte er sich der Königin zu, die ihn regungslos anblickte. Der alte Mann wagte nicht, sich ihr zu nähern, und blieb zu Füßen des Pharaos hocken. »Königin Anchesenamun, vernimm die tiefe Trauer deines Dieners Eje«, flüsterte er, während ihm die Tränen über das faltige Gesicht liefen.

Sie nickte nur kurz, starrte weiter ins Leere und streichelte automatisch Tutanchamuns Kopf. Der Wesir raffte sich auf. Mit zitternder Stimme rief er nach der Wache und befahl, daß man den Offizier, der den Zug des toten Königs angeführt hatte, herbeibringe. Der Mann kam, fiel, sobald er den Raum betreten hatte, auf den Boden. Erst als Eje ihn dazu aufforderte, erhob er sich. Er war ein großer, muskulöser Mann mit dichtem schwarzen Haar und einem krausen Bart. Die dunklen Augen blickten unsicher und abwehrend.

»Wie ist das geschehen – berichte!« rief Eje klagend. »Wie konnte so etwas geschehen?!«

Der Offizier starrte wieder den Fußboden an und begann leise zu murmeln.

»Lauter«, rief der Wesir, »sprich lauter, ich verstehe dich nicht!«

Der Mann hob die gesenkten Augen nicht, aber er sprach nun mit fester, lauter Stimme, so monoton, als hätte er das Ganze auswendig gelernt. Er berichtete, daß der Pharao gegen den Rat seiner Begleitung einen Felsen bestiegen habe, um den errichteten Tempel für Amun-Re von oben zu betrachten. Er sei ausgerutscht und vom Felsen gestürzt. Dabei habe er sich das Haupt zerschmettert. Während die Königin ohne Bewegung blieb, stöhnte der Wesir auf und befahl dem Mann, sich zurückzuziehen. Zuvor fragte er nach Haremheb. Der Offizier berichtete, daß dieser noch immer in Kämpfe mit den nubischen Aufständischen verwickelt sei.

Eje entließ den Offizier und schlug der Königin vor, den toten Pharao nun in den Tempel bringen zu lassen, aber sie schüttelte den Kopf. Diese Nacht wollte sie den Gemahl noch bei sich behalten, seine Hände und Füße streicheln, seine Lippen küssen, den Kopf in ihrem Schoß halten, dicht neben dem Leben, das etwas von ihm in die Zukunft würde tragen können. Endlich konnte sie weinen. Die

Tränen tropften auf das schöne, junge, nun so abwesende Gesicht, auf die Lippen, die sie leidenschaftlich geküßt, die geschlossenen Lider über den Augen, die sie liebevoll angeblickt hatten, und die Stirn, hinter der neue Gedanken entstanden waren, königliche Gedanken. Sie wollte ihn festhalten, aber ein anderer hielt ihn schon an der Hand: Amun-Re führte seinen Sohn in die Welt der Götter. Doch plötzlich zuckte sie zusammen, und ihre Tränen versiegten. Der große gütige Amun-Re hätte den jungen König bei der Betrachtung des Hauses, das dieser für ihn errichtet hatte, beschützt. Nie hätte er es dazu kommen lassen, daß der Fuß seines Sohnes ausglitt und dieser in die Tiefe stürzte. Wie ein Blitzstrahl erhellte es sich ihr: Nicht verunglückt war Tutanchamun – er war ermordet worden!

Der Schreck nahm ihr den Atem. Dann meinte sie zu spüren, daß sich das Kind in ihrem Leib bewegte, und sie holte tief Luft: »Ich werde ihn rächen«, flüsterte sie, »und ich werde dafür sorgen, daß du, sein Sohn, eines Tages für ihn auf den Thron steigst!«

War sie anfänglich dicht am Zusammenbrechen, so erstarkte sie nun. Blieb ihr Gesicht auch starr, und verloren die Bewegungen jede Anmut, so lebte sie wieder, besprach mit Merit Pläne für die Bestattung des Königs und begann an Tischler und Goldschmiede der Stadt Aufträge zu erteilen. Sie dachte an den Tod des Vaters Echnaton. Er, der als Mensch die Götter vertrieben hatte, mußte schrecklich einsam ins Jenseits gehen. Der König Tutanchamun war nun als Gott auch von Menschen vertrieben worden, aber er würde nicht einsam sein in der anderen Welt. Isis und Osiris würden den Götterbruder liebevoll geleiten. Für diesen Übergang wollte Anchesenamun ihn würdig ausstatten. Sie entschloß sich, den König in Theben, in der Stadt fern vom Hof, in der sie oft so glücklich gewesen waren, bestatten zu lassen. Er sollte nicht in der Nähe des eben fertiggestellten Grabes des Haremheb, des Feindes und Mörders, dessen meinte sie nun gewiß zu sein, liegen.

Als der Generalissimus nach Memphis zurückgekehrt war, vor ihr erschien und mit eintöniger Stimme vom Leid um den toten Pharao sprach, meinte sie im starren Gesicht des finsteren Mannes, den Augen, die unter halb gesenkten Lidern ihren Blick vermieden, den unruhigen Händen und der krampfhaft steifen Körperhaltung deutlich Schuldgefühle zu entdecken.

In einer feierlichen Schiffsprozession fuhr die Königin mit dem Toten den Nil hinauf, inmitten von kleinen Booten, die am Bug einen Gänsekopf, am Heck einen Vogelschwanz zeigten. Amun-Re sollte mit seinem Lieblingstier geehrt werden. Die Barke selbst hatte Widderhäupter, mit Königskronen und Halskragen geschmückt an Bug und Heck. Auf einem überdachten Podest lag der Pharao, vor ihm stand ein Opferaltar mit einer Standarte, auf der eine stehende Sphinx und zwei aufgerichtete Kobras die Macht über Ober- und Unterägypten symbolisierten. Die Königin, die neben dem Toten saß, wollte diese Macht noch nicht aus den Händen geben. Wie befohlen, bewegten die Ruderer das Schiff sehr langsam, um der Bevölkerung am Ufer Zeit für ihre Trauer zu lassen. Dort knieten die Fischer und Bauern, die Gesichter im Staub. Ihre geflüsterten Gebete und das ständige wimmernde Weinen verbanden sich mit dem Wellengeplätscher des Flusses und dem im Schilf raschelnden Wind zu einer schwermütigen Melodie. Die Reiher, die starr am Ufer standen, die Köpfe gesenkt, und die Nilgänse, die still dem Schiff auswichen, schienen auch zu trauern. Anchesenamun fand einen unerwarteten Frieden. Sie glitten an Achetaton vorbei, der toten Stadt, deren Mauern sichtbar bröckelten. Eine Grenzstele, niedergebrochen und vom Felsen gerollt, lag am Ufer. Fern und schon lange vergangen schien die Welt des Vaters Echnaton zu sein. Sie erinnerte sich wie im Nebel an den klugen, häßlichen Mann und seine wunderschöne Königin, die ohne den Trost durch die Götter ins Jenseits schreiten mußten. Sie dachte auch an den Knaben Tutanchaton, den sie aus der Stadt entführt und zum Pharao Tutanchamun gemacht hatte. Immer sehnte er sich nach der Stadt Achetaton zurück, das wußte sie wohl, obgleich er es geheim hielt.

In Theben küßte sie noch einmal das geliebte Gesicht des Toten und übergab ihn dann den Kundigen zur Mumifizierung. Sie wußte voller Befriedigung, daß der Pharao schon im Grab von der Gemeinschaft der Götter aufgenommen und liebevoll geleitet würde, ein Gott unter seinesgleichen. Die Jugend des Königs hatte verhindert, daß er schon ein eigenes Grab besitzen konnte. Während der folgenden Tage suchte Anchesenamun und fand schließlich ein leeres Grab im Felsental, in dem schon frühere Könige bestattet worden waren. Eigentlich schien es allzueinfach für den jungen Gottkönig zu sein, aber es war nichts anderes vorhanden. Doch die Ausstattung sollte in ihrer Pracht den Ausgleich bringen. Die Königin hatte einige Gegenstände, die der Pharao liebte, neben neugefertigtem Schmuck aus Memphis mitgebracht, auch Möbel, so sein von Fabeltieren getragenes Bett. Nun lud sie hier in Theben Goldschmiede, Möbelbauer, Bildhauer und Maler in den Palast, ließ sich Pläne vorlegen, wählte aus, schlug Veränderungen vor und fuhr mit Baumeistern und Beamten zusammen zum Grab. Nachts konnte sie kaum schlafen, weil die Vorhaben sie nicht in Ruhe ließen. Aber wenn sie die Gedanken daran erschöpft aufgab, packte sie erneut der Schmerz, verzehrend und überwältigend. Sie aß kaum etwas, obgleich die besorgte Merit ihr Lieblingsgerichte zubereiten ließ. Sie wirkte dünn, fast zerbrechlich und doch gespannt, wie ein zum Abschuß bereiter Bogen.

Als erstes ließ sie den Mumifizierern kostbaren Schmuck zustellen, der in die Binden um den Toten eingewickelt werden sollte, so das Skarabäenarmband, das ihr der König nach der ersten Liebesnacht schenkte, und das goldene Figürchen des kindlich hockenden Pharaos, welches sie seit der Thronbesteigung bis jetzt an einer langen Kette um den Hals getragen hatte. Das Grab, welches von den zuverlässigsten Soldaten der königlichen Leibwache beschützt wurde, ließ sie nun mit immer mehr Gegenständen füllen, mit Kriegs- und Jagdwagen, Stühlen, Tischen und goldbeschlagenen Ruhebetten aus den edelsten Hölzern, mit Lampen, Vasen und Kopfstützen aus Alabaster, Waffen, Spielen, Vorratskästen, die vor allem mit Schmuck gefüllt waren. In einer Truhe, die die Kartusche mit Tutanchamuns Namen in erhabenen Hieroglyphen trug, lagen Tonscherbenbriefe und wertvolle Papyri. Auf vielen dieser Gegenstände und als Plastiken war der König in seiner jugendlichen Schönheit dargestellt, zum Beispiel, wie er auf einem Boot mit Harpune den Fisch jagte oder in göttlicher Erhabenheit auf einem Panther stand. Viel Sorgfalt war den Uschebtis zugewandt worden, den kleinen Figuren aus Stein, Holz oder Gold, die als Arbeiter im Jenseits an Stelle des Verstorbenen tätig werden sollten. Auch hier trugen manche Gesichtszüge von Tutanchamun. Einige der kleinen Gehilfen waren von Freunden und Hofbeamten gespendet worden, auch Totenschiffchen für die Reise zu den Göttern. Eine besonders schöne Gabe legte der Schatzmeister und Baumeister Maja, der den Ausbau leitete, in das Grab: die Darstellung des auf einem Ruhebett mit Löwenköpfen liegenden Pharaos aus Holz, in den Händen Krummstab und Wedel, an seinen Seiten ein Falke und ein menschenköpfiger »Seelenvogel«, der die freie Beweglichkeit der Seele des Königs garantieren sollte.

Wie im wirklichen Leben würde der Tote auch Nahrung brauchen. Kästen wurden mit Lebensmitteln gefüllt, mit Brot und Wein, Bündeln von Enten, Rinderschenkeln und Früchten.

Die Bildhauer und Goldschmiede von Theben arbeiteten am Tag und in der Nacht. Vier hölzerne vergoldete Göttinnen, Isis und Nephtis, die Schützerin des Lebens Selket und Neith, die Göttin des Krieges, sollten die Kanopenkästen, die die Eingeweide des Königs enthielten, bewachen. Andere Götter, wie Ptah, der Herr der Weltordnung, in vergoldetem Holz mit der blauen Kappe aus Fayence auf dem Kopf, sollten den König ins Jenseits begleiten. Das Herzstück der Sammlung war ein Statuenschrein, der die in massivem Gold gefertigten Figuren des jugendlichen Herrscherpaares enthielt. In das Goldblech der Wände waren von einem bedeutenden Künstler Szenen aus seinem Leben einziseliert: die Königin, wie sie dem Pharao beim Salben und Anziehen beistand, gemeinsames Speisen, der König mit Pfeil, Bogen und Wurfholz auf der Vogeljagd, während die Königin zu seinen Füßen sitzt, das Paar beim Götteropfer im Tempel. Schlug man die Flügel des Schreines auf, schien der göttliche Pharao herauszutreten, neben ihm Anchesenamun als seine Bindung an die irdische Welt.

Während all diese Dinge in das Grab getragen und in Vorratskammern gespeichert wurden, fand in seiner Mitte die Errichtung des Sarkophags statt, eine schwierige Arbeit, die nur durch das hohe technische Wissen des Baumeisters möglich war. Ein riesiger Block aus gelbem Quarzit war von Sklaven auf einem Podest mit Rollen vor das Grab gezerrt, dort grob bearbeitet und dann nach innen geschleppt worden, wo die Steinmetze ihn weiter aushöhlten, um ihn für drei ineinandergeschachtelte Särge zu bereiten. Der erste und zweite dieser Särge bestand aus vergoldetem Holz, die Deckel zeigten Porträts des Königs, der dritte, innerste, der die Mumie enthalten würde, war aus massivem Gold. Aus Gold war auch die Maske, die der Mumie über Kopf und Schultern gestülpt werden sollte, der Zeremonialbart und die Augen mit buntem Glas und Halbedelsteinen eingelegt. Zum Schluß würde eine schwere Granitplatte das Grab bedecken.

25. Kapitel

Die Beschäftigung mit der Ausstattung des Grabes hatte die Königin abgelenkt. Doch als der Goldschmied ihr die Maske brachte und sie in das geliebte Gesicht schaute, brach sie zusammen. Sie verschwand in ihrem Schlafzimmer, warf sich auf das Bett und überließ es Merit, dem Goldschmied die Maske wiederzugeben, um sie den Mumifizierern zu überbringen. Anchesenamun hatte nun nichts mehr zu tun und konnte sich hemmungslos ihrem Schmerz hingeben. Die ganze Nacht über wälzte sie sich in den Kissen, weinte laut und wimmerte schließlich nur noch vor Erschöpfung. Die Tür hatte sie abgesperrt. Die davorhockende Merit lauschte ängstlich auf die Geräusche aus dem Zimmer und nickte schließlich ein, doch fuhr sie hoch, als ein gellender Schrei aus dem Raum drang. Die Tür wurde mühsam geöffnet, und als Merit hineineilte, fand sie Anchesenamun auf dem Fußboden liegend, stöhnend, blutend und fast bewußtlos. Ein totes kleines Mädchen wurde geboren. Der Arzt und die Hebamme konnten es nicht retten. Sie bemühten sich darum, der Königin das Leben zu erhalten, was schließlich gelang.

Merits Schwangerschaft kam ebenfalls zu keinem glücklichen Ende. Anstrengung und Aufregung bewirkten, daß auch sie ihr Kind zu früh zur Welt brachte. Zwar lebte das kleine Mädchen noch ein paar Tage, verstarb dann aber. Als die jungen Frauen das erste Mal wieder beisammensaßen, beide blaß und traurig, sagte die Königin: »Tutanchamuns Kind soll mit ihm zusammen bestattet werden, und deine Tochter werden wir als Spielgefährtin an die Seite der Prinzessin legen!«

Für das Königskind wurde eine winzige Goldmaske geschaffen, und man brachte die beiden kleinen Körper zu den Mumifizierern.

Nach Memphis zurückgekehrt, fand Anchesenamun immer noch keine Ruhe. Nicht nur die ganz persönlichen Belange bedrückten sie. Wer würde die Regierung in Ägypten übernehmen? Sie hatte gehofft, durch einen Prinzen, der an ihrer Seite aufwuchs, die Staatsgeschäfte in den Händen zu behalten, doch ihr Kind war ein Mädchen gewesen, und es war tot. Aber es stand fest, daß sie selber die einzige legale Erbin des Thrones war. Würde man ihr zutrauen, als Pharao den Thron zu besteigen, wie es einst die Ahnin Hatschepsut vermochte? Diese hatte sich ohne Bedenken den künstlichen Königsbart an das Kinn geschnallt und lange weise und erfolgreich regiert. Doch Anchesenamun zweifelte, das gleiche Ziel erreichen zu können, wenn sie an die Wesire des jetzigen Hofes dachte. Sie ballte zornig die Fäuste. Waren Frauen nicht manchmal klüger und entschlossener als Männer, und war sie selber es nicht gewesen, die dem jungen Pharao das Regieren ermöglicht hatte?

Auch der alte Eje machte sich Sorgen um die Zukunft des riesigen Reiches. Er kam in Anchesenamuns Palast, zwang seine müden alten Knochen zum Niederknien, raufte wieder sein schütteres weißes Haar, weinte um den Tod des Pharaos und um den Tod von dessen Kind. Dann erhob er sich mühsam auf Anchesenamuns besorgte Bitte hin und ließ sich in den Sessel fallen, den ihm auf den Wink der Königin hin ein Sklave zugeschoben hatte. Er wischte die Tränen vom Gesicht und räusperte sich verlegen. »Große Gemahlin des Pharaos Tutanchamun, der nun bei den Göttern weilt«, murmelte er. Und nach einem Zögern fuhr er unsicher fort: »Ich war der ›Wedelträger zur Rechten des Königs‹, sein vertrauter und geliebter königlicher Sekretär. Du weißt, große Königin, daß ich gerecht bin, frei von Habgier und nur das beste für unser Land erstrebe. Ich bin jetzt der erste der Großen in Ägypten und stehe an der Spitze des Volkes. Mein Rat hat dem Königspaar oft Nutzen gebracht. Darf ich Euch deshalb auch jetzt wieder einen solchen zu Füßen legen?« Anchesenamun nickte, und der Alte fuhr mit immer wieder stockender Rede fort: »Kein legaler menschlicher Erbe des Throns lebt noch. Der einzige Mensch, der fähig ist, das Erbe weiterzutragen, ist meine große Königin Anchesenamun.«

Er wollte wieder auf die Knie sinken, aber sie hielt ihn zurück. »Aber ich habe keinen Gemahl mehr und keinen Erben!« meinte sie bitter.

Der Alte nickte und ließ betrübt den Kopf hängen. Dann murmelte er heiser: »Die Königin ist noch jung. Sie kann sich einen neuen Gemahl nehmen und mit ihm den Thronerben zeugen.«

Als sie schwieg, fuhr er mit gesenktem Blick hastig fort: »Der Generalissimus und Stellvertreter des Königs an der Spitze der Länder Haremheb wäre wohl geeignet, um dem Land neue Hoffnung zu geben.«

Anchesenamun schoß das Blut ins Gesicht, und der Atem stockte ihr. Als sie sich wieder fassen konnte, sprang sie auf und sah den Wesir mit flammenden Augen an. »Niemals!« rief sie. »Wie könnt ihr es wagen, mir so etwas zuzumuten! Geht jetzt, geht fort, ich will euch nicht mehr sehen!«

Bevor sich der alte Mann erhoben hatte, eilte sie aus dem Raum. Verwirrt und bedrückt taumelte der Wesir durch den Park in sein Haus zurück, wo seine Gattin Tija und Haremheb ihn erwarteten.

Anchesenamun lief in ihrem Schlafraum unruhig hin und her und rang die Hände. Zorn und Empörung ließen sie nicht zur Ruhe kommen. Welche Infamie! Sie sollte einen Mann heiraten, der aus kleinsten Verhältnissen stammte und keinen Tropfen königlichen Blutes besaß, einen Mann, der mit großer Wahrscheinlichkeit der Mörder ihres geliebten Gatten war! Wieder einmal erlebte sie eine schlaflose Nacht. Kummer, Wut, Sehnsucht nach dem Verstorbenen, das Gefühl von Verlassenheit und auftrumpfendem Bestehenwollen wechselten. Sie wälzte sich in den Kissen. Schließlich faßte sie einen Entschluß. Eje hatte recht: Sie selber war die einzige Person, welche das kostbare Blut der langen Reihe von Pharaonen, wie auch des Amenophis, des Echnaton und des Tutanchamun, weitervererben konnte. Aber den Gemahl dafür wollte sie sich selber wählen – und es sollte ein königlicher Gemahl sein!

Am nächsten Tag befahl sie den Schreiber zu sich, beschwor ihn unter Androhung von schweren Strafen, niemandem etwas vom Inhalt des Briefes mitzuteilen, den sie ihm nun diktieren würde. Sie ließ ihn in Keilschrift auf Tonscherben schreiben und wandte sich darin an den hethitischen König Suppiluliuma. Nach lobenden und schmeichelnden Anreden hieß es dann: »Mein Gemahl ist tot, und ich habe keinen Sohn. Aber man sagt mir, daß du viele Söhne hast. Wenn du mir einen deiner Söhne schickst, könnte er mein Gemahl werden. Ich bin nicht geneigt, einen Diener von mir zu nehmen und ihn zu meinem Gatten zu machen!«

Der Hethiterkönig zögerte mit einer Antwort. Noch einmal schrieb ihm Anchesenamun, diesmal drängender: »Dein Sohn wird mein Ehemann werden und König des großen Ägypterreiches!« Zwar würde der neue Pharao ein Ausländer sein, doch hatte er königliches Blut und stammte aus einem Kulturvolk, das ähnliche Lebensbedingungen wie die Ägypter hatte. Sie wartete nun ungeduldig auf eine Nachricht, zog sich, eine Krankheit vorschützend, in ihren Schlafraum zurück und ließ sich weder von Eje noch von Haremheb sprechen.

Endlich kam der Bote aus Hethitien zurück. König Suppiluliuma schrieb: »Von alters her waren Hethiter und Ägypter freundlich miteinander, und nun geschieht auch noch eine Heirat zu unserer Zeit. Auf diese Weise werden Hethiter und Ägypter fortdauernd miteinander freundlich sein.« Er hatte seinen Sohn Zannanza für diese

Ehe bestimmt. Dessen Portrait war, in eine Tonscherbe geritzt, dem Brief beigelegt. Der Prinz hatte ein rundes, freundliches Gesicht, durchaus nicht so schön wie das des Tutanchamun, aber für Anchesenamun war das ohne Bedeutung. Sie wollte keine rauschhafte Liebe mehr, wie sie sie mit Tutanchamun erlebt hatte. Sie wollte einen Partner gewinnen, der ihr zu einem Thronerben verhalf. Der Bote teilte ihr mit, daß der Prinz sich bereits von der hethitischen Hauptstadt Hattusa aus mit einem stattlichen Gefolge auf den Weg nach Ägypten gemacht habe.

Nun mußte Anchesenamun ihre Zurückhaltung aufgeben. Sie bestellte den Wesir Eje zu sich und eröffnete ihm ihre Pläne. Der alte Mann wurde blaß und wollte protestieren, aber Anchesenamun schnitt ihm das Wort ab: »Es ist entschieden und nichts mehr zu ändern!«

Vor Schreck außer sich, stolpernd und keuchend, kam Eje nach Hause, wo seine Frau Tija und Haremheb auf ihn warteten. Tija schrie laut auf vor Entsetzen, nachdem Eje berichtet hatte. Haremhebs Gesichtszüge versteinerten. Er verabschiedete sich kurz darauf und eilte durch den Park zu seiner Wohnung. Er wußte, was er jetzt tun mußte. Der Pfad, den er betreten hatte und der hoch hinauf führen sollte, durfte nicht wieder durch die Pläne dieser eigenwilligen Frau blockiert werden. Jedes Hindernis würde er beseitigen, ganz gleich, was das für Folgen haben konnte!

Der Hethiterprinz Zannanza war glücklich. Nie hatte er geglaubt, einmal König werden zu können, weil der Vater aus der Schar der Brüder einen anderen als ihn zu seinem Nachfolger erwählt hatte. Nun aber würde Zannanza bald der Pharao des großen, reichen Ägypterlandes werden und früher als der Bruder den Thron besteigen. Er war wie im Rausch. Bei dem Ritt gen Ägypten hatte er Freunde um sich geschart, die ihn in die neue Welt begleiten sollten. Er lachte und scherzte mit ihnen, verlieh ihnen jetzt schon hohe Posten und träumte mit ihnen von einem reichen, glänzenden, üppigen Leben. »Und die Königin soll schön sein – wunderschön!« rief er triumphierend.

Seine glückliche Erregung mußte er in Bewegung umsetzen. Er veranstaltete Ringkämpfe mit den Freunden, die ihn dabei höflich gewinnen ließen, Wettläufe und Ritte. An einem Abend, kurz vor Sonnenuntergang, stürmte er mit seinem Rappen lachend über die Wüste auf eine Felsengruppe zu und verschwand dahinter. Als die Höflinge ihm folgten, fanden sie den Prinzen in seinem Blut liegend, ein Schwert in der Brust, die toten Augen erstaunt zum Himmel gerichtet. Das Entsetzen war groß. Mit dem ermordeten Zannanza kehrten sie jammernd und klagend zum Vater zurück. Der Schreck ließ den König zuerst verstummen. Doch plötzlich schrie er auf wie ein waidwundes Tier: »Sie wollten meinen Sohn haben, die Ägypter. Aber statt ihn auf den Thron zu setzen, haben sie ihn umgebracht. Sie sollen es büßen!«

Er rief die Truppen aus den verschiedenen Gebieten des Landes in die Hauptstadt und versammelte sie dort zu einem Heer, das er schließlich auf die ägyptische Grenze hin in Bewegung setzte. Es war noch nicht lange her, daß die Ägypter dort dem kommenden König hatten zujubeln wollen, jetzt aber standen sie schon in Waffen, bereit zum Kampf.

Es war der Beginn eines langen, zermürbenden Krieges, der die Vorherrschaft Ägyptens in Asien gefährdete. Auch das Hethiterland gewann dadurch nichts. Gefangene Ägypter schleppten eine Seuche ein, an der viele Hethiter starben, schließlich auch König Suppiluliuma.

Als Anchesenamun von dem Mord an Zannanza erfuhr, war sie in Theben, um die Grablegung des Tutanchamun vorzubereiten. Sie nahm die Nachricht mit dumpfer Resignation hin und merkte, daß sie nicht wirklich an ein glückliches Ende ihrer Pläne geglaubt hatte. Der Bote brachte gleichzeitig einen Papyrus, in dem ihr mitgeteilt wurde, daß die ägyptischen Hofbeamten, ohne sie zu fragen, den alten Eje zum König bestimmt hatten.

Zur Grablegung des Tutanchamun erschien Eje im Königsornat mit einigen wenigen Hofbeamten. Haremheb wurde mit dem Kriegszug gegen die Hethiter entschuldigt. Es gab keine Totenfeier, die eines Pharaos würdig war, wie auch das kleine, einfache Grab dem früher so glanzvollen Lebensstil nicht entsprach. Doch im Inneren drängten sich die Kostbarkeiten, die die Königin angehäuft hatte. Es konnte dem Geliebten in der Götterwelt an nichts mangeln. Prachtvoll und goldstrahlend würde er in sie eintreten. Und eines noch fernen Tages würde er Anchesenamun dort in all seinem Glanz empfangen, wenn der Tod auch sie von der Last der irdischen Welt befreit hatte.

Nach der Grablegung bat Eje um ein Gespräch. Obgleich er nun Pharao war, verzichtete er darauf, sie an den Thron zu befehlen. Statt dessen bot er ihr eine gemeinsame Regierung an und überreichte ihr einen Ring, in dem das dokumentiert worden war. Anchesenamun lehnte ab und entließ den alten Mann, ohne ihm die Pharaonenehrerbietung zu erweisen. Eje verstand. Bedrückt verließ er den Palast in Theben. Schuldgefühle quälten ihn wegen des Mordes an Zannanza. Er hatte sich mit Haremheb entzweit, obgleich er dessen Standpunkt teilte, daß kein Ausländer den ägyptischen Thron besteigen dürfe. Eje fuhr nach Memphis zurück, wo seine Frau erleichtert war, daß Anchesenamun das Angebot einer gemeinsamen Regierung nicht angenommen hatte. Das stolze Glück, nun selber eine Königin zu sein, brachte sie fast außer sich. Sie umgab sich mit einem Heer von Kleidermachern, Friseuren, Schminkern, Masseuren und Goldschmieden, um sich für ihre Auftritte herausputzen zu lassen.

Anchesenamun wollte sich nicht mehr schmücken. Nur zum Tempeldienst machte sie aus Achtung vor den Göttern eine Ausnahme, ließ sich kostbar kleiden, schmücken und schminken. Doch sonst trug sie nur betont schlichte, weiße Kleider, kaum Juwelen und eine einfache Perücke. Viele Menschen erkannten sie deshalb nicht, wenn sie mit ein paar Dienerinnen über den Nil fuhr und ins Tal der Königsgräber ging. Sie winkte dann den Wärtern, daß sie sich entfernen sollten, und schritt allein durch den Sand zum Grab des Tutanchamun. Vor der versiegelten Tür blieb sie stehen, lange, aufgerichtet und starr wie eine Stele.

26. Kapitel

Die Nachricht vom Tode des Pharaos traf Tenti schwer. Er verbarg seinen Kummer vor den anderen Männern, die über Tutanchamuns Ermordung, an der kaum jemand mehr zweifelte, lachten und spotteten. Sie bekamen ein gieriges Funkeln in den Augen, wenn sie überlegten, was für eine Grabausstattung dem jungen König mit großer Wahrscheinlichkeit beigegeben würde. Von Truhen, die mit Gold und Silber gefüllt seien, war die Rede, von Edelsteinen und kostbarem Schmuck, von kaum glaubbaren Schätzen in den Mumienbinden, von einem Herzskarabäus von unsagbarem Wert. Die Aufregung wurde um so größer, als man erfuhr, daß der Pharao nicht in Memphis, sondern in Theben sein Grab erhalten sollte. Tenti konnte diesen Jubel nicht ertragen. Er floh aus dem Gerberhof in die Stadt, hockte sich an die Mauer des Amun-Re-Tempels, legte den Kopf auf die Knie und weinte.

Eines Abends fand einer der seltenen Besuche des Schweigers in der Gerätehalle statt. Die Männer scharten sich um ihn, und er befahl mit leiser Stimme und wenigen Worten, daß Fifi und Dersened von nun an viel Zeit in der Nähe der Königsgräber verbringen sollten, um zu beobachten, welches Grab für den Pharao gebaut oder ausgewählt worden sei und was für Gegenstände man ihm für das Leben im Jenseits mitgeben würde.

Tage und Wochen vergingen, während der Pharao unter den Händen der Balsamierer lag und alles zum Alltag wurde. Tenti vergaß seinen Kummer, weil die Tätigkeit als Händler der gestohlenen Sachen ihn sehr beschäftigte. Er war erfolgreich und hatte nur noch selten Gewissensbisse. Einer seiner besten Kunden war ein neureicher Staatsbeamter, ein dicker, glatzköpfiger Mann, der mit einer Schar Diener und Sklaven in einer prachtvollen Villa am Nilufer lebte. Er hatte sich in Tenti vernarrt, liebte es, ihn in die Wange zu kneifen, ihm in den Locken zu wühlen und ihn manchmal auf seinen Schoß zu ziehen. Tenti widerten der dicke Bauch, der sich gegen seinen Rücken preßte, und die großen, schwitzenden Hände, die ihn tätschelten, an. Doch verstand er es, mit einem Lachen zu entschlüpfen und mit liebenswürdiger Miene manches zu ertragen. Denn der Reiche war gutmütig. Er gab für Königsschätze reichlich Leinen, Lebensmittel und Wein und trennte sich von einem schönen Pferd mit Wagen. Für Tenti ganz persönlich ließ er einen kurzen Schurz aus hauchdünnem weißen Leinen anfertigen, für darüber einen gefältelten Rock, der mit goldenen Ziermünzen benäht war, und Sandalen aus feinstem Leder, mit Edelsteinen besetzt.

Die beiden Späher bei den Königsgräbern konnten nicht viel beobachten, weil der Transport von Gegenständen zum Grab stets in weitem Umkreis abgesperrt wurde. Der Schweiger unternahm von nun an häufig Bootsfahrten über den Nil und stieg dann gemächlich zum Hause des Oberaufsehers der Gräbertales hinauf, wo er bei einem Bier saß und den Erzählungen des behäbigen, geschwätzigen Beamten lauschte. Fern von der Metropole, an der anderen Seite des Flusses, langweilte dieser sich oft und genoß die Gegenwart des ernsten, ruhigen Mannes, der so aufmerksam zuhörte, wenn der Aufseher ihm erzählte, was für Schätze für den toten König in das schon vorhandene Grab gebracht wurden und wie wichtig seine eigene Aufgabe und die seiner Gehilfen dabei sei, um die kostbaren Schätze zu schützen. »Wie könnt ihr das nur!« fragte der andere erstaunt und nickte bewundernd, wenn der Aufseher ihm erklärte, wie klug die Sicherungen des Grabes erdacht waren.

Manchmal traf der Schweiger dort auch den obersten Offizier der königlichen Grabwache, einen hochgewachsenen jungen Mann mit einem blassen, etwas weichen Gesicht. Eines Abends wurde die Runde noch dadurch erweitert, daß der Schweiger seine Nichte mitbrachte, die ihn angeblich, in Memphis wohnhaft, hier besuchte. Die »Nichte« war niemand anders als Tama – eine Tama, die sich erstaunlich verändert hatte, die nicht, wie sonst, aufdringlich geschminkt war und kein Gewand trug, das Busen und Hinterteil freizügig zum Anblick preisgab, sondern ein wadenlanges Kleid aus nicht zu dünnem Leinen mit einer schlichten Kette aus roten und blauen Perlen um den Hals. In dieser Einfachheit war sie fast hübscher als in ihrer üblichen Kleidung. Wenn sie mit einem Grübchenlachen den jungen Offizier anstrahlte, verlor dieser seine Blässe und wurde flammend rot. Bald machten die beiden jungen Leute zum Vergnügen der alten Herren gemeinsame Spaziergänge in das Gräberfeld, wo es der ängstlichen Frau so unheimlich wurde, daß sie der Soldat schützend in den Arm nehmen mußte. Wie sie ihn bewunderte! Er genoß es, und um sie noch mehr zu beeindrucken, erzählte er ihr so manches, was eigentlich verboten war.

Den Tag der Grablegung des Pharaos erfuhr der Schweiger vom Aufseher, was bewirkte, daß von nun an im Gerberhof emsige Beschäftigung herrschte. Grabgeräte, Seile, Transporttruhen und Taschen, Wagen und Handkarren, Fackeln, Öllampen, Krüge, Boote, Ruder und Segel für die Überquerung des Flusses wurden überprüft, ausgebessert und ergänzt, auch Waffen wie Dolche, Bogen und Pfeile.

»Wozu braucht ihr die?« fragte Tenti erstaunt.

Dersened zuckte die Schultern: »Der Schweiger wird schon seine Gründe haben!«

Tenti war froh, daß er beim direkten Grabraub nicht teilzunehmen brauchte. Ihn schauderte, wenn er daran dachte, und das Frevelhafte dieses Tuns wollte ihm nicht aus dem Sinn kommen. Den Gedanken, daß er dabei half, indem er beim Handel mit den gestohlenen Schätzen eine tragende Rolle spielte, schob er beiseite.

Schließlich wurde bekannt, daß die Grablegung stattgefunden hatte, der unsicheren Verhältnisse im Lande wegen diesmal ohne eine Beteiligung der Bevölkerung. Der Schweiger plante, nun gleich den Raub auszuführen, weil so bald niemand damit rechnen würde. Die Wachen wurden weiter abgelenkt und bestochen. Von einer leeren Bauhütte aus begann man einen Gang zu bohren. Die Männer, geübt in dieser Tätigkeit, kamen schnell voran. Jeden Abend, wenn sie auf den Hof zurückkehrten, herrschte eine hoffnungsvolle, übermütige Stimmung. Man trank Bier, lachte und stritt sich, wer am meisten an diesem Tag geleistet hatte.

In einer Nacht gab es einen heftigen Zank zwischen Mersuanch und Fifi. Der Kleine verspottete den Dicken und behauptete, dieser sei im Tunnel steckengeblieben, und nur seinetwegen müßte man den Gang doppelt so weit machen, als eigentlich nötig. Mersuanch versuchte Fifi zu greifen, aber der schlüpfte gewandt unter dem Tisch hindurch auf die andere Seite des Raumes, lachte und höhnte den Dicken weiter. Das Gesicht Mersuanchs rötete sich, Schweißperlen traten ihm auf die Stirn, er schnaufte und knurrte wie ein böses Tier und griff nach dem Bierkrug, den er dem Kleinen entgegenschleuderte. Fifi machte eine abwehrende Bewegung, wodurch der Krug beim Aufprall an seinem Arm zerbrach und Scherben tief in seine Hand schnitten. Blut spritzte aus der Wunde und hörte nicht auf zu fließen, obgleich der schwarze Hepi ein Tuch um die Hand schlug und fest verknotete. Der Schweiger wurde gerufen. Er kam mit seiner Haushälterin Hekenu, die im Garten neben seinem Wohnhaus ein Beet mit Heilpflanzen hielt. Sie legte Blätter auf die Wunde, verband sie mit in Streifen gerissenem Leinen und murmelte Beschwörungsformeln. Das Blut hörte auf zu fließen, aber in den nächsten Tagen entzündete sich die Wunde stark, und Fifi konnte seine Hand nicht mehr bewegen. Am Abend vor der geplanten Aktion lag der Kleine im Fieber, lallend und ohne Bewußtsein. Der Schweiger stand an seinem Lager mit zornig blitzenden Augen und gerunzelter Stirn. Dann befahl er den anderen, in die große Halle zu kommen. »Es ist alles vorbereitet worden«, sagte er düster, »nichts kann mehr verschoben werden. Die unbestechlichen Wachen haben morgen frei und sind nicht am Ort, die bestechlichen sind versorgt und halten sich fern vom Grab.«

»Aber uns fehlt ein Mann«, sagte Dersened bedrückt.

Der Schweiger nickte und warf dann den Kopf zurück. Der Zorn ließ seine Stimme beben: »Ihr habt es fast verdorben – fast. Aber es muß trotzdem stattfinden!« Er blickte in die Runde und schaute schließlich Tenti an. »Du wirst Fifi ersetzen!«

Tenti zuckte zusammen. »Nein«, flüsterte er, »nein, ich kann das nicht!«

Der Schweiger sagte kühl: »Man hat dich lange geschont, aber jetzt wirst du gebraucht und mußt deine Arbeit wie die anderen machen!« Dann wandte er sich um und ging hinaus.

Tenti lief die Treppe hinauf und warf sich auf sein Lager. »Ich kann nicht, nein, ich kann nicht!« flüsterte er. »Und ich will auch nicht!«

Dersened, der eben den Raum betreten hatte und die letzten Worte noch hörte, packte ihn an den Schultern und schüttelte ihn: »He, was soll das? Das feine Herrchen hat sich bis jetzt vor der Drecksarbeit gedrückt. Wir haben dazu nichts gesagt. Aber wenn du uns morgen sitzenläßt, wirst du deines Lebens nicht mehr froh sein!«

»Ich werde weglaufen!«

»Sie werden dich finden und verprügeln, vielleicht sogar totschlagen!«

Dersened verließ zornig den Raum. Tenti vergrub sein Gesicht in den Kissen. In der Nacht dachte er sich immer neue Fluchtpläne aus, aber jeden, den er näher überlegte, mußte er als undurchführbar ansehen. Als Dersened ihn bei Tagesanbruch aus einem unruhigen Schlummer weckte und fragte, ob er nun vernünftig geworden sei, nickte er nur.

Bei Anbruch der Nacht versammelten sich Tama und die Männer in der Gerätehalle. Sie standen an die Wände gelehnt in ungewohntem Schweigen und warteten. Eine Spannung wie vor einem drohenden Sandsturm herrschte. Auch der Schweiger wirkte verkrampft, als er schließlich den Raum betrat. Doch dann gab er Befehle, und die Geschäftigkeit ließ kaum jemanden zum Nachdenken kommen. Grabgeräte, Fackeln, Öllampen, Stricke, Tücher, Stangen, Messer, Bretter, Kästen und Körbe wurden auf Wagen geladen, die im Hof standen, Bündel mit Lebensmitteln, Krüge mit Wein und Bier, um die Wärter zu bestechen. Die Männer und Tama schlüpften in schwarze Kapuzenmäntel. Als alles aufgeladen war, wurden die Hufe von Pferd und Esel mit Tüchern umwickelt, und sie zogen los in Richtung des Nilufers.

Hepi, der mit seinem schwarzen Gesicht in der Kapuze des Umhangs mit der Nacht verschmolz, als wäre er nicht vorhanden, eilte voran, um zu erkunden, ob der Weg frei war von den Polizisten des Pharaos. Wie erwartet, schien in der Stadt alles zu schlafen. Auch am Fluß, wo zwei Boote am Ufer lagen, gab es keine Schwierigkeiten. So leise wie möglich beluden sie die Schiffe mit dem Gerät und brachten die leeren Wagen, Pferd und Esel in einen Schuppen am Ufer. Ein zehnjähriger Knabe würde sie bis zur Rückkehr der Männer bewachen. Vier Sklaven ergriffen die Ruder. Der Schweiger war am Ufer zurückgeblieben. Er blickte ihnen nach, solange die Dunkelheit sie nicht verschluckte. Dann wandte er sich um und ging langsam zurück zum Gerberhof. Nach diesem bedeutenden Raub wollte er das Geschäft aufgeben, sich zurückziehen und in einer anderen Stadt, vielleicht in Memphis, als ein ehrbarer, anerkannter Bürger leben.

Er hatte Dersened die Leitung der Aktion anvertraut. Dieser konnte vor den anderen Glück und Stolz darüber kaum verbergen. Er versuchte die überlegene Art des Schweigers zu imitieren, gab kurze Anweisungen und energische Befehle. Mersuanch und Hepi wollten murren, ließen es schließlich aber sein, weil ihnen wichtiger war, den vielversprechenden Raub durchzuführen. Tenti merkte die freudige Spannung der Männer, doch konnte er sie nicht teilen. Er zitterte vor Angst und Schuldgefühlen, saß am Heck des Bootes und hörte das schmatzende Glucksen des Flusses. Sollte er sich hineinstürzen, fortschwimmen oder sich sogar auf den Grund fallen lassen, um nie wieder aufzutauchen? Er steckte eine Hand ins Wasser. Als er sie wieder herauszog, war sie grün vor klebrigen Algen, die einen modrigen Geruch ausströmten. Ihn schauderte. Der Eingang zum Nilgott Hapi sah nicht freundlich aus. Wie würde dieser ihn unten empfangen – liebevoll oder strafend?

Dersened berührte seine Schulter. »Na, Kleiner, wie geht's, bist du nicht glücklich, daß du endlich einmal dabeisein kannst? Du wirst sehen, es ist aufregend und wunderbar!«

Am anderen Ufer erwartete sie ein Grabwächter, der seinen Posten nur dazu benutzte, mit den Räubern gemeinsame Sache zu machen. Durch ihn hatten sie auch von der leeren Bauhütte erfahren, von der aus der Tunnel zum Grab gebohrt werden konnte. Der Mann war äußerst häßlich, hatte einen bösen, schielenden Blick und hastige, wieselhafte Bewegungen. Er ließ sich von ihnen die Lebensmittel, Wein- und Bierkrüge geben, um damit andere Wächter zu einem Gelage an einer Stelle fern vom Grab zu locken. Tama legte ihren schwarzen Umhang, unter dem sie ein kurzes, weißes Kleid trug, ins Boot und begleitete den Mann, ein Fläschchen mit einem Betäubungsmittel in den Falten ihres Rockes verborgen.

Nach einiger Zeit hörte man aus der Ferne trunkenes Gegröle. Der Schielende erschien wieder, ein Pferd am Zügel führend, das einen großen Wagen zog. Die Männer luden das Gerät aus den Booten in den Wagen. Tenti fühlte sich bei der Arbeit wohler. Die vier Nubiersklaven, die sie herübergerudert hatten, kehrten zu den Booten zurück, um dort auf sie zu warten. Außer dem fernen Lärm, den die Wächter verursachten, war es jetzt still im Tal. Ohne Behinderung erreichten sie mit dem Wagen die Bauhütte, luden ab und schleppten das Gerät ins Innere. Sie entzündeten eine Fackel und schoben einen großen Stein auf dem Fußboden beiseite. Dort gähnte wie ein gieriges, schwarzes Maul der Eingang des gegrabenen Ganges. Hepi kroch zuerst hinein und ließ sich Stricke, kleineres Gerät, Öllampen und Fackeln reichen. Er verschwand, kehrte aber nach relativ kurzer Zeit zurück und streckte seinen schwarzen Arm aus dem Loch. Schweigend reichten die anderen ihm mehr Fackeln und Stricke und nach und nach das Gerät. Das schwerste – Eisenstangen, Hammer und Meißel in einem Korb – schnallte sich der kräftige Mersuanch mit Riemen an Schultern und Hüften. Er ließ sich eine Fackel geben und stieg nun auch, den Korb hinter sich herziehend, in das Loch. Doch bevor er ganz verschwand, drehte er sich noch einmal um und betrachtete Tenti, der an der Wand lehnte, abschätzig. »Was ist, willst du dich wieder einmal auf die faule Haut legen, während wir arbeiten?«

»Wir kommen schon!« rief Dersened hastig. Er drückte Tenti eine Fackel in die Hand und schob ihn vor sich her in das Loch hinein.

Der Gang war hoch genug, daß sie gebückt laufen konnten, und doch fühlte sich Tenti bedrückt und konnte kaum atmen. Nach ein Paar Minuten erreichten sie eine helle Öffnung und betraten über ein paar Stufen einen durch die Öllampen erleuchteten länglichen

Raum. Er war leer, hatte aber an der hinteren Schmalseite eine mit Mörtel bestrichene Tür, die versiegelt war. Nur mit großer Anstrengung konnte Mersuanch das Siegel zerbrechen. Sie öffneten mühsam die Türflügel und stöhnten auf. Die Bestatter hatten versucht, das Grab so gut wie möglich zu sichern, und den Gang, der jetzt vor ihnen lag, vollkommen mit Geröll gefüllt. Das bedeutete eine zusätzliche, unerwartet harte Arbeit. Die vier Männer arbeiteten bis zur Erschöpfung, und doch dauerte es lange, bis sie den Schutt aus dem Gang geräumt hatten. »Schnell, schnell«, flüsterte Dersened, »wir müssen vor dem Morgengrauen wieder verschwunden sein!« Obgleich sie hier niemand hören konnte, flüsterten sie nur, wenn sie miteinander sprachen.

Endlich war es geschafft und der Schutt aus dem Gang geräumt. Erneut standen sie vor einer versiegelten Tür. Sie war niedriger und leichter zu öffnen. Dahinter lag kein Geröll, und sie schlüpften hindurch, als letzter Hepi mit einer Fackel. Sie beleuchtete einen größeren, anscheinend leeren Raum. Und wieder gab es an Quer- und Längsseiten versiegelte Türen.

»Wie viele Türen müssen wir noch aufbrechen?« murrte Mersuanch, machte sich aber gleich daran, diejenige an der Längsseite zu öffnen. Hepi hielt ihm das Licht, doch gerade, als Mersuanch der Durchbruch gelungen war, fiel dem Schwarzen die Fackel aus der Hand. Mersuanch fluchte. Sie standen eine Weile im Dunkeln, und Tenti meinte, daß ihm der Geruch von Mörtel, verwelkten Blumen und Mumifizierungsspezereien den Atem raubte. Es roch nach Tod. Hepi zündete neue Fackeln und auch Öllampen an, und in ihrem Licht sahen sie es aus dem Loch in der Tür golden blitzen. Mersuanch ließ sich Eisenstangen, Hammer und Meißel reichen, schlug und brach nun hastig. Mauerwerk bröckelte, fiel zu Boden, das Siegel zerbrach, und sie konnten die Tür öffnen.

Dersened leuchtete mit einer Fackel in den Raum hinein, die anderen spähten ihm über die Schulter. Sie standen wie erstarrt. Das Licht der Fackeln warf zuckende Blitze auf lauter Gold – auf goldene Bahren mit seltsamen Tierköpfen, einen goldenen Thronsessel, goldene Truhen und Schreine, einen in mehrere Teile zerlegten goldenen Kriegswagen, Statuen aus Gold und zahllose kleine Dinge, Lampen, Vasen, Uschebti-Figuren und Seelenboote. Die Männer waren wie geblendet. Dersened stöhnte auf, und Mersuanch gab ein gieriges Knurren von sich. Der schwarze Hepi schlängelte sich als erster in den Raum, entzündete mit der Fackel eine Öllampe, die er auf einen Schrein stellte. Er öffnete eine Truhe, aus der er Hände voll Schmuck zog, Ketten, Ringe, Pektorale, Kronen, Broschen. Mit einem irren Kichern und rollenden Augen ließ er die Juwelen wie einen Wasserfall wieder in die Truhe rieseln, um dann die Arme bis zu den Schultern hineinzutauchen. Mersuanch und Dersened waren in die Vorkammer zurückgegangen und holten Körbe und Tücher, in die sie wahllos Schmuck und goldenes Gerät warfen. Dersened forderte Tenti auf, ihm zu helfen, und herrschte Hepi an, der sich laut lachend Ringe an jeden Finger gesteckt und ein Diadem auf den schwarzen Wollkopf gestülpt hatte. Sie arbeiteten eine Weile schweigend, bis Dersened leise sagte: »Welche Schätze! Aber was wird erst in den Mumienbinden sein!« Es war nur so dahingemurmelt, während er den Korb neben sich weiter füllte.

Auch Hepi war in sein Tun versunken, aber Mersuanch richtete sich auf. »Die Mumie«, flüsterte er, »wir müssen sie finden. Die größten Schätze werden sie in die Binden gewickelt haben!« Er packte Tenti am Arm: »Komm mit, ich brauche deine Hilfe!«

Seitdem sie im Grab waren, tat Tenti willenlos das, was die anderen ihm auftrugen. Er konnte nicht mehr denken und selbständig reagieren. In all der Pracht fühlte er nur den Tod, er roch ihn, spürte ihn als Staub auf seiner Haut, schmeckte ihn auf seinen Lippen. Die innere Lähmung ließ ihm nichts anderes übrig, als Mersuanch zu gehorchen, der ihn zu der versiegelten Tür an der Schmalseite zog. Erst jetzt sahen sie, daß rechts und links der Tür zwei riesige schwarze Statuen standen, Schildwachen mit goldenem Schurz, goldenen Sandalen und goldenen Kopftüchern. In den Händen hielten sie Keulen und Stäbe. Mersuanch beachtete sie nicht und herrschte Tenti an: »Starr die Dinger nicht so an, sie sind zu groß, als daß wir sie mitnehmen können. Halt die Fackel und reich mir das Einbruchswerkzeug, die Stange, den Hammer und den Meißel!«

Während Dersened und Hepi in ihre gierige Arbeit versunken waren, öffnete Mersuanch die nur schwach versiegelte Tür, schob Tenti mit der Fackel hindurch und folgte ihm.

Im flackernden Licht standen sie geblendet vor einer mächtigen Mauer aus massivem Gold. Mersuanch untersuchte sie näher und fand wieder Riegel und ein Siegel. Es war die Vorderwand des riesigen Totenschreins des Tutanchamun. Mersuanch befahl Tenti, ihm die Fackel näherzuhalten. Hastig und vor Gier stöhnend, setzte er das Werkzeug an, wollte die Türflügel mit den Händen öffnen, brach die Nägel ab, fluchte, ließ sich die Brechstange reichen, setzte sie an. Die Tür öffnete sich nur einen Spalt breit, für den kräftigen Mersuanch nicht weit genug. Er schob Tenti mit der Fackel hinein und versuchte, im Dunkeln die Tür weiter zu öffnen. »Sag mir, was du siehst!« herrschte er den Jungen an.

Vor Tenti erhob sich im Fackellicht eine zweite goldne Wand in blitzender Starre. Plötzlich hatte er das Gefühl, daß er nicht allein hier war, daß ihn jemand anblickte. Er wandte sich zur Seite und sah in das kindliche Gesicht des jungen Königs, wie er ihm einst im Park von Achetaton begegnet war. Die dunklen glänzenden Augen schauten ihn an wie damals, doch vorwurfsvoll und traurig. Tenti schrie auf, und gleichzeitig erlosch im luftarmen Raum die Fackel, doch Tenti meinte den anklagenden, betrübten Blick des Tutanchamun noch immer zu sehen und konnte nicht aufhören zu schreien. Er drängte aus der Tür des Schreins, vorbei an Mersuanch, der im Dunkeln nach ihm greifen wollte und ihn verfehlte, lief aus der Sargkammer in die Vorkammer, beachtete Dersened und Hepi nicht, die, förmlich in Gold watend, Juwelen in den Händen, ihn anstarrten. Er hörte nicht auf zu schreien, schrie und schrie immer gellender, als er die Vorkammer durchquerte, den Gang entlanglief und durch den Tunnel. Dersened war ihm ein Stück nachgeeilt. Zu seinem Entsetzen hörte er Tentis Schreie auch noch, als dieser in der Bauhütte angekommen sein mußte. »Wir müssen fort aus dem Grab«, rief er heiser, »wir müssen fliehen, uns verstecken!«

Hepi und Mersuanch versuchten noch, Schmuck und Münzen in Tücher zu knoten, dann eilten sie Dersened nach.

Tenti lief von der Hütte fort, den Berg hinunter. Er schrie immer noch, konnte damit nicht aufhören. Er sah immer noch die vorwurfsvollen Augen des kindlichen Königs und meinte nun auch, die Hände der Totengötter auf seinen Schultern zu spüren, die ihn zurückholen wollten, um ihn zu strafen. Doch die Hände hielten ihm nun den Mund zu, erstickten den Schrei. Tama flüsterte: »Sei ruhig, ganz still – und komm!«

Sie ließ ab von seinem Mund, nahm seine Hand und hastete mit ihm den Hügel hinab zum Nilufer. Dort sprang sie in eins der Boote, zog ihn nach und befahl den Sklaven, ans andere Ufer zu rudern. Der eine wollte widersprechen, meinte auf die Männer warten zu müssen, aber sie zischte ihn an: »Rudert, hört ihr mich, ihr sollt rudern!«

Sie blickte die Nubier drohend an, und sie gehorchten. Die Sklaven des zweiten Bootes folgten, als sie die Rufe der aufgestörten Wachen hörten, das Trappeln der Füße und herabstürzendes Geröll, als diese den Hang hinuntersprangen.

27. Kapitel

Tama und Tenti eilten durch das schlafende Theben bis zu Tamas Stadtwohnung. Erschöpft warfen sie sich auf das Bett und schliefen aneinandergedrängt sofort ein. Erst spät am nächsten Morgen erwachte Tenti. Verwirrt schaute er sich in dem fremden Raum um. Wie ein greller Blitz kam plötzlich die Erinnerung an das Geschehen vom gestrigen Abend. Er schlug die Hände vor das Gesicht. Des Pharaos trauriger und vorwurfsvoller Blick fiel ihm ein, und er stöhnte auf. Würden die Götter ihm je verzeihen, was er getan hatte?

Die Tür öffnete sich, und Tama schlüpfte herein. Sie trug ein beschmutztes, zerrissenes Gewand über dem Arm. »Zieh das an«, sagte sie, »du bist jetzt ein Bettler – ein armer Bauer, der gerade vom Land in die Stadt gekommen ist, und du hast niemanden gefunden, der dir

Arbeit gibt. Ein paar Tage lang darfst du nicht auf die Straße gehen, mußt dir einen Bart wachsen lassen und die Haare nicht schneiden. Die Sandalen stellen wir fort. Von nun an mußt du barfuß laufen.« Ihre Zwitscherstimme klang schon beinahe wieder vergnügt.

Tenti sah sie verwirrt an. »Warum?« fragte er.

Sie machte eine ungeduldige Kopfbewegung: »Verstehst du das nicht? Sie werden nach dir suchen!«

»Und nach dir nicht?«

Sie schüttelte den Kopf: »Ich war schon lange die kleine Hure der Wächter. Niemand wird denken, daß ich mit dem Grabraub etwas zu tun habe!« Sie kicherte.

Er nickte teilnahmslos. Als sie seine verstörte Miene sah, fragte sie: »Was ist? Wir sind entkommen! Bist du nicht froh darüber?«

»Ich habe das Grab des Pharaos geschändet«, flüsterte er, »er hat mich angesehen, so traurig und vorwurfsvoll, er wird mir nie verzeihen – und die Götter auch nicht!«

Sie setzte sich neben ihn: »Dich hat eine Figur angesehen, die sie nach ihm gemacht haben, eine Figur, die nicht denken und nicht fühlen kann. Außer den Grabwächtern ist niemand mit dir böse ...«, sie zögerte, »nur noch die anderen.«

»Welche anderen?«

»Nun, Dersened und Hepi und Mersuanch, weil du so laut geschrien hast und weil wir ihnen die Boote weggenommen haben. Aber die Sklaven vom anderen Boot hätten auf sie warten können. Wir haben keine Schuld, daß sie es nicht getan haben!«

Tenti richtete sich erschrocken auf. »Wo sind sie?« fragte er heiser.

Tama zuckte mit den Schultern: »Ich weiß nicht. Aber ich werde herumhorchen!« Sie runzelte die Stirn: »Es ist ja auch wichtig für uns. Wer weiß, was sie unter den Stockhieben aussagen!«

Während Tenti den ganzen Tag über grübelnd auf dem Bett lag, trieb sich Tama in der Stadt herum, lauschte dem Geschwätz der Leute auf dem Markt und denen, die vor Amun-Res Tempel hockten. Bis zum Mittag hörte sie nur das übliche Gerede über untreue Ehefrauen und böse Steuereinnehmer, vom Bau eines neuen Hauses und daß ein Frachtschiff im Hafen gelandet sei und man dort vielleicht Arbeit erhalten konnte. Doch am Nachmittag sah Tama eine Gruppe von aufgeregten Menschen um einen Bootsbesitzer stehen, der täglich Männer, Frauen und Kinder von Theben aus über den Fluß ruderte. Heute hatte man ihm verwehrt, am anderen Ufer anzulegen, und als er bei den Wächtern nach dem Grund fragte, teilten sie ihm wichtig mit, daß in der Nacht Einbrecher versucht hatten, das Grab des Pharaos Tutanchamun auszurauben, daß Priester jetzt das Grab wieder versiegelten und daß man die Räuber suchen und verfolgen würde. Einer allerdings, ein Schwarzer, sei ertrunken, als er den Fluß schwimmend überqueren wollte. Ein alter Mann hob drohend den Finger und meinte, daß er sich nicht wundere, daß der Flußgott Hapi den Räuber für seine lasterhafte Tat bestraft hätte. Der Bootsbesitzer, unwillig über die Unterbrechung, erklärte, daß ihn natürlich niemand jetzt drängen dürfe, ans andere Ufer zu rudern, denn kein Bürger durfte das Gräberfeld, auf dem sich die Räuber wahrscheinlich noch versteckt hielten, betreten.

Von nun an brodelten in der Stadt richtige und falsche Gerüchte wie ein kochender Brei in einem Topf. Von unendlich kostbaren Gegenständen, die die Räuber mit sich schleppten, war die Rede, auch davon, daß die Wächter mit ihnen gemeinsame Sache gemacht hätten und alle zusammen geflohen und entkommen seien. Andere behaupteten, daß die Räuber entdeckt wurden, nichts forttragen konnten und daß man sie verfolge. Das Letztere stimmte und wurde offensichtlich, als Dersened und Mersuanch gefesselt durch die Stadt geführt wurden. Man hatte Mersuanch erwischt, als er versuchte, die Felsen hinter dem Grab zu erklimmen, was dem schweren Mann aber nicht gelang. Dersened wollte durch die Wüste fliehen. Doch die Polizisten verfolgten ihn mit Hunden, welche den Erschöpften, der fast am Verdursten war, bald aufstöberten.

Man trieb die beiden wie Vieh durch die Straßen, und die Bevölkerung beschimpfte und bespuckte sie. Obgleich man nach und nach einen Groll gegen die Könige entwickelt hatte, die Reichtum anhäuften und Paläste bauten, während die einfachen Menschen im Lande darbten, so waren sich alle einig, daß es höchst verwerflich war, in die Welt der Götter einzudringen und zu stehlen, was für diese bestimmt war. Auch gönnte man dem schönen jungen Pharaonenknaben seine Totenruhe. Dersened und Mersuanch wurden sofort vor Gericht gestellt. Gierig horchte man auf den Märkten und in den Straßen auf jede Nachricht, die aus dem Gefängnis drang, und kommentierte sie: »Es geschieht ihnen ganz recht!«

Das war die verbreitete Meinung, als man erfuhr, daß die Gefangenen zuerst mit der Doppelrute an Händen und Füßen geschlagen wurden, bis sie bluteten, um auszusagen, wer am Raub teilgenommen hatte. Mersuanch war sofort bereit, Tentis Namen zu nennen, während Dersened mit zusammengebissenen Zähnen lange schwieg, auch als man ihm ein Ohr abschnitt. Die Richter verzichteten auf die Todesstrafe, weil bei den beiden keine Schätze aus dem Grab gefunden worden waren, verurteilten sie aber zu Kerkerhaft. Die Menschen auf den Märkten hatten von den qualvollen Lebensbedingungen dort gehört und versicherten sich mit Schaudern, daß die Räuber nun bis zu ihrem Ableben dort bleiben müßten.

Eine kurze Zeit lang suchte man nach Tenti, aber niemand vermutete ihn in der Gestalt des bärtigen, schmutzigen Bettlers, der an der Tempelmauer hockte und trübe vor sich hinstarrte. Tenti war es recht, daß er so leben mußte. Er wollte jetzt kein anderes Dasein mehr haben, er wollte nur der Reue und Buße leben. Der Frevel im Grab des Königs lag schwer auf seiner Seele, und das Schicksal seines Freundes Dersened, an dem er schuldig war, bekümmerte ihn sehr.

Mersuanch hatte vor dem Richter den Schweiger beschuldigt, sie zu dem Raub gezwungen zu haben. Als die Polizisten dessen Villa durchsuchten, fanden sie sie leer. Niemand saß mehr auf der Terrasse, keine Diener bereiteten Speisen in der großen Küche, keine Sklaven arbeiteten im Garten und in den Plantagen. Die Pflanzen verwelkten, weil man sie nicht goß, die Kühe in den Ställen brüllten, weil sie nicht gemolken wurden, und die Pferde stampften im Stall, weil sie Hafer haben wollten. Man versuchte den Gerber auszufragen, doch der zuckte nur mit den Schultern und erklärte, den Besitzer der Villa, einen ernsten, vornehmen Mann, kaum einmal gesehen zu heben. Um die Männer, die in den Gebäuden hinter dem Hof gewohnt hatten, hätte er sich nicht gekümmert, und er wüßte auch nicht, wohin sie verzogen seien. Er rümpfte die Nase und meinte grollend, sie hätten von ihm wohl seines Berufsgeruches wegen nichts wissen wollen. »Sie sagten, es wäre Gestank!« rief er wütend.

Die nubischen Sklaven, die in den Gruben arbeiteten, schüttelten hilflos die Köpfe und gaben vor, die Sprache der Polizisten nicht zu verstehen.

Eines Abends, als Tenti von seiner Betteltour in die Wohnung zurückkehrte, fand er Tama beim Packen. Sie hatte eine Nachricht erhalten, daß ihre Schwester, die die Familie jetzt versorgte, heiraten wollte. Tama entschloß sich sofort zur Heimfahrt nach Memphis. Die Sehnsucht nach dem Vater und den Geschwistern war bei ihr in letzter Zeit immer stärker geworden. Auch wollte sie nun ein anderes, geordnetes Leben beginnen. Sie war jetzt wohlhabend genug, um dem Vater einen Schusterladen mitten in der Stadt einzurichten und sich ein Geschäft, in dem sie Sandalen und Kleiderstoffe verkaufen würde. Als Tenti ihr half, Schmuck und Gold unter Korn und Mehl in Säcke zu verstecken, staunte er, welche Reichtümer das Mädchen angehäuft hatte. Er war traurig, daß sie fortzog, denn sie war im Augenblick seine einzige Bezugsperson. Doch als sie ihn aufforderte, mit nach Memphis zu kommen, wehrte er ab. Er wußte selbst nicht genau, warum er sich nicht von Theben trennen konnte, und sah Tama betrübt nach, als sie ihm vom abfahrenden Schiff her zuwinkte.

Er hatte keine Reichtümer in Besitz und konnte sich die Wohnung nicht leisten. Aber das berührte ihn kaum. Er schlief nachts an der Tempelmauer, trieb sich am Tag in den Straßen herum und erbettelte das Allernötigste an Lebensmitteln oder verdiente es durch kleine Hilfeleistungen auf dem Markt. Doch wenn er satt war, hockte er sich irgendwo hin und schaute dem Treiben auf Straßen und Märkten zu. Er veränderte sich zusehends, und niemand erkannte mehr in dem struppigen Bettler den hübschen, heiteren jungen Mann, der er vor kurzem noch gewesen war. Er hatte keine

Angst, nicht den Trieb, sich zu verstecken. Ein Schuldgefühl bewog ihn zu dieser Lebensweise. Es lag wie eine schwere Last auf seinen Schultern und ließ für nichts anderes Raum. Dieses Schuldgefühl brachte ihn auch dazu, über den Fluß zu fahren und sich am Zaun zum Gräberfeld niederzuhocken. Er blieb dort und kehrte nicht mehr nach Theben zurück. Das Wenige, was er zum Leben brauchte, konnte er auch hier erbetteln.

In den nächsten Monaten veränderte sich manches im Tal der Könige. Der Versuch, das Grab Tutanchamuns auszurauben, hatte trotz des schlechten Ausgangs andere Räuber bewogen, es geschickter anzustellen. Viele waren tatsächlich erfolgreicher, und manches Grab hatte all seine Schätze verloren. Um Verstorbene davor zu schützen, daß die Mumienbinden von den toten Körpern gewickelt und Gegenstände entwendet wurden, die dazu bestimmt waren, daß die Toten im Jenseits die ihnen zustehenden Ehrungen erhielten und sie nicht, wie das einfache Volk, arbeiten mußten, hatten die Angehörigen Priester beauftragt, die Verstorbenen fort aus ihren Gräbern in unauffällige und entfernt liegende Höhlen zu bringen.

Dort lagen die Mumien dann, oft mehrere zusammen, in einer Umwelt ohne Feierlichkeit, aber in geschützter Totenruhe. Die Eingänge der Höhlen waren schwer zu finden, weil man Schutt und Schlamm davorschüttete. Begräbnisse fanden nun in Theben kaum noch statt, weil sich ein neues Gräbertal in Memphis, in der Nähe des Königshofes, aufgetan hatte. Der Pharao Eje ließ sich dort gerade einen Totentempel und ein Grab errichten. Viele Hofbeamte machten es ihm nach.

In Theben wurden nach und nach die Wachen von den Gräbern abgezogen und nach Memphis beordert. Das Tal verwilderte, die Zäune brachen zusammen. Eines Tages schlüpfte Tenti durch eins der Löcher und stieg über den Hügel in das Tal hinab. Er ging mechanisch, fast willenlos, als zöge ihn ein starkes Seil immer weiter, bis er vor dem Grab des Tutanchamun stand. Sein Herz klopfte wild. Er warf sich auf die Erde, das Gesicht im Sand, lag lange so. Schließlich richtete er sich auf und hockte sich in die Nähe des Eingangs. Es wurde ihm klar, daß er das schon lange ersehnt hatte, und er wünschte sich brennend, daß man ihn nicht verjagte, sondern daß er hier bleiben durfte. Er saß dort tagelang, und die wenigen Wächter machten sich über ihn lustig: »Der Verrückte bewacht das Grab für uns, und deshalb brauchen wir uns nicht mehr darum zu kümmern!«

Sie meinten das nicht ernst. Aber eines Nachts geschah etwas Seltsames: Räuber versuchten tatsächlich wieder in das Grab des Tutanchamun einzubrechen, doch ein gellendes Geschrei vertrieb sie, ein ähnliches wie damals, als man den ersten Grabraub verhindern konnte. Die Wächter liefen herbei und fanden den Bettler, der immer noch schrie. Von den Räubern war nichts mehr zu sehen. Die Wächter achteten von nun an den bärtigen, zerlumpten Mann und hielten ihn für einen Heiligen, der im Dienst der Götter den toten König bewachte. Sie gewöhnten sich daran, ihm Lebensmittel zu bringen, und als es kalt wurde, für die Nacht eine Decke. Er nahm alles ohne Dank an.

An einem Spätnachmittag, als die Hitze des Tages etwas abzunehmen begann, ließ sich Anchesenamun über den Fluß rudern. Wieder einmal stieg sie, zusammen mit zwei jungen Dienerinnen, den Hügel hinab ins Tal und wurde vom Eingang her von einem jungen Offizier des Wachbataillons begleitet. Es war kein königlicher Aufzug mit Prunk und Pracht. Anchesenamun trug nur ein schlichtes weißes, knöchellanges Kleid und wenig Schmuck. Schon von weitem sah sie am Grab einen Mann hocken. Sie blickte den Offizier fragend an, und der berichtete, was sich hier zugetragen hatte, versicherte aber, daß man den Mann vertreiben würde, wenn sie es verlangte. Doch sie schüttelte den Kopf und trat näher. Als der Mann sie erkannte, warf er sich bäuchlings auf den Boden, vergrub sein Gesicht in den Armen und fing heftig an zu schluchzen. Sie stand eine Weile neben ihm, dann sagte sie leise: »So sehr hast du den Pharao geliebt, daß du noch immer um ihn weinst?«

Sie befahl ihm, sich aufzurichten, und als er sich vor sie hinhockte, betrachtete sie sein tränen- und sandverschmiertes Gesicht näher. »Wo bist du geboren? Woher kommst du?«

»Aus Achetaton.«

Sie nickte: »Dein Gesicht ist mir vertraut. Hast du nicht im Garten des Schlosses gearbeitet? Ja, ich weiß, und einmal hast du dem Pharao eine Traube gegeben. Und nun bewachst du sein Grab? Gut so – er braucht auch jetzt noch treue Diener!«

Dann trat sie an den Eingang zum Grab. Lange stand sie dort und starrte die versiegelte Pforte an. Schließlich ließ sie sich von einer der Dienerinnen einen kleinen Kranz aus Kornblumen reichen und legte ihn an der Schwelle nieder. Bevor sie ging, berührte sie Tentis Schulter und flüsterte: »Verlaß den Pharao nicht!«

Wie sie es gewünscht hatte, saß Tenti dort Tage, Monate, Jahre, Jahrzehnte in Hitze und nächtlicher Kälte, unter den Strahlen der Sonne und dem Licht des Mondes, auch im Sandsturm. Das Grab verfiel und wurde zunehmend von Sand und Geröll bedeckt, doch er saß weiter dort, nun selbst verwittert, wie ein Stück Felsen, vom Berg herabgestürzt und vor den Eingang gerollt.

Inhalt

I. Stadt der Sonne

II. Der Gottkönig